新冠疫情發展、因應與影響：
跨國比較與挑戰

The Development, Response and Impact of the COVID-19 Pandemic:
Cross-border Comparisons and Challenges

陳德昇　主編

論壇 25

序言

　　2019 年爆發的新冠疫情（COVID-19）無疑是世界級的重大災難。其中不僅對國際政治產生衝擊，更對全球經濟發展、供應鏈管理與產業結構變遷皆產生結構性影響。此外，在社會層面不僅造成心理創傷、交往障礙，並導致貧富差距惡化。可以預期的是，未來新冠疫情或將流感化與輕症化，但人類更應記取歷史教訓，並著力於人與自然和諧共生、危機預防和管理，以及全球治理與協作的落實。

　　本論文集是 2021 年學術研討會論文彙編主要探討 2020-2021 年新冠疫情前期發展、衝擊和影響。內容主要區分為三個部分。第一部分是新冠疫情發展與演變，主要就新冠疫情演變、族群、文化觀點與防治能力評估；第二部分跨國比較，則由軍民心理影響、危機與決策管理，以及兩岸互動機遇與挑戰解讀；第三部分則針對疫情對經貿、社會影響探討。包括兩岸經貿、供應鏈管理、經濟社會影響，以及臺商經營管理，期能由多元面向分析其影響。

　　本書出版必須感謝印刻出版社鼎力支持與協助，另蘇治元同學、杜宛諭同學和謝孟辰助理悉心編輯與校正，亦對本書出版貢獻良多，在此一併致謝。

陳德昇

2022/12/01

目錄

作者簡介（按姓氏筆畫）

于仁壽

國立中山大學中山學術研究所博士，現任中國大陸廈門集美大學工商管理系講師。主要研究專長為中國大陸研究、餐飲觀光管理、工商管理。

王國臣

國立政治大學國家發展研究所博士，現任中華經濟研究院助理研究員。主要研究專長為中國大陸與世界經濟、國際政治經濟、量化研究方法。

何美鄉

美國印第安那大學醫學博士，現任中央研究院生物醫學科學研究所兼任研究員。主要研究專長為病毒流行病學、疫苗學、預防醫學。

吳佳勳

國立臺灣大學農業經濟學博士，現任中華經濟研究院副研究員兼副所長。主要研究專長為中國大陸經濟、貿易與投資、產業經濟一般均衡模型分析。

郭世清

國防大學政治學博士、現任國防醫學院通識教育中心副教授。主要研究專長為軍事倫理學、軍醫史、中醫養生。

郭瑞華

國立政治大學東亞研究所博士，現為展望與探索雜誌社特約研究員。主要研究專長為中共政治、兩岸關係、區域安全。

陳子昂

　　國立清華大學應用數學研究所碩士，現任力歐新能源公司執行董事。主要研究專長為新興產業、企業的經營策略、產業分析與市場調查。

陳華昇

　　國立政治大學東亞研究所博士，現任臺灣經濟研究院兩岸發展研究中心主任及研究九所副所長。主要研究專長為兩岸關係、中共政經改革、區域經濟整合。

陳德昇

　　國立政治大學東亞研究所博士，現任政治大學國際關係研究中心研究員。主要研究專長為全球化、跨界治理、兩岸互動。

曾念生

　　國防醫學院醫學士，現任國防醫學院醫學系副教授。主要研究專長為老年精神學、一般精神疾病診療、心身醫學。

黃健群

　　國立政治大學東亞研究所博士，現任中華民國全國工業總會大陸組事務組長及中國科技大學兼任助理教授。主要研究專長為兩岸經貿研究、全球產業趨勢、國際政治經濟學。

葉欣誠

　　美國康乃爾大學環境系統與水資源博士，現任國立臺灣師範大學環境教育研究所教授。主要研究專長為永續發展、環境規劃管理、環境教育。

劉孟俊

　　澳洲莫納什 Monash 大學經濟學博士，現任中華經濟研究院第一研究所研究員兼所長。主要研究專長為中國經濟、中國科研體制與高科技產業、國際貿易投資。

賴榮偉

　　國立政治大學東亞研究所博士，現任中國科技大學兼任助理教授。主要研究專長為中國大陸、國際關係、兩岸關係。

謝佳雯

　　國立臺灣師範大學環境教育研究所碩士生。主要研究為永續發展、環境規劃管理、環境教育。

龔存宇

　　美國南佛羅里達大學（USF）市場行銷碩士，現為資訊工業策進會產業情報研究所產業分析師。主要研究為全球伺服器產業研究、中國大陸「數字中國」產業研究。

新冠疫情發展與演變

新冠疫情發展：演變與挑戰
（2019 年 12 月 - 2021 年 5 月）

何美鄉

（中央研究院生物醫學科學研究所兼任研究員）

摘　要

　　人類百年來最嚴峻的疫情——新冠嚴重呼吸道病毒（簡稱新冠病毒，或 COVID-19），於 2019 年底在武漢浮現後，已快速傳遍全球。其傳播快速，導致受感染的病例數，在多國超過既有醫療資源的負荷。有效藥物與疫苗還未上市之前，公衛界僅能以限制人口移動、封城、鎖國等極端防疫手段來減緩疫情蔓延。因此，全球人類除承受病毒對健康的危害之外，人類的正常生活所仰賴的經濟發展，近年來也因防疫所需而幾近全球性地受到重創。

　　在全球產官學各界竭力合作之下，數種疫苗已進入緊急授權使用的階段。因著疫苗的出現，疫情在可預見的時程得以控制，已逐漸成為實際而不再是空洞的期盼。在此，疫情轉折的歷史時刻，本文從流行病學及防疫的角度，回顧並分析疫情 2019 年至 2021 年的起始、發展，並對未來疫苗逐漸普及後疫情可能的走向，及對人類的可能影響做分析。對於未來如何預防或減低新興感染症可能對人類的威脅，作者也就此疫情所帶給人類的教訓，提出建議。

關鍵字：新興感染症防疫、新冠病毒、封城、群體免疫

壹、初期疫情與防疫對策

一、緣起——在中國初發的疫情

　　人類新興感染症疫情的緣起，與病原體在自然界的生態相關。但疫情的後續發展，卻深受人類初期防疫作為的影響。

　　武漢疫情的初期，因缺乏即時科學性的疫情調查（至少國際間的認知是如此），對於病原如何跨宿主感染，來自哪一動物宿主等問題，至今仍疑雲重重。至於進到人類宿主之後的疫情發展，則可透過中國官方外洩的內部資料，加上 21 世紀網路媒體的蓬勃活躍，以及在中國與 WHO 的溝通資訊，拼構出疫情初始的大概（表 1）。在眾多資訊中，表 1 所呈現的是筆者依新興感染症流行病學及防疫所需的觀點，所整理出的重要大事記。

表 1：2019 年武漢疫情初發大事記

日期	中國	國際
2019.12.30	武漢市衛生單位向市醫院發出「緊急通知」，告知與該市華南海鮮批發市場有關的非典型肺炎病例，消息迅速外洩。	・北京（路透社）：因應社交媒體上的謠言暗示嚴重急性呼吸道綜合症（SARS）在武漢死灰復燃，中國官方表示，他們正在調查武漢的 27 例病毒性肺炎病例。
2019.12.31	武漢市衛生單位首次公開聲明關於此次疫情，稱已發現 27 例病例。	・ProMED 機器翻譯的中國媒體文章：有關武漢市府所發出的不明原因肺炎救治工作的緊急通告。 ・因應以上資訊，WHO 通知其駐中國人員追蹤此疫情。 ・臺灣 CDC 去函 WHO，針對此疫情表關切。
2020.1.1	華南海鮮市場被關閉停業。	

日期	中國	國際
2020.1.3	李文亮醫師被懲戒，理由為在網路發布不實疫情消息。	
2020.1.7	上海復旦大學病毒實驗室公布：分離自任職於華南海鮮市場的肺炎病人，是一株新型冠狀病毒（Wu et al., 2020）。	
2020.1.8	北京 CDC 證實武漢肺炎的病原是新型冠狀病毒，69 名肺炎病人中，分離出 15 株病毒。	
2020.1.11	新冠病毒基因序列正式上傳至基因銀行。	國際社會可用於備製檢驗試劑。
2020.1.13		泰國第一例自武漢返國的新冠病人，未曾去過華南市場或接觸肺炎病人、未曾去過醫院，意味著武漢可能有社區感染。
2020.1.14		WHO 發推文說：中國當局初步調查未發現新型冠狀病毒（2019-nCoV）有人傳人的明確證據。
2020.1.16		日本第一例自武漢返國的新冠病人，未曾去過華南市場或接觸肺炎病人、未曾去過醫院，意味著武漢可能有社區感染。
2020.1.18	中國專家群（含鍾南山）訪武漢，證實武漢有人傳人的嚴重疫情。	
2020.1.20	中國官方（透過鍾南山）首次確認新冠病毒可以人傳人，並承認有醫事人員已被感染。	臺灣第一例新冠病人自武漢返國，第一手資料，確認武漢有社區感染（未接觸過病人、醫院或華南市場）。
2020.1.23-24	武漢宣布封城。	
2020.1.24		兩篇科學文獻分別發表在《刺胳針》（Huang et al., 2020）、《新英格蘭醫學期刊》（Zhu et al., 2020）首次證實，新冠病毒為武漢肺炎的病原，並形容最早的 41 位病人並非都與華南市場相關。

　　顯然 2019 年 12 月 30 日是一重要指標日，武漢市府衛生單位發出「關於做好不明原因肺炎救治工作的緊急通知」，據悉此公告，在發布數分鐘之後就已外洩至媒體手中。這也是第一則引發國際關注的疫情新聞。顯然，武漢市府當局認同當時確實有不明原因的肺炎病人。假如，當時武漢當局或中國政府能及早對疫情有不同的認知與應變，往後的道路或許會不大一樣？

　　2020 年 1 月 3 日，媒體報導在中國網路的醫師社群中，有某醫生被偵訊調查，因為警惕正在發生的不明肺炎可能是 SARS 在武漢捲土重來的訊息。而此類訊息，在國際間傳開，也造就了中國官方疫情不透明的初步國際形象。事後世人皆知，這位被偵訊懲戒的人，就是李文亮醫師。數週後，他因染疫而往生。

　　在 1 月 18 日北京派遣了一組包含知名學者鍾南山在內的專家團，至武漢評估疫情。小組發現了一些當地官員此前未揭露的現況，如醫院裡有 12 名醫護人員被感染，醫院已無餘力追蹤確診病例的密切接觸者，並且武漢醫院在 1 月 16 日之前沒有對病人進行檢體檢測。1 月 19 日，專家團返回北京，建議將武漢隔離檢疫，並加速擴充武漢醫療資源及量能。

　　1 月 20 日，從專家團（鍾南山）的口中，北京首次透過記者會對國際發布，此疫情可有效人傳人的資訊。

二、感染源不明的社區傳播

　　對於一個具有人傳人的新興感染症，起初最重要的問題是，人與人之間的傳染鏈是否可以追溯。在 2020 年 1 月 24 日於《刺胳針》（Huang et al. 2020）醫學雜誌所發表的第一篇新冠病毒文獻，描繪最早被診斷（2019 年 12 月 31 日之前）的 41 例肺炎病人中，就已有 14（1/3）位病人與華南市場沒有關聯，也就是未知感染源的社區傳播已佔重要比例。而發表於同

年 1 月 29 日，另一篇分析武漢的 425 名病人（1 月 22 日之前的確診病人）研究中，未知感染源的社區感染病例已增加至 70%，表示在武漢封城之前，社區傳播已非常普遍。對新興感染症而言，這是一個極為關鍵的疫情警訊，武漢當局沒有立即做出防疫應變，是造成往後全球疫情最重大的遺憾。

　　反觀，臺灣的第一位確診病人，在 2020 年 1 月 20 日自武漢返國，她在 1 月 10 日發病，返國前她在武漢都未接觸過肺炎病人，也沒去過醫院或華南市場。內行的臺灣公衛學者很明確的判斷疫情嚴峻，因為這代表的是缺乏明確接觸史的社區感染。這資訊在臺灣公衛界與媒體造成一片譁然，加上 1 月 16 日，臺灣防疫專員赴武漢考察疫情所帶回的訊息：「新冠可人傳人」。因此，臺灣當機立斷的採取嚴厲的邊境管制，其中包括及早取消可能會引進大量外籍人士的活動，如 2020 年 2 月的國際書展，這也奠定了往後臺灣防疫較容易成功的基礎。

三、病人發病前就可傳播病毒

　　新興傳染病爆發初期，人類都僅能以隔離病人及其接觸者來控制疫情，但假如感染者在發病之前就具感染性，那這樣的防疫策略則較難達到預期的效果。而新冠病毒就屬於此類難以控制的疫情。但這樣的資訊何時出現？

　　最早是在 2020 年 1 月 26 日，中國某官員在記者會上發表，因為沒有細節，且當時中國武漢疫情正陷於膠著之際。這樣的新聞幾乎沒人注意到。而 2 月 22 日，又有中國某官員受訪時，提到「病人在發病的前兩天就已經有了傳染性」。而國際公衛學界認為「病人發病前兩、三天接觸者需要追蹤」的建議，卻要等到 4 月的科學文獻出刊後才提出（He et al. 2020）。

　　反觀臺灣公衛界，則有幸處於疫情資訊透明的大環境下，學者可以各

盡其力，就疫情進展參與討論。以臺灣第五及第八例病人（擷取自 1 月 28 日，Michelle Ho 臉書）就在第一時間，提供了非常寶貴的防疫資訊。臺灣第五例新型冠狀病毒的確診病例，1 月 20 日自武漢返國後，與配偶同住家中，她在 1 月 25 日開始發燒，其配偶（第八例確診病人）在 1 月 26 日出現咳嗽等症狀後確診。以潛伏期最短為一天來估算，可以確定第五例病人在發燒的第一時間，（很可能更早）就具有傳播病毒的能力。這樣的認知，也提升了我們對病人在發病前的接觸者進行追蹤的效率。

四、中國隱瞞疫情與否？

國際諸多人士指控中國隱瞞疫情，礙於新興疾病的諸多未知，是隱瞞還是無知，第三者仍須予以公正的判斷。雖沒有獨立調查的資料，但用以下兩則媒體訪問中國當事人及專家，可以從他們所提供的資料略知一二。

鍾南山在 2020 年 5 月 17 日接受 CNN 訪問的影片中（CNN, 2020）描述在 1 月 18 日專家團至武漢調查時，武漢當局對於提供疫情資訊的態度，他以「非常怠慢拖延」（very reluctant）來形容。同時，他也接獲當地多人私下傳遞訊息說：武漢疫情比實際公布的還要嚴重。所以他認定：武漢當局在疫情初期，對疫情公布不實，而北京接手之後，資訊就可信了。

武漢當局對於被控「對疫情公布不實」，又是如何回應？據 BBC 報導（2020），武漢市長周先旺在 2020 年 1 月 27 日，接受了中央電視臺採訪。對信息披露不即時的問題公開回應說：新型冠狀病毒肺炎是傳染病，根據中國的《傳染病防治法》，必須「依法披露……作為地方政府，我獲得信息、授權之後才能披露……」，又說：「後來，1 月 20 日國務院召開常務會議要求屬地負責，在這之後，我們的工作就主動多了。」值得注意的是，最後這「屬地負責後，工作就主動多了」的內容，在官方媒體再次播放時已被刪除。他也多次提到，在武漢封城前幾天，他們才可以公開討論疫情。

所以，中國的問題所在，不是中國有無隱瞞疫情，而是：什麼是系統性的促成中國屢次（含 2003 年 SARS）在疾病爆發初期，疫情不透明的元凶？筆者大膽的推論，系統性的問題就是：極權的人治體系。因為極權人治是絕對與防疫所需的開放社會氛圍相抵觸的。防疫需要即時流通的透明資訊，讓專業人士可集思廣益的反應其專業良知、在有共識的專業倫理範疇內，發揮其專業判斷與應用專業知識，來落實最有效的防疫工作。

五、武漢封城：被國際社會認定為無法效仿的中國模式

2020 年 1 月 23 至 24 日，武漢進入封城狀態，封城令於 23 日凌晨 2 點鐘公布。

在封鎖的幾小時內，武漢附近的湖北城市也逐漸實施旅行限制，最終整個湖北其他 15 個城市均實施了旅行限制，總共受影響的人數約 5700 萬人。那時，各級學校已經開始放寒假，而寒假則被無限期延長。

其實，國際社會（包括臺灣學者）很難想像如此大幅度的封鎖，在執行面要如何有效落實，仍可不避免與當下民主國家的人權觀與普世社會價值相抵觸。因此筆者收集有限媒體資料（Graham-Harrison，Kuo, 2020；Gunia, 2020）及 WHO 察訪報告（Report of the WHO-China Joint Mission），描繪封城的大致面貌如下，以作為學術討論之基礎。

從宣布封城的幾個小時內，進出城市的交通全都被阻斷，設有路障警哨，甚至醫療緊急情況也沒有例外。

除出售食品或藥品的商店外，所有商店都關門。大多數公共交通工具都停止服務。未經特殊許可，私家車也被禁止上路，所有街道保持淨空。

最初，還允許人們出門在外走動，但限制很快就收緊了。某些地區准許每兩天一位家庭成員可以外出，以購買必需品。但有些地區則禁止所有居民離家，他們被要求利用外送員（有可能是志工）訂購食品和日用品。

　　接著，政策更加緊縮，官方派員（有可能是志工）挨家挨戶進行健康檢查，任何生病的人都會被強制帶走至統一隔離處。據報導，一名殘疾男孩在其發病的父親和兄弟被帶走後，因缺乏生活所需的供應（如食物、水），也得不到官方的幫忙，因而獨自在家裡往生。

　　後續數週，中國諸多城市，也因確診病例急速增加，而進入不同程度的檢疫隔離及行動管制的狀態。而其他措施包括延長春節假期，中國廣泛實行交通管制以減少人員流動；群眾集會活動也一律取消。

　　因當時人類對新冠病毒所收集的資訊不多，對於武漢全面封城的防疫作為，筆者視它為一個大規模應用性的防疫田野實驗，雖有理論基礎，仍需靜待其結果。而封城 67 天之後，武漢及全中國的本土新冠病例已大幅下降（見 Report of WHO-China Joint Mission, p.7 圖 3）。因此，這項被筆者認定為「近代史上人類最大規模的公衛防疫田野實驗」，以結果論，被部分含 WHO 在內的公衛界，認定為優良策略（Lau et al., 2020; Yuan et al., 2020）的典範。但公衛界的另一觀點，認定它在整體的執行面，其實頗具爭議性。因為在人類近代史，並沒有執行過像武漢封城如此大規模公衛措施的經驗，因此也沒有既有的科學方法可參考。而事後至今，卻未見中國公衛界發表任何學術文章，來探討封城對民眾各個層面的影響，或就國家法治面，討論如何改進，或是否有法可循？

　　其實就科學面，防疫是與病毒賽跑，需要即時起步。防疫不只是保護生命，也是維護健康，所以需要顧及健康的多個層面（看以下「健康一體」）。因此，更需要探討的問題是：假如可以更早起步，是否更能大幅度的減低疫情的危害，或減少封城所影響的負面範圍。

六、武漢以外的疫情擴散

　　病毒擴散傳播分兩個階段：病毒輸入（自武漢）及病毒輸入後的本土傳播。

　　依據 WHO 的紀錄，在 2020 年 1 月 23 日武漢封城之際，武漢／湖北雖只有 275 個確診病例，但在中國其他的十個城市已有 196 個來自湖北報告確診病例。同時國際上亦有臺灣、泰國、日本、南韓等國家有來自武漢的確診病例。顯示，武漢封城之際，病人已廣泛四散。疫情的後續發展，也證實當時病例確實自武漢廣泛輸出。

　　輸入病毒後，若無防疫作為，病毒則迅速就地擴散（表 2）。以最早有本土傳播病例的幾個國家的報告病例來估算，從一百增加到一千名病人僅需六至七天的時間。而人口密集的紐約市為例，則僅需四天，若持續防疫不彰，仍會以同樣速度倍增從一千增加至一萬人。這些資訊，在 3 月初之前，就已存在，只是當時可能缺乏宏觀的資訊分析，用來說服各國政府或國民，新冠病毒的快速傳播速度是不容輕忽的，應及早防疫。

表 2：新冠病毒確診倍數增長（100-1000）所需時間（2020 年 3 月 11 日之前）

	1-10	10-100（日期）	100-1000（日期）	1000-10000
中國	?	7	7　（1 月 31 日）	
義大利	?		6　（2 月 29 日）	11
南韓	10	21	6　（2 月 26 日）	
伊朗	?	5	5　（3 月 2 日）	10（3 月 12 日）
美國	11	31	7　（3 月 11 日）	8
紐約市	5	4　（3 月 9 日）	4	5

資料來源：各國新冠病毒疫情的 Wikipedia；(Congressional research report 2020, WHO Situation Report -1, WHO Situation Report -3, Huang & Wang 2020, Wu & Zhao 2020, Zhu & Zhang 2020)

七、WHO 延誤預警全球大流行

2020 年 1 月 31 日，WHO 將新冠疫情定為「國際關注的突發公共衛生事件」。當日，中國報告病例數近萬，死亡二百。亞洲、北美洲、歐洲、大洋洲四洲共 19 個國家有病毒入侵。

其實，在 1 月 25 日，中國病例已破千，死亡 40 人，歐洲和大洋洲都有首報病例，共十個國家有報告病例。最重要的是武漢及湖北，進入全面封鎖狀態。顯然，國際社會沒有很嚴肅的把武漢封城看成是一個理性的、具理論基礎的防疫作為，因而沒有洞悉到武漢封城的背後，其實是中國已覺察到嚴峻的疫情正在擴散。

3 月 11 日 WHO 總幹事在媒體簡報會上，針對新冠病毒令人震驚的傳播速度和嚴重程度發言說：「WHO 評估新冠病毒疫情已達全球大流行的屬性。」也就是此刻正式劃下進入「全球大流行」（pandemic）的門檻。在 WHO 宣布全球大流行後，也就是 3 月中之後，世界各國才相繼陸續宣布不同層次的邊境管制（表 1），但對某些國家似乎為時已晚。反觀臺灣則整整早各國兩個月宣布邊境管制。

回顧一下，3 月 11 日當天，全球報告確診病例已近 12 萬，死亡逾四千，六大洲都有疫情。而在 114 個有報告病例的國家中，67 個國家已經有本土傳播的病例。所以，WHO 是在疫情已明顯傳至全球各地，並造就了若干在地傳播的疫情熱點（epicenter），才公告全球大流行。

很遺憾，WHO 在處理此波疫情，未能在疫情的重大進展之前，做出前瞻性的預警，以專業的判斷，為國際提供防疫所需的預警資訊及建言。

再回溯至兩天前的 3 月 9 日，WHO 總幹事在記者會上（WHO, 2020），仍然以非常保守的言詞來形容疫情說：「週末新冠病毒已蔓延至一百個國家，總確診人數已超過十萬人……現在病毒已在多國落腳，大流行的威脅已逼近實際。」

其實，若在 3 月 1 日宣布「全球大流行」，或許更及時恰當。全球大流行的條件，簡單說就是：跨區域、跨洲，都有本土在地傳播蔓延的嚴重新興傳染病例。3 月 1 日當天已有 38 至 59 個國家出現疫情，而且跨亞歐兩洲的疫情熱點，已出現在韓國、伊朗及義大利。三國的本土病例正快速增加中。

這疫情資訊傳遞的是：只要病毒入侵，在地傳播的風險非常高，也非常快。而 WHO 卻也沒能及時提出警訊。

貳、病毒流行病學

一、新冠病毒源頭的爭議：從 SARS 瞭解新冠病毒

因 2003 年 SARS 的爆發流行後所衍生的研究，造就了近年來對蝙蝠的認識，蝙蝠是多種冠狀病毒的天然宿主（帶原者）——世世代代多種冠狀病毒共存並共同演化。在繁多種類蝙蝠中，冠狀病毒的感染率會因種而異，一個在中國 15 省的研究發現，可在 6.5% 的蝙蝠所排泄的糞便中，分離出冠狀病毒，其中以菊頭蝠最普遍。至今科學界傾向於菊頭蝠最有可能是 SARS 病毒及新冠病毒宿主（Latinne et al., 2020）。蝙蝠雖遍布在全球的自然界中，但科學界鎖定東南亞，包括中國南方及西南地區（尤其是雲南），是蝙蝠跨物種傳播冠狀病毒的熱區。

透過跨越物種的傳播之後，很可能需要中間宿主再輾轉傳染給人類。病毒通常仍需歷經適化的過程，才能成為可人傳人的傳染病原。偶發性的跨物種傳染的頻率多高，很難估算，因為若沒有歷經適化於人類的傳播，或造成嚴重疫情，則不易被注意，最終仍是動物病毒，而非人類病原。

活禽獸生鮮市場的角色——2003 年 SARS 冠狀病毒的緣起，一般認為

是偶發性的從蝙蝠傳到果子狸或其他野生哺乳類動物，而後，即便只有一隻受感染的動物進入活禽獸市場，就會藉著活禽獸市場的生態，造成動物之間持續性的交叉感染，因而也增加了與人接觸的機會。從 SARS 的研究，顯示活禽獸生鮮市場成為現代都市循環傳播動物病毒的熱點，也是傳至人身上的重要介面。

　　武漢疾病與控制中心的調查結果，華南海鮮市場除了銷售魚類和帶殼類動物，還有各種野生動物，包括刺蝟、獾、蛇和鳥類（斑鳩），並且充斥各種動物屍體和動物肉類，但沒有出售蝙蝠。一般認為，從蝙蝠直接感染人的機率不大，通常會有另一哺乳類動物的中間宿主的協助，如 MERS 需要駱駝、SARS 可能是被販售在活禽獸市場的某一野味動物。至今新冠病毒的源頭為何尚不明確，但 2019 年 12 月武漢初發的病人中，有不少去過華南海鮮市場，而該市場也有販售野味。雖然早期病人也有與市場無關，但判斷市場的生態環境至少應扮演一個有效傳播病毒的地點。無論新冠病毒透過哪一路經來找到人類這一新宿主，跨物種的傳播感染，都被認定為新興感染症的主要來源與途徑。生鮮市場雖有其傳播病毒的優勢，但對新冠病毒而言，華南市場扮演的角色仍頗具爭議，主要是，最早出現的病人似乎與市場無關，因此病毒之源頭至今仍是未解的謎。

二、影響疫情發展的流行病學特徵

　　新出現於 2019 年底的新冠病毒（SARS-CoV-2）雖與 2003 年的 SARS 病毒同屬冠狀病毒，但其流行病學特徵卻迥然不同。受 SARS 病毒感染的人，在出現病徵之後，才具感染性，因此可透過隔離病人而將病毒全然堵絕。新冠病毒則與許多已有疫苗可預防的病毒傳染疾病（例如麻疹、水痘）一樣，感染者在未發病之前就具有傳播病毒的能力，而且有高比例的無症

狀或輕症感染者仍可有效的維持病毒持續傳播，這都是此新興病毒無法以隔離病人的方式來遏止病毒持續傳播的特徵。而且新冠病毒傳播週期時間短，被感染的人數可在短時間內快速上升，而超越醫療體系的負荷。

新冠病毒自感染者的呼吸道，透過飛沫釋放出來，透過污染環境來傳播病毒。感染者戴口罩，可大量減低污染環境的病毒量。在沒有任何防疫作為（如保持距離、戴口罩）的情況下，病毒傳播性很高，估計的基本繁殖數（R0，每一感染者可以傳播感染的人數）為 2.87，在人口稠密的地區最多可增加到 5 至 6。從受感染到可感染別人，平均只要三至五天。初期感染且還未發病的人被認為是造成廣泛流行的主要原因。這種無法以症狀辨識的傳播者也是新冠病毒最棘手的屬性之一。

三、影響感染者病程的宿主因子

儘管兒童感染新冠病毒，通常是呈現無症狀或極為輕微的臨床表徵，但歐美有報導，一小部分的兒童會產生嚴重的發炎反應，影響多重器官疾病的嚴重病程，稱作兒童的多重器官發炎症候群（MIS-C）。而大多數成年人感染後，也是呈無症狀（美國 CDC 估計約 40%）或輕症的臨床表徵。但約有 20% 的人會有肺炎等較嚴重的病徵。這些人中約有 10% 會進入較為嚴重的病程。如急性呼吸窘迫綜合徵（ARDS），並伴有呼吸衰竭，甚至死亡。整體而言，死亡率應在 1% 以下。但若病人急速增加至超越醫療資源與能量時，死亡率會因病人得不到應有的醫療照顧而增加。

透過大量病人資料的分析，已釐清出感染後罹患重症的高風險因子為：高齡、男性、肥胖，以及糖尿病、高血壓、心血管疾病、失智等慢性病患者。另英國生物銀行的長期追蹤研究，也發現與健康相關的生活模式，如吸菸、不運動等，也是重症的危險因子。在防疫初期，針對某高危險族群減低接觸風險，以減低重症相關的死亡率，是重要防疫對策之一。未來在

疫苗還未能完全普及的狀況下，這些高危險族群也是接種疫苗的優先對象。

防疫的目標，除預防減低感染率，減低因感染所造成的死亡，或因感染所造成的失能天數，也是重要目標。

參、疫苗後的疫情發展與挑戰

一、施打疫苗後病毒可被根除嗎？

透過普及施打疫苗達到零新冠病毒確診及根除病毒的可行性為何？

目前已知，新冠病毒感染後並不能終生免於再次感染。疫苗測試的資料顯示，疫苗可以減低重症及死亡風險。但因為免疫力會隨時間而降低，因此，即便施打了疫苗，仍有可能再次感染。所以一般學者認為，施打新冠疫苗後，新冠病毒可以像 SARS 一樣，在疫情結束後消失無蹤的機率非常小。《自然》科學雜誌近期進行了一項調查（Phillips, 2021），多數國際學者也持病毒難以根除的看法。

雖然，新冠病毒有可能在某些局部地區甚至國家，因防疫作為而沒有大量社區感染的機會（如臺灣），加上疫苗施打，還有社會民眾維持適度社交距離等，而使病毒無法在地繼續傳播，所以局部地區根除病毒是有可能。但因為病毒已落腳於全球人類大部分的地區，某些地區可能無法長期維持足夠的群體免疫或嚴格防疫措施，而使病毒持續傳播，即便只是低量傳播，也意味者病毒沒有消失，疾病爆發的風險將持續存在。

即便某些國家或許可以讓新冠病毒消失，但是在疫苗覆蓋率和公共衛生措施不夠完善的地區，則病毒仍繼續存在，最可能是以季節性呼吸道感染病原存在。在如此全球化的情況下，零確診區重新引入新冠病毒的風險也將持續存在。

但是，如果不能根除新冠病毒，也並不意味著嚴重疫情會持續困擾人類。因為，一個可以預見的未來場景是，施打疫苗會使感染者的症狀更輕微，因而以症狀為指標來追蹤並防堵疫情會變得更困難。如此，隱形感染（subclinical infection）會益加普遍，屆時兒童也會成為感染對象，人類會隨著年齡增長，而有累積性的免疫力，所以病毒會一直存在，但是人們也會對它產生一定的免疫力（無論是透過自然感染或是接種疫苗），因此嚴重的症狀在年長者的風險也會減少。

以上的推論，是基於對現在人類既有的四種常態流行的季節性冠狀病毒（OC43、229E、NL63 和 HKU1）的研究，其中三種病毒可能已經與人類共存了數百年。而有兩種病毒約佔 15% 的冬季呼吸道感染。大多數兒童是在六歲以前就已被感染過，即便可再次被感染，但症狀將趨輕微。這些推論，都還未將病毒變異種加入考量。

而針對 229E 冠狀病毒的研究，發現 229E 是一直有在演化變異。1980年代末到 1990 年代初的 229E 冠狀病毒感染者血清中的抗體，針對近期（21世紀）流行的 229E 冠狀病毒，其中和效果已變差了。這是冠狀病毒可持續因逃避免疫力而變異的先例。

疫苗生技業者已開始著手研發新冠變種病毒疫苗。因為多數科學家都認為，新冠病毒疫苗有需要因應病毒變異而重新設計，就像流感疫苗一般。至少在未來數年，病毒仍在適應人類這個新宿主的期間，它因適化人類的需求而變異會持續一段日子。

二、群體免疫

已經開始施打新冠疫苗的國家，如美國，預期嚴重病例會逐漸減少，但是要知道疫苗是否有效地減少病毒傳播，則需要更長時間觀察。已有臨

床試驗的數據支持，疫苗減低有症狀感染，也可能減少感染者傳播病毒。簡單的推估假設 R0 為 3，則所需的群體免疫約在 67%（(R0-1)/R0），也就是說疫苗覆蓋率為 67%，就可望讓疫情大幅減緩。就全球而言，應該有不少國家／地區，在短期內要有 67% 的疫苗覆蓋率，會相當具挑戰性。原因在於：疫苗產能不足，疫苗經費不足，或民眾對疫苗的接受度不高。

三、族群免疫因新變異病毒種而破功：巴西亞馬遜省的案例探討（Hallal et al. 2020; Faria et al. 2021）

在巴西馬瑙斯（巴西亞馬遜省的首府）的第一波新冠病毒大規模疫情，在 2020 年 4 月下旬達到頂峰之後，就已趨緩，馬瑙斯的住院病人在 5 至 11 月的七個月當中一直穩定地維持相當低的病例數（十位數？）。且在 2020 年 6 月上旬，馬瑙斯已經鬆綁維持社交距離的要求，到 2020 年 8 月中旬，馬瑙斯的超額死亡人數已從每天約 120 例減少到幾乎為零。公衛界推論，馬瑙斯居民或許是全球已達群體免疫的少數社區。

在一項針對捐血族群的血清抗體調查研究顯示，馬瑙斯到 2020 年 10 月為止，已有 76%（95%CI 67-98）的人口血清呈陽性，意味著已被新冠病毒感染過，也更奠定了馬瑙斯已達群體免疫的論點。因為這樣的陽性率，理論上已高過於多數學者所估算的新冠病毒所需的群體免疫值的 67%。這數據與原先就明顯有較高感染率的亞馬遜流域地區的其他城市相吻合，例如秘魯伊基托斯的評估也有 70% 的陽性率。

然而，在 2021 年 1 月馬瑙斯的 COVID-19 醫院住院人數突然出乎意料的增加，從 2020 年 12 月 1 至 19 日的 552 病例數，增加至 2021 年 1 月 1 至 19 日的 3431 人，而且有些人甚至是二次感染。

分離自這些病人的病毒現已被判定為新冠病毒 P1 變異種——亦即後來稱為 Gamma 巴西變異種病毒。此 P1 變種株於 2020 年 12 月首度在亞馬

遜省被診斷出來。之後此變種病毒迅速傳播開來，直至 2021 年 1 月底，一項研究發現，此 P1 變種病毒已佔亞馬遜省的病毒基因檢驗總樣本數的 91%。

P1 變異株的基因累積有 17 位點的基因突變，包括坐落在刺突蛋白中的三重突變（K417T、E484K 和 N501Y），而此變異點也被證實是與人類細胞 ACE2 受體結合力增強的關鍵突變。

的確，到 2021 年 2 月底，巴西 26 個州中的 21 個州有 P1 變異株的報告病例。顯然持續追蹤監測病毒是一重要課題，因為科學界所預期的族群免疫在控制疫情的功效，會因變種病毒的出現而產生變數。

四、突變種總覽

從上述巴西案例，可見新冠突變種是左右疫情的重要因子，值得加以討論。新冠病毒與其他 RNA 病毒雷同，在複製過程中，核酸聚合酶會加錯一定比例的核酸而造成突變，這就是點突變的產生，也是最常見的突變。其他突變包括某片段基因被刪除或被插入。這些突變都可能隨機發生在病毒基因的任何部位，若突變沒有提升病毒感染細胞的功能，或提升傳播力，則不會被覺察到。反之，突變株種若具較佳的感染能力，或較快的複製能力，而成為具競爭力的新株種，繼而取代原有病毒。具競爭優勢的突變種可繼續累積新的突變，現在已發現的新冠變異種，英國（B1.1.7，WHO 命名 Alpha）、南非（501Y.V2，WHO 命名 Beta）、巴西（P1，WHO 命名 Gamma）、印度（WHO 命名 Delta）都具有此具複製繁殖感染優勢的多重突變。

顯然，動物病毒跨物種感染人的第一個門檻，就是在新宿主細胞表面需要有適當的受體來與病毒結合。不論是 SARS 或是新冠病毒所用的人類細胞表面受體，都是一個叫 ACE2 的蛋白質。至今，新變異種病毒都在棘

蛋白（與 ACE2 結合的病毒表面蛋白）有點突變。這些點突變，也都因與人類細胞 ACE2 的結合能力增加，而成為優勢病毒株，這也意味著新冠病毒仍繼續在人類這新宿主進行適化演變。而巴西與南非的新變異病毒都有的 E484K 點突變，正位於重要抗原性所在，也就是此位點可刺激中和抗體的產生。雖然實驗室研究顯示，已感染新冠病毒的人血液中的中和抗體識別南非變異種（稱為 501Y.V2）的能力似乎較弱。但現有的資料顯示，多數疫苗仍然有效對抗此變異種，唯疫苗效果或許會降低一些，但須等更多資訊才能定論。總而言之，當下疫苗仍可發揮控制疫情的作用。

　　下一個重要問題是，何時需要有新變異種的疫苗？

　　理論上，真正可以逃避現有抗體的株種，要在有足夠比例的人口都有抗體之後。現在美國境內已有新變異種出現，若任其在美國傳播，下一波疫情，應就會以變異種為主。屆時，若新變異種仍具嚴重致病性，則會需要新變異種的疫苗。據悉，現在多家疫苗公司已開始著手研發新疫苗了。

五、疫情不可彌補的深遠影響──教育

　　2020 年 3 月，根據 UNESCO 的報告，COVID-19 大流行，已造成超過 8.5 億兒童和青少年（約佔全球學生總數的一半）不得上學。當時，有 102 個國家／地區處於全國性的封鎖狀態。另有其他 11 個國家／地區處於局部封鎖的狀態。這意味著原本就因各種原因被阻止進入教育機構的學習者有約 1/4 的適齡就學的兒童青少年數量增加了一倍以上，而且有望進一步增加。在某些國家或某些群組的兒童，原先可以取得上學接受教育的機會就已經是困難重重，在疫情的逼迫下，被剝奪的機會可能因超齡、經濟支援不足等因素，而永不復返。

肆、未來展望——健康一體（One Health）

多年來，公衛界對新興感染症大流行的預防，都著重在為可能的爆發流行做準備，通常以流感大流行為假想敵。但若以近年來冠狀病毒為假想敵，則回到公共衛生的基本功，在源頭控制傳染源似乎比較合理。亦即著重在跨物種的介面，來遏制新發冠狀病毒（SARS、MERS、COVID-19）跨物種傳染人。獵食、飼養或販售野生動物，可能是動物病毒跨物種傳播的重要一環，如何規範這些行為來保護動物並維護人類健康，將成為重要課題。

哺乳動物和鳥類中有 170 萬種「未被發現」的病毒，其中有 827,000 種可以感染人類。所有新興感染症或再浮現的病原體中約有 70% 是人畜共通的疾病。新興感染症的浮現，透過動物病原跨越宿主至人類，是一直重複發生的歷史現象，2019 年的新冠病毒不會是最後一次。人類世代以來所一味執行的利己活動，包括環境污染、大規模森林砍伐、畜牧業集約化和濫用抗生素等，都是促進生態惡性循環的主因。

健康一體，除與人畜共通疾病有關外，還需考慮如何減低破壞生態系統。若人類一味地入侵野生動物棲息地，並進一步加速氣候惡化，我們也就無法保護人類健康。思考如何透過保護地球的自然資源的方向來規範、來預防未來的大流行，如何將「健康一體」的概念轉換為務實與可行的體系，才是挑戰。支持「健康一體」計畫，需要更多國際組織、國家，以及跨多個部門的合作與支持，需要更多的科學，更好的數據和更大膽的政策。

伍、結語

直至此文截稿之際，這個被稱為 COVID-19 的新冠病毒疫情仍持續進

行，世界仍在半封鎖狀態，因為新的變異病毒種，確實對疫苗控制疫情的
效力大打折扣。人類已證實，疫苗雖可以減低感染者的重症率與死亡率，
但對於預防感染的效力不彰，並不足以有效遏止病毒傳播。長期而言，人
類若希望回歸某種程度的正常生活，則需要改變的是，逐漸調降病毒在人
類心目中的威脅指數，因為隨著疫苗的出現，治療藥物的出現，自然感染
的免疫力，新冠病毒的致死率會逐漸下降。然而，此疫情的歷史定位，以
其對全球、不同國家、不同種族，不同層級、不同社會文化等可能造成的
影響，除了會逐漸自我浮現外，仍須仔細的被研究與探討，因為它絕對不
會輕描淡寫的僅僅被列為人類史上的另一個疫病。

參考文獻

中文文獻

BBC，2020，〈武漢肺炎：武漢市長暗示疫情披露不及時中央有責任〉，《BBC 中文網》，https://www.bbc.com/zhongwen/trad/chinese-news-51276069。查閱 日期：2021 年 5 月 3 日。

英文文獻

CNN. 2020. "Top adviser warns China vulnerable to second wave." CNN, https://edition.cnn.com/videos/world/2020/05/17/china-coronavirus-second-wave-culver-exclusive-pkg-vpx.cnn. 查閱日期：2021 年 5 月 3 日。

Congressional research report（美國國會研究報告），https://www.everycrsreport.com/reports/R46354.html. 查閱日期：2021 年 3 月 1 日。

Faria, N. R., Mellan, T. A., Whittaker, C., Claro, I. M., Candido, D. D. S., Mishra, S., Crispim, M. A. E., Sales, F. C. S., Hawryluk, I., McCrone, J. T., Hulswit, R. J. G., Franco, L. A. M., Ramundo, M. S., de Jesus, J. G., Andrade, P. S., Coletti, T. M., Ferreira, G. M., Silva, C. A. M., Manuli, E. R., Pereira, R. H. M., Peixoto, P. S., Kraemer, M. U. G., Gaburo, N. Jr., Camilo, C. D. C., Hoeltgebaum, H., Souza, W. M., Rocha, E. C., de Souza, L. M., de Pinho, M. C., Araujo, L. J. T., Malta, F. S. V., de Lima, A. B., Silva, J. D. P., Zauli, D. A. G., Ferreira, A. C. S., Schnekenberg, R. P., Laydon, D. J., Walker, P. G. T., Schlüter, H. M., Dos Santos, A. L. P., Vidal, M. S., Del Caro, V. S., Filho, R. M. F., Dos Santos, H. M., Aguiar, R. S., Proença-Modena, J. L., Nelson, B., Hay, J. A., Monod, M., Miscouridou, X., Coupland, H., Sonabend, R., Vollmer, M., Gandy, A., Prete, CA. Jr., Nascimento, V. H., Suchard, M. A., Bowden, T. A., Pond, S. L. K., Wu, C. H., Ratmann, O., Ferguson, N. M., Dye, C., Loman,

N. J., Lemey, P., Rambaut, A., Fraiji, N. A., Carvalho, M. D. P. S. S., Pybus, O. G., Flaxman, S., Bhatt, S., Sabino, E. C. Genomics and epidemiology of the P.1 SARS-CoV-2 lineage in Manaus, Brazil. *Science*, 372(6544):815-821. doi: 10.1126/science. abh2644. 查閱日期：2021 年 4 月 14 日。

Gunia, Amy. March 13, 2020. "Chinas draconian lockdown is getting credit for slowing coronavirus. would it work anywhere else?" Time, https://time.com/5796425/china-coronavirus-lockdown/。查閱日期：2021 年 5 月 10 日。

Graham-Harrison, and Emma, Kuo, Lily. March 19, 2020. "Chinas coronavirus lockdown strategy: Brutal but effective." *The Guardian*, https://www.theguardian. com/world/2020/mar/19/chinas-coronavirus-lockdown-strategy-brutal-but-effective. 查閱日期：2021 年 5 月 10 日。

Hallal, P. C., Hartwig, F. P., Horta, B. L., Silveira, M. F., Struchiner, C. J., Vidaletti, L. P., Neumann, N. A., Pellanda, L. C., Dellagostin, O. A., Burattini, M. N., Victora, G. D., Menezes, A. M. B., Barros, F. C., Barros, A. J. D., Victora, C. G. Nov, 2020. "SARS-CoV-2 antibody prevalence in Brazil: Results from two successive nationwide serological household surveys." *Lancet Glob Health*, 8(11):e1390-e1398, doi: 10.1016/S2214-109X(20)30387-9. 查閱日期：2020 年 9 月 23 日。

He, X., Lau, E., Wu, P., Deng, X., Wang, J., Hao, X., Lau, Y. C., Wong, J. Y., Guan, Y., Tan, X., Mo, X., Chen, Y., Liao, B., Chen, W., Hu, F., Zhang, Q., Zhong, M., Wu, Y., Zhao, L., Zhang, F., ... Leung, G. M. 2020. "Temporal dynamics in viral shedding and transmissibility of COVID-19." *Nature Medicine*, 26(5): 672–675,https://doi. org/10.1038/s41591-020-0869-5.

Huang, C., Wang, Y., Li, X., Ren, L., Zhao, J., Hu, Y., Zhang, L., Fan, G., Xu, J., Gu, X., Cheng, Z., Yu, T., Xia, J., Wei, Y., Wu, W., Xie, X., Yin, W., Li, H., Liu, M.,

Xiao, Y., ... Cao, B. (2020). "Clinical features of patients infected with 2019 novel coronavirus in Wuhan, China." *Lancet* (London, England), 395(10223): 497–506, https://doi.org/10.1016/S0140-6736(20)30183-5.

Latinne, A., Hu, B., Olival, K. J., Zhu, G., Zhang, L., Li, H., Chmura, A. A., Field, H. E., Zambrana-Torrelio, C., Epstein, J. H., Li, B., Zhang, W., Wang, L. F., Shi, Z. L., Daszak, P. 2020. "Origin and cross-species transmission of bat coronaviruses in China." *Nature Communications*, 11(1): 4235, https://doi.org/10.1038/s41467-020-17687-3.

Lau, H., Khosrawipour, V., Kocbach, P., Mikolajczyk, A., Schubert, J., Bania, J., Khosrawipour, T. 2020. "The positive impact of lockdown in Wuhan on containing the COVID-19 outbreak in China." *Journal of Travel Medicine*, 27(3): taaa037, https://doi.org/10.1093/jtm/taaa037.

Phillips, Nicky. February 16, 2021. "The coronavirus is here to stay – heres what that means." *Nature,* https://www.nature.com/articles/d41586-021-00396-2. 查閱日期：2021 年 5 月 17 日。

Report of the WHO-China Joint Mission on Coronaviru Disease 2019 (COVID-19), 16-24 February 2020, file:///C:/Users/user/Downloads/who-china-joint-mission-on-COVID-19---final-report-1100hr-28feb2020-11mar-update.pdf.

WHO Situation report - 3, https://www.who.int/docs/default-source/Coronaviruse/situation-reports/20200123-sitrep-3-2019-ncov.pdf.

WHO Situation report-1, https://www.who.int/docs/default-source/coronaviruse/situation-reports/20200121-sitrep-1-2019-ncov.pdf.

WHO. March 9, 2020. "WHO Director-Generals opening remarks at the media briefing on COVID-19 - 9 March 2020." https://www.who.int/director-general/speeches/detail/who-director-general-s-opening-remarks-at-the-media-briefing-on-COVID-

19---9-march-2020. 查閱日期：2021 年 5 月 17 日。

Wu, F., Zhao, S., Yu, B., Chen, Y. M., Wang, W., Song, Z. G., Hu, Y., Tao, Z. W., Tian, J. H., Pei, Y. Y., Yuan, M. L., Zhang, Y. L., Dai, F. H., Liu, Y., Wang, Q. M., Zheng, J. J., Xu, L., Holmes, E. C., Zhang, Y. Z. 2020, Mar. *Nature*, 580(7803):E7. PMID: 32015508; PMCID: PMC7094943. 論文接收日期：2020 年 1 月 7 日。

Yuan, Z., Xiao, Y., Dai, Z., Huang, J., Zhang, Z., Chen, Y. (2020). "Modelling the effects of Wuhans lockdown during COVID-19, China." *Bulletin of the World Health Organization*, 98(7): 484–494, https://doi.org/10.2471/BLT.20.254045.

Zhu, N., Zhang, D., Wang, W., Li, X., Yang, B., Song, J., Zhao, X., Huang, B., Shi, W., Lu, R., Niu, P., Zhan, F., Ma, X., Wang, D., Xu, W., Wu, G., Gao, G. F., Tan, W., & China Novel Coronavirus Investigating and Research Team. 2020. "A novel coronavirus from patients with pneumonia in China, 2019." *The New England Journal of Medicine*, 382(8): 727–733, https://doi.org/10.1056/NEJMoa2001017.

兩岸民眾對新冠疫情的樂觀偏誤、
風險識覺與因應作為[1]

葉欣誠

（國立臺灣師範大學環境教育研究所教授）

于仁壽

（中國大陸廈門集美大學工商管理學院講師）

謝佳雯

（國立臺灣師範大學環境教育研究所碩士）

摘　要

　　新冠肺炎（COVID-19）疫情的流行造成全球公共衛生挑戰，雖然世界衛生組織對於防疫有共通性的規範，但在不同的國家或地區，因為習慣、文化、共同經驗的差異，對疾病風險的認知與預防行為有所差異。人們雖會保護自己的健康，但傾向認為別人比自己更容易染疫，此現象稱為「樂觀偏誤」（optimistic bias）。本研究探討臺灣與中國大陸居民對新冠疫情的樂觀偏誤，並嘗試以風險文化理論的群體——網格模型詮釋兩地樂觀偏誤的差異。此外，本研究亦探究樂觀偏誤與風險識覺、風險溝通和預防行為之間的關聯，和兩地受測者的個別變數與關聯的異同。本研究採用同一問卷，分別在兩地取得一千餘份有效樣本。結果顯示兩地受測者對新冠疫情均存有樂觀偏誤，且認為現居地較外國安全很多。大陸受測者的疫情恐懼感與接種疫苗的意願明顯高於臺灣受測者，而臺灣受測者的風險識覺較

---

1 本文已於 2022 年 6 月 28 日發表於《中國大陸研究》65 卷 2 期，頁 1-43。

高，風險溝通行為與戴口罩、勤洗手、保持社交距離等風險預防行為則在兩地受測者間無明顯差別，各主要變數之間的整體關聯則透過路徑分析探究。整體而言，中國大陸偏向網格化的階級主義社會著重控制與遵循規定，臺灣偏向平等主義社會著重社群、合作與信任關係，可嘗試用以解釋兩岸樣本的統計分析結果。

關鍵字：新冠疫情、樂觀偏誤、風險識覺、風險文化理論

壹、前言

2019 年 12 月新型冠狀病毒在中國大陸爆發，世界衛生組織於 2020 年 1 月底公布此疾病為一公共衛生緊急事件（Public Health Emergency of International Concern），2020 年 2 月初將此病毒所造成的疾病稱為 Coronavirus Disease-2019（以下簡稱 COVID-19）。截至 2021 年 11 月，全球超過 2 億 4 千萬人感染，超過 502 萬例死亡，共有 224 個國家或地區有病例出現（World Health Organization 2021a），全球 COVID-19 確診累積分布如圖 1 所示，其疾病的高傳播性質造成民眾採取適當的預防措施，以減緩或限制疾病的傳播。因此，各國政府採取各種的封鎖政策，例如：封鎖邊境、旅遊限制、校園停課、企業停業等措施。COVID-19 除了對健康的影響外，經濟活動的停止、日常生活的干擾，亦帶來許多的挑戰及壓力。

圖 1：全球 COVID-19 確診累積分布圖

資料來源：World Health Organization 2021a

疫情開始之後，全球許多國家陷入封鎖、解封的反覆循環中。到 2021 年夏季過後，歐美國家因疫苗接種率較高，採取與病毒共存的解封措施，意圖振興經濟，讓生活回到正軌。海峽兩岸來往非常密切，在 2020 年 1 月武漢宣布封城之後，臺灣政府隨即宣布限制與中國大陸之間的旅遊往來，並幾乎中止所有的交流活動，全臺灣也進入警戒期。從 2021 年底回頭看過去二年的疫情，雖然中國大陸是初期的疫情中心點，而臺灣也在 2021 年 5 月之後一段時間爆發過較為嚴重的疫情，但海峽兩岸在全世界均屬控制情形良好者。

　　人們都知道面對疫情需要採取自我保護措施，但在心理上經常覺得別人比自己更容易遭遇不幸，或自己會比較幸運，這種現象稱為「樂觀偏誤」（optimistic bias）。在疫情初期的 2020 年 4 月間，臺灣與中國大陸的第一波疫情趨緩，便都出現了大規模出遊人潮，且未戴口罩的人數眾多，當地管理單位發出緊急呼籲，甚至採取關閉景區的措施（三立新聞網 2020; 中央通訊社 2020; 聯合新聞網 2020a; 風傳媒 2020）。過去臺灣民眾面對傳染病時，譬如禽流感（吳宜臻等人 2009, 505-516）、H1N1 新型流感（盧鴻毅等人 2012, 135-158）、超級細菌 NDM-1（辜勁智 2011）等，也透過研究發現存在樂觀偏誤的心態。

　　樂觀偏誤為在某情境下，個人認為自己的風險與他人的風險的差異，與個人的風險識覺（risk perception）相關。COVID-19 疫情在臺灣的《災害防救法》分類中屬於生物病原災害，因此可以災害風險管理（disaster risk management）看待。風險識覺和風險溝通是災害規劃和管理的核心（Kammerbauer and Minnery 2019, 110-134），而 Alcántara-Ayala 和 Moreno（2016, 2079-2093）指出對風險的認識是災害風險管理與制定風險溝通策略的核心。疫情恰是一個檢視樂觀偏誤、風險識覺與風險溝通的特徵與關連的機會，作為日後公共衛生措施的參考。

　　以往的研究顯示風險識覺受到個人的意識型態、專業知識、文化及國家或民族背景等因素的影響（Cutter 1993），成長歷程、信仰、個人經驗、價值觀、環境等皆會產生風險認知的差異感，進而影響風險評估的過程（Rohrmann 2003; Slovic 1987, 280-285; Wachinger et al. 2013, 1049-1065），包括個人與團體或機構之間的風險溝通過程（Kammerbauer and Minnery 2019, 110-134），基於對於上述過程的瞭解訂出的風險溝通策略效果較佳（Rowan 1991, 300-329）。樂觀偏誤可能影響到個人的風險識覺，認為自己較不可能感染 COVID-19，進而影響到執行預防行為的意願，這也在近期針對美國民眾的研究中得到證實（Park et al. 2020, 1859-1866）。

　　世界各國的防疫措施與民眾反應存有重大差異，且可以明顯地觀察出國家體制與文化背景的影響，而臺灣與中國大陸二個社會的制度與文化具有若干共通點與差異點，卻皆有明顯優於西方國家的防疫成果，背後的文化與制度脈絡值得深入探討。由於 COVID-19 疫情為新興議題，我國尚未針對臺灣民眾，就此議題進行樂觀偏誤的相關研究，本研究嘗試透過問卷調查就臺灣與中國大陸的民眾的樂觀偏誤、風險識覺、風險溝通行為等進行分析，並輔助使用風險文化理論（cultural theory of risk）探究進一步的探究。

貳、風險的相關理論與樂觀偏誤

　　風險（risk）一詞指涉及損失、傷害、其他不利或不受歡迎情況的發生機會和可能性（Oxford English Dictionary 2005）。風險的概念是指經歷傷害或危險的可能性，其中危害是指對人及事物的威脅，可能性指危害發生的可能性，而且在某種程度上存在著不確定性（Paek and Hove 2017）。風險也可以指外在事物、環境對人類或社會價值有危害時，因而受到損失

的可能性（Stern and Fineberg 1996）。為了瞭解人類對風險的看法和態度，Rohrmann（2011）將風險態度定義為在決定如何處於具有不確定結果的情況下，接受或避免風險的思維模式。

　　情緒反應也是影響人們判斷風險的因素之一，因為人類無法全方面性理解風險的全貌，造成多數人不願意接受風險的存在，或是使用不切實際或簡化的方式來處理風險（Cutter 1993; 廖楷民 2009, 76-82），此外，亦有可能因為人類對風險判斷過於自信，導致嚴重的錯誤判斷或排斥與其信念不同的資訊，造成嚴重的風險後果（汪明生、翁興利 1993）。對於風險的情緒反應可能會影響人們執行預防行為的機率，當人們認知到風險事件的嚴重性以及可能會受到其影響時，而感到風險相關的焦慮和恐懼，學者Park 等人（2020, 1859-1866）發現受測者越是對 COVID-19 感到焦慮和恐懼，就越有可能尋求有關該疾病風險和預防的資訊，並與他人討論這種疾病的風險和預防方法。

　　風險識覺則指人類（或環境）對於可能面臨的危害，進行的判斷和評估（Rohrmann 2008; Slovic 2010）。Cutter（1993）定義風險識覺為人們為判斷某特定風險，進而對風險進行評估與選擇的過程，而這個過程會受個體本身背景因素影響，例如：成長歷程、信仰、個人經驗、價值觀、環境等不同因素而產生差異感（Rohrmann 2003, 21; Slovic 1987, 280-285; Wachinger et al. 2013, 1049-1065）。有關風險識覺的研究領域，涉及地理學、社會學、政治科學、人類學與心理學等領域。Slovic（1987, 280-285）認為風險識覺研究中有一個很重要的假設，必須視風險為一個「主觀的」概念，而不是「客觀的」概念。Glik 等人（1991, 285-301）認為個體並無法知道所有可能的風險情境和發生的機率，風險應該是一種憑個體感覺的建構。即便風險是對人的客觀存在現象，對風險的判斷仍會因為心理狀態的差異而有誤差，也可以認定風險識覺屬於個人心理的態度或偏好選擇

（周士雄、施鴻志 2000, 365-382）。

　　樂觀偏誤是指覺得別人比自己更容易遭遇到負面或不幸的事件，而能夠透過比較判斷，直接或間接比較自己與他人遭遇負面事件的可能性（Weinstein 1987, 481-500）。當人類心理上認為風險的可控制程度越低，可能會提升風險識覺（Janmaimool and Watanabe 2014, 6291-6313），對於風險的樂觀容易造成判斷失誤。當人類在評估未來的時候，通常都會認為疾病和災害不太可能會發生在自己的身上，傾向認為風險對自己的威脅小於對其他人的威脅。例如：具有樂觀偏誤的吸菸者，可能認為吸菸對自己無害，但可能對其他人的健康有影響（廖楷民 2009, 76-82; Paek and Hove 2017）。由於樂觀偏誤會使人們低估風險事件，可能導致風險識覺的降低。因此，具有樂觀偏誤的民眾有傾向較不從事相關的風險預防行為（Kim and Niederdeppe 2013, 110-134; Park et al. 2020, 1859-1866）。

　　過去在臺灣有關於樂觀偏誤的研究，皆顯示樂觀偏誤的確存在。2006年臺灣發生禽流感，而相關研究顯示臺灣民眾在面對禽流感威脅時，存在樂觀偏誤的心態，但是其程度不大，並非過度的樂觀偏誤（吳宜臻等人 2009, 505-516）。2009 年 H1N1 新型流感蔓延至臺灣，而研究顯示臺灣民眾在面對 H1N1 新型流感威脅時，亦存在樂觀偏誤的情形。研究也發現，若樂觀偏誤越高，接種 H1N1 疫苗的意圖越低（盧鴻毅等人 2012, 135-158）。針對 2010 年的 NDM-1（超級細菌）議題，研究亦顯示臺灣民眾存在樂觀偏誤的情形（辜勁智 2011）。相較之下，中國大陸對樂觀偏誤（稱為「樂觀偏差」）方面的研究應用則較有限，在公共衛生的應用包括在愛滋病健康教育方面的應用（陳靜等人 2009, 84-85, 122）、大學生對於愛滋病的樂觀偏誤調查（王煒等人 2006, 47-51）。此外，在災害防救方面，西南科技大學學者沈潘艷等人（2010, 18-22）在四川汶川大地震之後，對災區的民眾進行了調查，發現災民對於地震具有第一型（認為積極事件更容

易發生在自己身上）與第二型（認為不幸事件更容易發生在別人身上）樂觀偏誤，對水災具有第一型的樂觀偏誤。

　　COVID-19 議題尚屬新興現象，目前臺灣未針對此議題進行相關的樂觀偏誤研究，但已有學者針對美國進行研究。學者 Park 等人（2020, 1859-1866）的研究顯示，年滿 18 歲的美國居民在面對 COVID-19 議題時，存在樂觀偏誤的心態。樂觀偏誤除了與風險識覺呈現負相關，甚至導致受測者降低執行 COVID-19 的預防行為，與相關資訊搜尋的意願。因為樂觀偏誤程度高的民眾，認為自己不太會感染到 COVID-19 疫情，也就沒有動力執行預防行為。這種研究結果也與前述 H1N1 新型流感議題相同，樂觀偏誤導致風險預防行為的執行程度降低。除此之外，Lin 等中國大陸與美國的學者針對中國大陸、美國與以色列民眾面對 COVID-19 的樂觀偏誤進行測試，發現中國大陸民眾的樂觀偏誤最大，且隨著年齡增加，並將該現象歸因於文化差異（Lin et al. 2021）。羅馬尼亞與義大利的學者則針對二國民眾進行施測，發現羅馬尼亞民眾的樂觀偏誤較高，認為原因是義大利的疫情較為嚴重之故（Druică et al., 2020）。

　　Grunig 和 Hunt（1984）提出的「公眾情境理論」（situational theory of publics）主張人們對某個議題或社會情境，有不同的情境認知，進而產生不同程度的溝通行為，而「情境」指的是「與公眾生活有關的社會問題或公共議題」。此外，大多人屬於被動的訊息處理模式（information processing），但是當意識到某種情境或問題的重要性，就會積極主動地搜尋相關資訊（information seeking）。透過對特定情境的認知差異，即可界定出不同的公眾以及不同程度的行為，進而整理出針對不同公眾的溝通策略（Aldoory et al. 2010, 134-140; Grunig and Hunt 1984; Kim and Grunig 2011, 120-149）。Grunig 和 Hunt（1984）認為分析公眾的問題認知及參與程度，可以區隔出不同的公眾類型。也就是說，透過個人對公共情境的

觀感，來解釋公眾如何去回應公共議題的情境，據此提出公共情境理論的架構。情境理論以公眾面對問題的認知程度（problem recognition）、對外界限制的認知程度（constraint recognition），以及個人對問題的涉入程度（level of involvement），這三種作為自變項來區別公眾的類別，並以主動的搜尋資訊（information seeking）與被動的處理資訊（information processing）作為依變項，來解釋公眾的溝通行為。公眾情境理論探究問題認知、限制認知、涉入程度（自變項）與主動的搜尋資訊、被動的處理資訊（依變項）之間的關係，當公眾的問題認知、涉入程度越高，會產生主動搜尋資訊及被動處理資訊的行為，但是當限制認知程度越高時，比較不容易產生主動搜尋資訊的行為。

我國衛生福利部疾病管制署所建議的民眾相關預防行為，包括主動關注與配合中央流行疫情指揮中心所公告之政策，而在實際預防行為上，主要以維持手部衛生、手不乾淨時不觸碰眼口鼻、避免出入人潮眾多且空氣不流通的公共場所、維持社交距離、配戴口罩，並針對特殊場合實施相關的防疫措施。搭乘大眾交通工具（例如：公車、捷運、火車、高速鐵路）時應遵守全程配戴口罩的規定，或是減少非必要前往醫院的需求，這些相關規範基本上與世界接軌。雖然在疫情開始發生時，歐美國家，甚至世界衛生組織都不主張必須戴口罩，但事後均接受了口罩可以有效防疫的科學事實，並且成為標準的預防行為。中國大陸在疫情初期時，為有效抑制疫情的傳播與蔓延，中國大陸政府在個人預防行為上要求民眾減少人潮流動與聚集，保持個人衛生習慣，以增強全民防範意識，並說明戴口罩的行為屬個人責任（中華人民共和國國家衛生健康委員會 2020），因此，在臺灣與中國大陸，如同其他亞洲國家或地區一般，在一開始即將戴口罩視為防疫的關鍵行動。

在疫情開始後，世界各國隨即開始進行 COVID-19 疫苗的研發，在

2020 年下半年，陸續有疫苗開發完成，在若干國家或世界衛生組織取得緊急授權，開始施打。到 2021 年 11 月，全球已經施打超過 70 億劑次疫苗，若以「每百人施打劑比例」之數字而言，至 2021 年 11 月 1 日為止，全球為 89.4，而若干國家則遠高於此，譬如以色列約為 181，中國大陸約為 158，英國約為 153，日本約為 149，法國約為 147，德國約為 134，美國約為 127，臺灣約為 106。疫苗施打人口比例最低者為低收入國家與非洲國家，上述數字普遍低於 20（Our World in Data 2021）。在本研究施測期間，中國大陸的每百人施打劑比例約為 1~2，僅有少數人開始接種疫苗；臺灣則為 0，完全沒有任何人接種過疫苗。因此在本研究中，將接種疫苗的意願視為「未來的風險預防行為」是合理的。除此之外，本研究將戴口罩、維持手部衛生、保持社交距離列為過去的風險預防行為，同時列為問卷的問項。

參、風險識覺分析與風險文化理論

整體而言，研究風險識覺有兩個主要方法，分別為心理衡量範型（psychometric paradigm）和文化理論（cultural theory），心理衡量範型能夠透過客觀的科學分析活動或事件的風險識覺中風險的新穎性和恐懼程度（Fischhoff et al. 1978, 127-152; Slovic 1987, 280-285）；而文化理論則著重於風險識覺和社會、文化間的關聯——根據個體恐懼的來源，以便形成保護自己的生活和文化方式（Alcántara-Ayala and Moreno 2016, 2079-2093; Douglas 1978）。

風險文化理論由英國人類學家 Mary Douglas 提出，主張以文化視角看待風險（王郅強、彭睿 2017, 1-9）。簡而言之，即風險識覺受到文化的影響，在特定文化之下，風險識覺趨於一致；在不同文化之下，風險識覺趨

於分歧。延伸而論，可以說個體之間的風險識覺、風險傳播的個別認知、應對風險的作為均有差異（汪新建等人 2017, 1251-1260），意即風險屬於一種主觀的概念（黃劍波、熊暢 2019, 13-21）。運用風險文化理論最常出現的是著名的「群體 ── 網格」（group-grid）架構，即在考量社會中的各種文化特色後，歸納為二個維度：群體與網格；其中群體（group）較容易理解，即個人在社會中的融入程度，或個人在社會中以高互動、共同面對的方式面對問題，抑或低互動而傾向自我保護，甚至對抗，軸的二端為集體主義（communitarianism）vs. 個人主義（individualism）。網格（grid）的概念較為複雜，意指在社會中因職業、宗教、語言、收入或其他因素造成的階級，個人在社會中若有明顯的階級邊界，也就形成了所謂的網格，若無明顯的階級邊界，就沒有網格，軸的二端為階級主義（hierarchy）vs. 平等主義（equalitarianism）（Douglas and Wildavsky 1983）。這二個軸可將社會分隔為四個象限，如圖 2 所示，該圖參照 Douglas 於 1982 年的對於群體－網格模型的介紹，融入王郅強、彭睿（2017, 1-9）對於分處於四個象限的文化的註解，參考 Schwarz 和 Thompson（1990, 7）對於 Douglas 理論註解的呈現方式。在四個象限中，分別標註階級集體論者、平等集體論者、個人中心者，與宿命論者。

臺灣、中國大陸與其他國家在該圖中可以歸屬於哪一個象限？可以就各地的社會結構與政治制度、文化特徵等角度判斷之。在中國政治的傳統中，人民較為重視治理成效，對於參與面向則較不重視（許雅棠 2019, 73-109）。許倬雲（2006）認為，中國傳統政治的合法性建立於道德性的價值判斷，譬如「天子」這樣來自上天的裁判力量。統治者或執政者需負起道德責任。從另一角度來看，儒家思想中「仁政」與「王道」的概念，至今仍為政治運作核心的價值（黃俊傑 2017, 356），近期諸多研究者，也都提出類似的觀點（Tyler 2014; 朱廷獻 1987, 386-388）。中國歷史上歷經各

個朝代的變化，大清帝國結束，民國成立的過程，孫中山與許多知識分子引入西方民主政治的思潮，歷經多年的變化與海峽兩岸的分治，西方世界的民主參與也隨著時代持續變遷（Dalton 2008, 76-98）。然中國政治運作的核心思維並未有根本性的改變。海峽兩岸人民仍期待有為的政治領導帶來穩定的生活，並且在良好治理、良好績效的引導下，響應執政者的治理規則。在圖 2 的水平軸上，臺灣與中國大陸均屬於偏向右側的集體主義類型。

圖 2：Douglas 提出的群體─網格模式示意圖

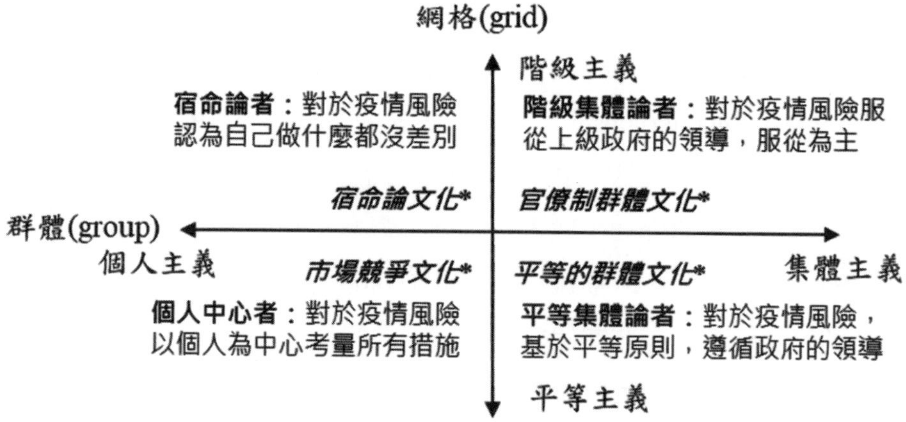

網格(grid)

階級主義

宿命論者：對於疫情風險認為自己做什麼都沒差別　　階級集體論者：對於疫情風險服從上級政府的領導，服從為主

*宿命論文化**　　*官僚制群體文化**

群體(group)
個人主義　←　　　　　　　　　　　→　集體主義

*市場競爭文化**　　*平等的群體文化**

個人中心者：對於疫情風險以個人為中心考量所有措施　　平等集體論者：對於疫情風險，基於平等原則，遵循政府的領導

平等主義

資料來源：Douglas（1983）；王郅強、彭睿（2017, 1-9）。

　　另一方面，臺灣的民主政治發展已經進入更為成熟的階段，尤其年輕的公民對於「公民參與」更為重視，對於社會治理的態度逐漸從「責任基礎」轉為「參與取向」（黃信豪 2018, 1-40），與西方民主國家的運作型態趨近。海峽兩岸的政治文化「同根」，卻不「同質」（沈清松 2001, 352-326）。臺灣經歷過多次民主改革，網路時代的來臨更深化民眾對於公共事務的訊息交換的量與質，也提升了參與程度；中國大陸至今仍有新聞

與訊息的高度管制措施，民眾對於公眾事務的議論仍存在有形與無形的框架。在圖 2 的垂直軸上，臺灣偏向平等主義，或平等的群體文化，生活與言論的規範較少，框架相對不明顯；中國大陸偏向階級主義，或官僚制群體文化，生活與言論的規範多，「網格」明顯。近年中國大陸政府也以「中國式民主」論述中國大陸的政治制度與文化（柴寶勇 2021）。

除了中國大陸與臺灣以外，其他亞洲國家如日本、韓國等「儒家文化圈」亦屬如此，偏向集體主義社會。歐美國家在水平軸上則可歸類為左側偏向個人主義文化，而若干治理鬆散，但人們基本上難以改變宿命的文化的國家則可歸納為左上方的宿命論文化區，譬如印度。

在 COVID-19 發生之後，由於世界各國的防疫與民眾反應發生了重大差異，且可以明顯地觀察出國家體制與文化背景的影響，Douglas 的風險文化理論再度成為社會科學領域藉以觀察、解釋與分析防疫行動的脈絡與有效性的重要參照。在 2020 年，期刊 *Health Risk and Society* 即針對風險文化理論對於解釋全球與各國面臨的新冠疫情風險與不確定性發行了專刊，探討可能的應用。Brown（2020, 1-14）強調風險文化理論中「核心 vs. 邊陲」的思維可以作為討論的核心觀念，亦即譬如義大利、南韓、臺灣的官方政策傳播中強調的「我們」該如何中的「我們」究為何概念？Brown 與 Zinn （2021, 273-288）在新冠疫情中，「風險」與 Douglas 在論述中提出的「罪惡」（sin）扮演相當的角色，且根據誰該被「究責」，甚至「制裁」，來設定社會行為的規範（Alaszewski 2021）。在其他期刊中，也有探討風險預防行為與文化偏誤（偏見）的關聯者。譬如 Davy（2021, 159-166）討論社交距離（social distancing）在不同文化體系中的認知與遵循狀況，以 Douglas 在風險文化論述中使用的「潔淨 vs. 骯髒」譬喻為例，說明這「骯髒」（dirt）即對應前述的罪惡，是一種受制於文化偏誤的社會建構（social construction）。他列出圖 2 群體－網格模式中的四種屬性的

文化偏誤，並且以社交距離為例，探討呈現出來的不同結果，摘錄在表 1中。

表 1：社交距離在四種文化偏誤中的具體詮釋

	階級主義者	平等主義者	個人主義者	宿命論者
網格	強	弱	弱	強
群體	強	強	弱	弱
文化偏誤的喜好	控制	社群	自由	冷漠
制度偏好	政府規定	在地合作	市場競爭	無
自覺為…	遵守規定	有同情心	大膽	安詳
他人覺得這樣是…	專制	覺得外人可疑	魯莽	放鬆或灰心
疫情威脅了…	秩序	信任關係	自主權	生命變得危險
「讓疫情曲線平穩下來」代表…	保護醫療體系	關切高風險群體	創造群體免疫	我無法影響任何事情
疫情期間的「骯髒」是…	違反社交距離的規定	接近陌生人	戴口罩的義務	隨便啦！

資料來源：譯自 Davy 2021

臺灣與中國大陸在全球尺度下，防疫的整體成績均屬良好，可以研判一般民眾自覺感染風險均偏低。依據之前的分析，中國大陸屬於階級主義者，臺灣屬於平等主義者。海峽兩岸的群體文化均強，然而臺灣這樣的民主社會，網格化程度較中國大陸為低。中國大陸整體社會控制強，每每採取強封城手段防堵疫情，即表 1 中偏好或習慣政府的規定與控制，視違反規定者為骯髒或罪惡。同時，官方媒體持續宣傳政府防疫的成就，譬如針對政府影響的微信留言分析，即可發現基於情感因素「將恐懼轉化為自豪」的現象（de Kloet et al. 2021, 366-392），可以研判中國大陸民眾認為外國的風險與自覺感染風險的差距（國際維度的樂觀偏誤）比臺灣明顯。關於組成風險識覺的問題認知、限制認知、涉入程度這三個變數，基於臺灣的社會的確如表 1 所示強調社群與信任關係，關切高風險群體等特性，而中國大陸的社會偏向信任與遵守政府的作為典範，可以研判臺灣居民的「涉

入程度」較高，「問題認知」與「限制認知」則較難判斷。

　　以前述的風險文化理論為基礎，本研究以樂觀偏誤、風險識覺、風險傳播行為與風險預防行為為核心模式，研究臺灣與中國大陸民眾在各主要變數，和變數之間的關連的異同，意即以心理衡量範型為基礎，風險文化理論則扮演輔助詮釋的臺灣與中國大陸的變數與關連異同的角色。

肆、研究方法與執行

　　樂觀偏誤是本研究的重點，主要探討樂觀偏誤是否會影響個人對COVID-19 的風險溝通行為，並將風險識覺視為樂觀偏誤及風險溝通行為之間的中介變項。研究模型主要參考學者 Park 等人（2021, 1859-1866）探討樂觀偏誤對風險識覺、預防行為之影響研究，以及 Grunig 和 Hunt（1984）的公眾情境理論、Kim 和 Grunig（2011, 120-149）的問題解決情境理論中對於風險識覺（問題認知、限制認知、涉入程度）與風險溝通行為（主動的資訊搜尋、被動的資訊處理）兩者關係之研究。由於臺灣及中國大陸曾經歷過 2002~2003 年 SARS 和 2009 年 H1N1 這類型的流行病疫情，且均造成民眾染疫身亡的情形，尤其以 2002~2003 年的 SARS 事件更加嚴重，過去流行病疫情經驗是否對 COVID-19 的風險情緒反應會更加敏感，因此，參考 Park 等人（2021, 1859-1866）風險情緒反應研究，探討負向情緒是否會影響樂觀偏誤及風險識覺。新冠疫情發生後，運用不同模式的相關研究持續累積，譬如 Hou 等（2020）針對中國大陸的網路監視在新冠疫情初期對於公眾關注、情緒與行為反應的影響進行了探討，認為情緒影響了關注與防疫行為，進而錯過了二次的初期防制的機會點。Kim 與 Hong（2021, 1-10）則在問題解決情境理論（STOPS）架構中探討南韓民眾在新冠疫情期間，焦慮與恐懼二種情感與主觀規範（subjective norm）和風險識覺與

風險傳播行為之間的交互影響，發現風險識覺影響焦慮與恐懼，而焦慮進一步影響風險傳播行為。在疫情發生之前，樂觀偏誤與情緒之間的關聯（Chapin and Pierce 2012, 19-28）、與風險傳播行為之間的關聯（Lu et al. 2009, 183-190）也分別有學者進行過相關研究。

　　簡而言之，本研究主旨為探究臺灣與中國大陸民眾是否對COVID-19疫情存有樂觀偏誤，與是否因兩岸文化差異而有所不同。同時探討樂觀偏誤是否會影響個人的風險識覺，且應用公眾情境理論探討風險識覺對風險溝通行為、風險預防行為之間的關聯，並藉此釐清負向情緒是否會影響樂觀偏誤及風險識覺。

　　研究模型如圖3所示，由於過去樂觀偏誤與風險識覺、情緒之間的關聯之相關研究較少，以虛線連結樂觀偏誤和這二個變數，希望透過本研究予以驗證。本研究將各變數依照各相應理論，編製為問卷，並且在通過信度與效度檢驗之後，對臺灣與中國大陸民眾施測。依照前述分析，臺灣與

圖3：本研究架構與各變數與因素之關係

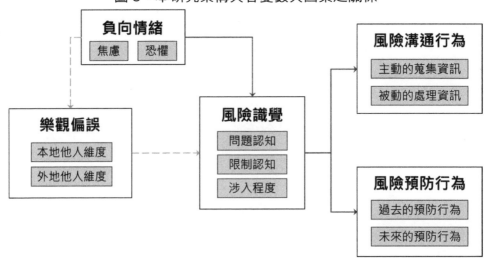

資料來源：本研究整理

中國大陸民眾在圖 2 中分屬於第二象限與第一象限，即在群體的軸線上均屬右側偏向集體主義，然在網格的軸線上分屬下側與上側。結合圖 3 的研究架構，可以透過調查研究，瞭解不同的網格化程度對於圖 3 中的樂觀偏誤、負向情緒、風險識覺，和關鍵變數之間的關連的影響。

　　在本研究中，「樂觀偏誤」係指自認他人感染疾病的風險（自我維度）比自認自己感染疾病風險（他人維度）的差異，而他人維度還分為「本地尺度」與「全球尺度」。「風險識覺」以李克特量表（Likert Scale）的五尺度選項（非常低、低、中性意見、高、非常高），分別給予 1（非常低）到 5（非常高）的分數。有關「負向情緒」的變項測量，參考學者 Park 等人（2020, 1859-1866）研究對 COVID-19 的焦慮及恐懼的情形，同樣採用並採李克特量表的五尺度選項，分數越高代表焦慮及恐懼的程度越高，反之則否。

　　「風險識覺」與「風險溝通行為」為 Grunig 和 Hunt（1984）提出的公眾情境理論的核心，並將影響風險識覺的因素分為：問題認知、限制認知、涉入程度三項，問題認知定義為人們可以辨識或察覺出議題的存在，限制認知定義為人們意識到採取行動時所受到外界的阻礙程度，涉入程度定義為個人對於議題的關聯或參與程度。風險溝通行為分為「主動的搜尋資訊」及「被動的處理資訊」二個變項，再依後續學者 Kim 和 Grunig（2011, 130-149）提出的問題解決情境理論，變項下再分為資訊挑選、資訊傳遞、資訊獲取三個面向。資訊挑選的主動行為是資訊防衛、被動行為是資訊許可；資訊傳遞的主動行為是資訊散布、被動行為是資訊共享；資訊獲取的主動行為是資訊尋求、被動行為是資訊注意。上述題項設計參考學者 Kim 和 Grunig（2017）對問題解決情境理論所提出的量表建議，並採李克特量表的五尺度選項設計。

　　「風險預防行為」分為「過去的」與「未來的」風險預防行為。參考衛生福利部疾病管理署所建議的預防方式，過去的風險預防方式有戴口罩、維持手部衛生以及保持社交距離三種。在本研究中，參考學者 Kim 和 Niederdeppe（2013, 120-149）探討 2009 年美國大學生在 H1N1 流感大爆發的過去的預防流感行為變項，測量受測者在預防行為的執行頻率，採李克特量表的五尺度選項（從未、偶爾、有時、經常、總是），分別給予 1（從未）到 5（總是）的分數。未來的風險預防行為則參考學者 Head 等人（2020, 698-723）探討美國民眾對於 COVID-19 疫苗接種意向調查，同樣採李克特量表的五尺度選項。影響施打疫苗意願性的可能因素有很多種，例如：疫苗的獲取方式、施打金額、對於疫苗可能造成副作用的擔憂等，都會影響個體對於施打疫苗的意願性，不過本研究設計題目的目的為了解民眾對於 COVID-19 疫苗接種的意願性，影響施打疫苗意願性之因素並非本研究的研究範圍。

　　簡而言之，本研究接續前述的風險文化理論在圖 2 中的詮釋，運用問卷為研究工具，來探究是否海峽兩岸不同階級化程度的群體文化會反映在民眾對於疫情的樂觀偏誤上，而風險識覺、風險溝通行為與風險預防行為是否亦有所差異。此外，也瞭解樂觀偏誤、風險識覺、風險溝通行為、風險預防行為之間的關聯。

　　根據上述考量設計的各問卷題目，整理為表 2。在臺灣，使用 google 表單施測；在中國大陸，則將該問卷以簡體字重新編制為騰訊問卷，並且依照中國大陸的語言習慣調整部分用語。譬如，「在臺灣」調整為「在國內」；「COVID-19」調整為「新冠肺炎」；「社群媒體、網路」調整為「社交媒體、網絡」；「鄉村」調整為「農村」。

　　為提升問卷的效度，除了個別請教公共衛生與測驗領域專家學者以外，另外正式邀請三位領域專家學者進行審查，請專家學者根據題目的適

合度評分，並提供修改意見。本研究依據專家學者的意見及適合度評分，修改問卷題項以使內容更為合宜。三位專家分別屬於健康促進、環境教育、災害防救領域。

有效問卷回收後，使用 SPSS 23.0 統計軟體進行問卷回收資料分析，處理方式包含信度分析（Reliability）、敘述性統計分析（Descriptive statistics analysis）、相依樣本 t 檢定（Paired samples t-test）、單因子變異數分析（ANOVA）、皮爾森積差相關分析（Pearson product-moment correlation）、順序迴歸分析（Ordered logit regression）等。其中信度分析採量表式多題項的測量方式，針對各變項進行測量，以 Cronbachs α 係數來判對信度的高低，檢定各問項間的凝聚程度。敘述性統計用以展現整體調查的結果，和臺灣與中國大陸樣本的對照；其餘統計方法則用以檢驗統計資料的差異性、各變數之間的關聯、群體之間的表現差異等。

問卷的施測對象抽樣依母數抽樣原則（Rea and Parker 1997），在 95% 信心水準和抽樣誤差在正負 3% 計算下，樣本至少需要 1067 份。2020 年臺灣人口約 2300 萬人，中國大陸人口約 14 億人，均以有效樣本數超過 1067 份為目標抽樣。臺灣以北部、中部、南部、東部、離島人口比例大致分區抽樣；中國大陸則儘可能做到人口稠密區樣本數較多，各省都有樣本。在臺灣與中國大陸，均以網路問卷形式，使用滾雪球抽樣（snowball sampling）執行。滾雪球抽樣需選擇一組調查對象，再請他們提供另外屬於研究的調查對象，這一系列的過程將形成滾雪球的效應。在臺灣以臺灣師範大學使用 facebook、line 等社群軟體，委託親朋好友協助轉發問卷，並使用臺大 PTT 實業坊（https://term.ptt.cc/）的「問卷板」（Q_ary）、「抽獎板」（drawing），透過張貼網路問卷的連結和說明，並提供抽獎以吸引受訪者填答。在中國大陸，以北京師範大學、廣東地區企業等為發起點，透過微信群組、師生邀請等不同方式蒐集有效樣本。臺灣地區採樣時間為

2020 年 11 月至 12 月，中國大陸採樣時間為 2021 年 1 月至 2 月。

表 2：本研究問卷問題與相應之變數和變項

變數	變項	題目
樂觀偏誤	自我維度	我覺得自己感染 COVID-19 的可能性為何？
	他人維度（本地尺度）	在臺灣（中國大陸），其他年紀、性別和我相同的人感染 COVID-19 的可能性為何？
	他人維度（全球尺度）	在全球其他地方，其他年紀、性別和我相同的人感染 COVID-19 的可能性為何？
負向情緒	焦慮	對於 COVID-19 疫情，我感到擔心的程度為何？
	恐懼	對於 COVID-19 疫情，我感到恐懼的程度為何？
風險識覺	問題認知	我從沒想過會發生像 COVID-19 這樣的全球性流行病疫情。
		我以嚴肅的心情看待 COVID-19 的疫情。
	限制認知	我認為 COVID-19 的問題是可以解決的。（反向題）
		我的防疫措施能夠協助 COVID-19 的疫情解決。（反向題）
		不論我做甚麼，都無法改變 COVID-19 的疫情。
	涉入程度	我覺得 COVID-19 疫情與我的生活密切相關。
		我覺得 COVID-19 疫情影響到我的生命安全。
		我覺得 COVID-19 疫情會影響我和我親朋好友的健康與生活。
風險溝通行為	主動的搜尋資訊	我知道要去哪裡搜尋 COVID-19 疫情的資訊。
		我可以輕易判斷 COVID-19 疫情資訊的價值。
		我曾在網路上發表關於 COVID-19 疫情的看法。
		我曾和親朋好友討論我對 COVID-19 疫情的看法。
		我曾主動去搜尋 COVID-19 疫情的資訊。
	被動的搜尋資訊	我對 COVID-19 疫情的所有觀點都感興趣。
		只要與 COVID-19 疫情有關的資訊，即使與自己的意見相反，我也會聽取。
		我不會主動開啟 COVID-19 疫情的話題，但是我願意加入話題的討論。
		如果被問到 COVID-19 疫情的相關議題，我不會排斥發表個人意見。
		當我瀏覽社群媒體、網路時，我會留意 COVID-19 疫情的消息。

變數	變項	題目
風險預防行為	未來的風險預防行為	若開始施打 COVID-19 疫苗，我接受施打疫苗的可能性為何？
	過去的風險預防行為	在過去幾個月中，下列預防行為的執行頻率為何？
		戴口罩
		維持手部衛生
		保持社交距離

資料來源：本研究整理

　　臺灣從疫情開始之後，直到 2021 年 5 月中下旬一波較為明顯的疫情發生之前，疫情基本上均在控制良好的狀況之下。從 2020 年 1 月到 2021 年 4 月，雖然經歷過幾次群聚傳染危機，但均安然度過，沒有發生疫情爆發的狀況。截至 2021 年 4 月底為止，確診人數為 1,100 人，相當於每百萬人染疫人數為 47 人（Google 疫情網站，2021）；整體疫情從 2020 年 5 月份開始即呈現穩定控制狀態，在施測問卷的 2020 年 11 月至 12 月期間，並無特殊疫情狀況發生。中國大陸的疫情在一開始從武漢開始的大規模傳染，到 2020 年 3 月期間，每日染疫人數即已明顯降低至每日 100 人以下，後在 2020 年 7 月期間與 2021 年 1 月期間，曾經二度出現區域性傳染，然均在強力封城防疫措施後在幾週內重新恢復穩定。截至 2021 年 4 月底為止，確診人數為 103,562 人，相當於每百萬人染疫人數為 79 人（World Health Organization 2021b），在全球各國中亦屬相當低的數字。在施測問卷的 2021 年 1 月至 2 月期間，中國大陸發生了石家莊的群聚感染事件，然並未擴大，對於整個大陸的風險狀況沒有明顯影響。臺灣與中國大陸的採樣時間，均可以代表從 2020 年下半年到 2021 年上半年該地區整體的風險狀況。

伍、研究結果與討論

　　臺灣問卷收回 1,735 份有效問卷，然而由於北部地區、女性比例較高，為符合原先預計各地區人口抽樣比例，透過 EXCEL 針對樣本特性為北部地區及女性者隨機刪除樣本，刪除後的樣本共 1,379 份問卷。中國大陸問卷回收 1,225 份有效問卷，各省均有樣本，以廣東、山東、北京、四川、江蘇等省市樣本數較多。

　　臺灣受測者中男性共 549 人，占總人數之 39.8%，女性共 830 人，占總人數之 60.2%。受測者之年齡分布以 20-29 歲為最多，其次為 40-49 歲、50-59 歲，分別占 40.6%、15.6%、15.3%。受測者之教育水準以大學的比例最高，其次為碩士、高中職，分別占 54.4%、19.5%、11.6%。受測者之居住環境以都會地區為主，占總人數之 78.0%，居住在鄉村地區者占總人數之 22.0%。受測者之自我健康評量以自己健康者為最多，其次為一般、很健康，分別占 34.8%、32.2%、20.0%。中國大陸受測者中男性共 567 人，占總人數之 46.3%，女性共 658 人，占總人數之 53.7%。受測者之年齡分布以 20-29 歲為最多，其次為 30-39 歲、40-49 歲，分別占 40.6%、31.3%、20.7%。受測者之教育水準以大學本科（大學部）或專科比例最高，其次為高中、碩士，分別占 48.3%、22.8%、11.3%。受測者之居住環境以城市地區為主，占總人數之 56.3，居住在農村地區者占總人數之 43.7%。受測者之自我健康評量以自己健康者為最多，其次為很健康、一般，分別占 27.8%、23.3%、19.6%。整體而言，臺灣與中國大陸的樣本比例在性別、年齡、學歷、自我健康評量方面的比例類似，臺灣樣本居住在城市比例明顯高於中國大陸樣本，也反映出臺灣與中國大陸的整體幅員與城鄉發展狀況的差異。表 3 列出臺灣與中國大陸樣本的若干基本變項。

　　以下分別就各主要變數與變項的統計結果進行比較與檢定分析，在運

表 3：臺灣與大陸樣本的若干基本變項人數與百分比

變項	類別	樣本數		百分比（%）	
		臺灣	中國大陸	臺灣	中國大陸
性別	男	549	567	39.8	46.3
	女	830	658	60.2	53.7
年齡	19 歲及以下	159	35	11.5	2.9
	20-29 歲	560	497	40.6	40.6
	30-39 歲	163	384	11.8	31.3
	40-49 歲	215	254	15.6	20.7
	50-59 歲	211	42	15.3	3.4
	60-69 歲	65	9	4.7	0.7
	70 歲及以上	6	4	0.4	0.3
教育水準	博士	91	39	6.6	3.2
	碩士	269	138	19.5	11.3
	大學本科或專科	750	592	54.4	48.3
	高中	97	279	7.0	22.8
	初中	160	131	11.6	10.7
	小學	12	44	1.9	3.6
	其他	0	2	0.0	0.2
居住環境	城市地區	1075	690	78.0	56.3
	鄉村地區	304	535	22.0	43.7

資料來源：本研究整理

用迴歸分析初步理解臺灣與中國大陸樣本中各變數之間的關連，瞭解圖 3
的模型是否需要修正，再使用結構方程式（SEM）中的路徑分析分別就臺
灣與中國大陸的樣本進行分析，瞭解各變數之間的關連為何。

一、主要變數與變項的統計比較分析

　　樂觀偏誤乃本研究的核心變數，針對臺灣與中國大陸的樣本分別分
析，均可發現樂觀偏誤的存在。表 4 列出臺灣與中國大陸受測者回答認

為自己（自我維度）、在同國家或地區的其他人（本地他人維度）、在外國的其他人（全球他人維度）的感染可能性統計結果。臺灣受測者自我維度（M=2.00，SD=0.98）得分低於他人維度（本地）（M=2.25，SD=1.01）；中國大陸受測者自我維度（M=1.73，SD=0.95）得分也低於他人維度（本地）（M=1.79，SD=0.95）；無論是臺灣或中國大陸受測者，在他人維度（全球）的得分（M=3.83，SD=1.05；M=3.97，SD=1.07），均明顯高於自我維度與他人維度（本地）。簡而言之，臺灣受測者與中國大陸受測者相對於本地民眾而言，即存有樂觀偏誤；若相對於其他國家居民而言，則樂觀偏誤更明顯。

　　若仔細觀察表 4 的數據，可以發現幾個特徵：臺灣受測者的自我維度與本地他人維度得分均較大陸受測者為高，且透過獨立樣本 t 檢定分析，可以發現均達到統計上的顯著性。顯示臺灣受測者基本上對於自己或本地其他人的感染風險預估普遍較大陸受測者高，基本上可能代表一種較為審慎或緊張的態度，或大陸受測者基本上認為整體防疫成績更值得信任。臺灣與大陸受測者的全球他人維度得分在統計上並無明顯差距，且都與自我維度或本地他人維度有 1.5 分以上的差距，可以看到兩岸民眾都覺得他國明顯比較危險，且就數字本身而言，中國大陸受測者的全球樂觀偏誤（M=2.24，SD=2.74）比臺灣受測者更大（M=1.84，SD=1.51），$t(2602)=7.14$，$p<.001$，$d=0.268$，統計上差異顯著，且效果量達到中小規模。中國大陸對於自己防疫的成績透過各種媒體強調，譬如「偉大抗疫精神是中國精神的主動詮釋」為題的宣傳，仍持續在官方媒體上持續出現（申少鐵 2021），其國際樂觀偏誤比臺灣這樣的民主開放社會為高，可以理解。

　　此外，若以相依樣本 t 檢定分析臺灣受測者的本地樂觀偏誤，自我維度得分（M=2.00，SD=0.98）比本地他人維度（M=2.25，SD=1.01）小，$t(1378)=11.54$，$p<.001$，$d=0.25$，統計上差異顯著，且效果量達到中小規

模；對中國大陸受測者樣本進行類似分析，發現 $t(1223)=2.67$，$p=.008$，d =0.06，統計上差異存在，然效果量（d）並未達到標準，可以說本地樂觀偏誤存在，但不明顯。以本地樂觀偏誤而言，臺灣受測者明顯高於中國大陸，$t(2602)=6.52$，$p<.001$，d =0.302，統計上差異顯著，且效果量達到中小規模。這也顯示了臺灣受測者覺得自己與同在臺灣的其他人狀況不同，但中國大陸受測者基本上覺得自己與其他同在中國大陸的民眾沒有明顯差異。這有可能說明中國大陸受測者的集體主義傾向比臺灣更明顯，且在極為中央集權的強勢管制與領導下，民眾更為「網格化」，個人意志的角色更加淡化，同樣在上述信任「黨與政府」的大氛圍下，認為自己與同在中國大陸的其他人的感染風險類似。在臺灣，「平等的群體文化」使每一位民眾更是自己為獨立的個體，個人、政黨與團體皆可對政府的防疫措施發表批評意見，自己對自己的健康主導權更強，對於透過自我健康管理以降低染易風險更有信心，形成了在臺灣內部的自我樂觀偏誤。

表 4：臺灣與中國大陸受測者樣本的各維度感染風險預估數字與分析

變項	平均值（標準差）		自由度	t 值	效果量（d）
	臺灣 N=1379	中國大陸 N=1225			
自我維度	2.00(0.98)	1.73(0.95)	2582	7.08***	0.031
他人維度（本地）	2.25(1.01)	1.78(0.95)	2593	12.09***	0.479
全球維度（全球）	3.83(1.05)	3.97(1.07)	2602	-3.23**	0.132
本地樂觀偏誤	0.25(0.65)	0.05(0.51)	2602	6.51***	0.302
全球樂觀偏誤	1.84(1.51)	2.24(2.74)	2602	-7.14***	0.268

說明：效果量 d ≧ 0.2 為小效果；d ≧ 0.5 為中效果；d ≧ 0.8 為大效果；*p < .05 **p < .01 ***p < .001
資料來源：本研究整理

　　表 5 列出其他相關的變數與變項的調查得分，以利後續之比較分析。

變數包括負向情緒、風險識覺、風險溝通行為、風險預防行為等，變數下包括若干變項，而相應於變項之問卷題目包括一到三題。臺灣與中國大陸受測者的焦慮與恐懼情況基本上都算高，然臺灣受測者的焦慮程度與中國大陸受測者無統計上的明顯差距，但大陸受測者的恐懼程度明顯大於臺灣。這可能與疫情於 2020 年 1 月從武漢封城開始的大爆發與初期約二個月在中國大陸的嚴格控管有關，臺灣基本上疫情數字持續偏低，民眾的恐懼感較中國大陸低。

根據 Grunig 和 Hunt（1984）提出的公眾情境理論，風險識覺由問題認知、限制認知、涉入程度三項因素構成，臺灣樣本的變項 Cronbachs α 值分別為 0.61、0.62、0.82，中國大陸樣本的變項 Cronbachs α 值分別為 0.64、0.75、0.77，信度檢驗數值已達中高水準，同時考量問卷題目均參考 Kim 和 Grunig（2017）對該理論所提出的量表建議所擬定，因此保留所有題目組合。限制認知中有反向題，在進入 SPSS 分析前以先執行數值轉換。兩岸民眾的「問題認知」與「涉入程度」分數均偏高，顯示對於疫情的關注與涉入程度均高，認識疫情與自己和周遭親友的生活具有高度關聯；而「限制認知」分數偏低則顯示兩岸民眾對於解決疫情問題的限制或阻礙認知低，也可以說自我效能偏高。臺灣受測者的風險識覺得分基本上高於中國大陸，且在「問題認知」與「涉入程度」上有顯著差異。參照之前表 1 所列的中國大陸與臺灣分屬「階級主義者社會」與「平等主義者社會」的各項社會文化特色分析，臺灣受測者強調社群與在地合作，網格化程度較低，「涉入程度」較高可以理解。與中國大陸相較之下，臺灣社會較為開放，網路沒有管制，對於疫情相關資訊的獲取管道更為順暢，較無嚴格的強封城與言論控制，讓臺灣受測者的問題認知較中國大陸受測者為高。

表 5：臺灣與中國大陸受測者樣本的變數與變項得分與分析

變項		平均值（標準差）		自由度	t 值	效果量（d）
		臺灣 N=1379	中國大陸 N=1225			
負向情緒	焦慮	3.15(1.13)	3.25(1.11)	2602	-2.21*	0.089
	恐懼	2.95(1.12)	3.35(1.28)	2452	-8.48***	0.334
風險識覺	問題認知	4.21(0.77)	3.97(0.86)	2476	7.36***	0.295
	限制認知	2.08(0.72)	2.03(0.87)	2602	1.51	0.063
	涉入程度	4.16(0.79)	3.75(0.89)	2602	12.41***	0.489
風險溝通行為	主動的搜尋資訊	3.70(0.72)	3.78(0.80)	2602	-2.86**	0.105
	被動的資訊處理	3.91(0.71)	3.82(0.81)	2602	3.19**	0.119
風險預防行為	未來的風險預防行為	3.13(1.34)	3.91(1.14)	2596	-15.99***	0.624
	過去的風險預防行為	3.76(0.71)	3.90(0.88)	2355	-4.39***	0.176
	戴口罩	4.02(0.84)	3.79(1.12)	2252	5.77***	0.234
	維持手部衛生	3.91(0.81)	3.89(1.10)	2234	0.65	0.021
	保持社交距離	3.34(0.94)	4.02(1.07)	2602	-16.98***	0.678

說明：效果量 d ≧ 0.2 為小效果；d ≧ 0.5 為中效果；d ≧ 0.8 為大效果；*p < .05 **p < .01 ***p < .001
資料來源：本研究整理

　　在風險溝通行為方面，臺灣與中國大陸受測者普遍得分偏高，顯示無論主動或被動蒐集資訊或被動處理資訊的傾向均強，且無論是實際的討論或公開的網路溝通均為如此。中國大陸雖然在疫情初始階段發生了李文亮醫師事件，但隨即隱匿疫情的相關幹部遭受到懲處，且李文亮醫師被視為抗疫烈士（聯合新聞網 2020b），使得中國大陸受測者在疫情資訊的交換上沒有太多的心理負擔，整體呈現的狀況與臺灣受測者類似，大致上受到政府法令限制，不得擅自發布未經證實的消息或疫情資訊，其他訊息交換則無限制。臺灣與中國大陸在二個變項之得分均無統計上的明顯差異。

　　在風險預防行為方面，包括「未來的風險預防行為」與「過去的風險

預防行為」二個變項，臺灣與中國大陸樣本在過去的風險預防行為變項的
Cronbachs α 值分別為 0.76 與 0.73，臺灣樣本的 Cronbachs α 值為 0.76，
信度屬於中高程度。在過去的風險預防行為上，中國大陸的整體平均分數
（M=3.90）高於臺灣的整體平均分數（M=3.75），但比較單一預防行為
的話，臺灣受測者戴口罩行為得分明顯高於大陸受測者，但在保持社交距
離方面明顯低於大陸受測者，維持手部衛生的得分則與大陸受測者無明顯
差別。就風險管控的角度而言，戴口罩與保持社交距離二者屬於相互權衡
（trade-off）關係的行為，即在戴著口罩的情形下，便可以不保持社交距離；
若沒有戴口罩，則必須保持更大的社交距離。臺灣受測者有 SARS 的經驗，
在疫情之初即設法戴上口罩自主健康管理，就算當時衛福部還呼籲健康的
人不需要戴口罩。口罩是管制的戰略物資，全民排隊領口罩成為疫情初期
的全民運動，讓臺灣受測者對於戴口罩非常重視，整體得分大於 4 分。疫
情發展至今，臺灣各級學校與政府部門、公司行號基本上均照常運作，前
提是戴好口罩，在現實上反映了「戴口罩更勝於保持社交距離」的實況。

　　兩岸受測者的「未來的風險預防行為」有明顯的差異，即接種疫苗的
意願明顯不同。中國大陸受測者的平均分數（M=3.92）高於臺灣受測者
（M=3.13），t 值達到 15.99，$p < 0.001$，具有統計上的顯著性。在問卷施
測時，中國大陸本身已經開發出科興疫苗與國藥疫苗，且外銷至其他國家；
臺灣則透過各種管道採購，在問卷施測時尚無任何疫苗可供施打。客觀而
言，當時中國大陸與臺灣的疫情管控狀況均屬良好，一般民眾注射疫苗的
迫切感不高。然而，中國大陸屬於管控較為嚴格的社會，在政府政策的強
力要求與執行，搭配認同感與使命感的自覺與宣傳，自己又已有上市的疫
苗，願意接種疫苗的比較較高是可以理解的。或說，根據圖 1 與表 1 的分
析，有可能在中國大陸的嚴控社會中，網格化明顯，個人在打疫苗這件事
情上，基本上難違逆政府政策，且遵守規範為社會典範，無論是自己願意

或難以拒絕，容易傾向接種疫苗。臺灣受測者在一個管控強度較低的社會中，願意接種疫苗的分數仍到達 3 分，可說不低。在不同疫苗的安全性逐步因全球接種人數愈來愈多後形成議題，民眾對於不同類別疫苗的接種意願可能會再變動，後續可以就不同疫苗的接種意願差異、接種或不接種疫苗的動機再予以深入研究。

　　臺灣與中國大陸受測者對於自己感染、他人感染、他國人感染的認知不同，有可能與二地的新聞傳播與政府宣傳模式亦有關係。在疫情期間，中國大陸持續透過強力的宣傳，主導各種議題的方向，在原來已經控管的資訊流通基礎上，強化抗疫成果的集體認同，且以一幅員廣大的國境而言，疫情控制情形優於其他大部分國家，且對比美國等國家的慘烈疫情，使得政府宣傳更有著力點，讓民眾對於自己和政府均具有信心。臺灣的體制與中國大陸不同，然而在疫情期間的新聞傳播模式在執政當局有效主導之下，亦屬擁護政府的強力宣傳模式，且在言論市場中透過不同策略強化政府對於疫情的管控權威。同樣地，因為防疫成績相較於其他國家相當良好，也使得民眾對於己身免於染疫具有信心。兩岸的政治體制雖然不同，防疫的強力執行程度也不同，然而均因防疫表現使得相對於外國的樂觀偏誤相當明顯。簡而言之，整個社會的感染狀況或防疫績效可能才是影響民眾信心的最關鍵因素。因此，可以大膽假設，若在 2021 年 6 月到 7 月，臺灣疫情最嚴重的期間施測，臺灣受測者對於自己感染的風險應會提昇，相對於外國的樂觀偏誤應會降低。

二、使用迴歸統計分析各變數與變項之間的關聯程度

　　本研究問卷以李克特五等量表詢問受測者對各題的不同問項的同意情形，基本上具有順序特性。因此，使用順序邏輯迴歸（ordered logit regression）檢驗各主要變數之間的關係。順序邏輯迴歸法能夠預測變項與

具有順序尺度依變項的關係，本研究運用該方法界定各主要變數之間的關連，主要變數包括負向情緒、樂觀偏誤、風險識覺、風險溝通行為、風險預防行為等。在風險識覺對風險溝通行為及風險預防行為的影響程度探討中，並納入個人特徵（性別、年齡、教育水準、月收入、居住環境、自我健康評量）做為控制變項，以探討臺灣與中國大陸兩者的防疫行為差異。

使用迴歸分析檢驗負向情緒（焦慮、恐懼）與樂觀偏誤之關係，結果顯示臺灣與中國大陸樣本的焦慮、恐懼均與樂觀偏誤無顯著關係，表示受測者的負向情緒並無法預測樂觀偏誤。以迴歸分析檢驗負向情緒（焦慮、恐懼）與風險識覺（問題認知、限制認知、涉入程度）之關係，發現臺灣樣本的焦慮與問題認知、涉入程度有顯著關係，但與限制認知無顯著關係。恐懼與問題認知、限制認知、涉入程度有顯著關係，表示臺灣受測者的焦慮程度越高，問題認知、涉入程度越高，受測者的恐懼程度越高，問題認知、限制認知、涉入程度越高。另一方面，中國大陸樣本的焦慮與問題認知、限制認知、涉入程度有顯著關係，恐懼與問題認知、限制認知、涉入程度均無顯著關係，表示對於中國大陸受測者而言，比起恐懼，焦慮更能夠影響風險識覺，相關結果列於表6。

表6：臺灣與中國大陸受測者的負面情緒與樂觀偏誤、風險識覺之間的關聯訊息

| | | 樂觀偏誤 | | 風險識覺 | | | | | |
| | | | | 問題認知 | | 限制認知 | | 涉入程度 | |
		臺灣	中國大陸	臺灣	中國大陸	臺灣	中國大陸	臺灣	中國大陸
負面情緒	焦慮	-.002	.004	.173*	.314***	-.065	-.189**	.175*	.487***
	恐懼	.024	-.085	.162*	.004	.153*	-.086	.398***	.046
Cox & Snell R^2		.000	.003	.038	.030	.005	.020	.102	.080
Nagelkerke R^2		.000	.003	.038	.031	.005	.021	.104	.081

說明：*$p < .05$ **$p < .01$ ***$p < .001$

資料來源：本研究整理

　　本研究嘗試探究樂觀偏誤與風險識覺之間的關係，運用相同的迴歸分析方法，結果列於表 7。整體而言，僅可在臺灣的樣本中發現臺灣樣本的樂觀偏誤與風險識覺中的「問題認知」有顯著關係，表示樂觀偏誤程度越高，問題認知程度越高。臺灣的受測者的樂觀偏誤透過問題認知，與風險識覺產生關聯，中國大陸的樣本則無。

表 7：臺灣與中國大陸受測者的樂觀偏誤與風險識覺之間的關聯訊息

	風險識覺					
	問題認知		限制認知		涉入程度	
	臺灣	中國大陸	臺灣	中國大陸	臺灣	中國大陸
樂觀偏誤	.185**	.085	-.013	-.077	.074	.134
Cox & Snell R^2	.007	.001	.000	.001	.001	.003
Nagelkerke R^2	.007	.001	.000	.001	.001	.003

說明：$*p < .05$ $**p < .01$ $***p < .001$
資料來源：本研究整理

　　風險識覺與風險溝通行為、風險預防行為之間的關係，也是值得探討的議題。運用迴歸分析檢驗臺灣與中國大陸的樣本，發現大致上可以得到一合理的趨勢：即問題認知、限制認知、涉入程度三個風險識覺的變項均與風險溝通行為中的「主動的蒐集資訊」與「被動的處理資訊」相關，唯一的例外是在臺灣的樣本中，認知程度與主動的蒐集資訊無顯著關係。問題認知與涉入程度愈高，主動蒐集資訊和被動處理資訊的行為程度愈高；限制認知程度愈高，主動蒐集資訊和被動處理資訊的行為程度愈低。這些結果，與公眾情境理論的主張相符合。在個人特徵方面，自我健康評量與「主動的蒐集資訊」與「被動的處理資訊」相關，無論是臺灣還是中國大陸的樣本，覺得自己健康的受測者，主動蒐集資訊和被動處理資訊的行為程度都愈高，其他的個人特徵資料對於臺灣樣本並無較顯著的影響；對中

國大陸樣本來說，年齡越大的人，對於疫情的資訊蒐集越不積極，居住在城市的人以及收入越高的人對於主動或是被動的風險溝通行為程度越高，相關關連資訊列於表 8。

表 8：臺灣與中國大陸受測者的風險識覺與風險溝通行為之間的關聯訊息

| | | 風險溝通行為 | | | |
| | | 主動的蒐集資訊 | | 被動的處理資訊 | |
		臺灣	中國大陸	臺灣	中國大陸
風險識覺	問題認知	-.004	.308***	.360***	.516***
	限制認知	-.379***	-.539***	-.467***	-.870***
	涉入程度	.714***	.799***	.757***	.805***
個人特徵	性別	.115	-.189	.152	-.004
	年齡	-.030	-.339***	-.057	-.038
	教育水準	-.153*	.110*	-.040	.138**
	月收入	.056	.187***	.093*	.161***
	居住環境	-.014	.526***	.096	.210*
	自我健康評量	.185***	.208***	.182***	.116**
Cox & Snell R^2		.159	.375	.228	.423
Nagelkerke R^2		.160	.377	.229	.423

說明：*$p < .05$　**$p < .01$　***$p < .001$
資料來源：本研究整理

另外一個議題是風險識覺與風險預防行為之間的關聯，運用類似表 9 的呈現方式，可以發現臺灣受測者與大陸受測者在這些關聯上有明顯的不同。中國大陸受測者的風險識覺，無論是問題認知、限制認知或涉入程度，均與過去和未來的風險預防行為有著顯著的相關性；然而，臺灣受測者僅有「涉入程度」與過去與未來的風險預防行為顯著相關，問題認知與限制認知與未來的風險預防行為僅有微弱的相關性，與過去的風險預防行為無顯著關係。「問題認知」與未來的風險預防行為僅有微弱的相關性，與過去的風險預防行為無顯著關係，而「限制認知」與過去和未來的風險預防

行為均無顯著相關性。

表 9：臺灣與中國大陸受測者的風險識覺與風險預防行為之間的關聯訊息

| | | 風險預防行為 | | | |
| | | 過去的風險預防行為 | | 未來的風險預防行為 | |
		臺灣	中國大陸	臺灣	中國大陸
風險識覺	問題認知	.053	.410***	.240*	.491***
	限制認知	-.039	-.462***	-.142*	-.834***
	涉入程度	.461***	.309***	.316***	.639***
個人特徵	性別	.552***	-.172(-.108)	-.201*	.189
	年齡	-.110*	-.154*	-.213***	.122*
	教育水準	-.111*	.239***	-.080	-.071
	月收入	.045	.315***	.078*	.129*
	居住環境	-.026(115)	.315**	.044	.078
	自我健康評量	.159***	-.008	.002	.178***
Cox & Snell R^2		.076	.245	.061	.409
Nagelkerke R^2		.077	.263	.064	.415

說明：*$p < .05$ **$p < .01$ ***$p < .001$
資料來源：本研究整理

　　在個人特徵方面，臺灣樣本的女性、自認健康的人對於過去的風險預防行為執行程度越高，而年紀越大的受測者對於疫苗的接受程度越低。中國大陸樣本的高教育水準、高收入、居住在城市地區的受測者對於過去的風險預防行為執行程度較高，自認健康的人對於接受施打疫苗的意願較高，其他個人特徵對於未來的風險預防行為無顯著影響。

三、使用路徑分析瞭解各變數與變項之間的關聯程度

　　上述迴歸分析乃分別就臺灣與中國大陸二個樣本進行若干變數之間的關連分析，以理解圖 3 列出的模型是否適用。根據線性迴歸的結果，可以

判定樂觀偏誤與二類負面情緒之間並無關聯。因此，移除其間的關係後，調整圖 3，以風險識覺的三個變數為橋樑，建構路徑分析的模型如圖 4。

圖 4：經調整後預設的本研究路徑分析架構

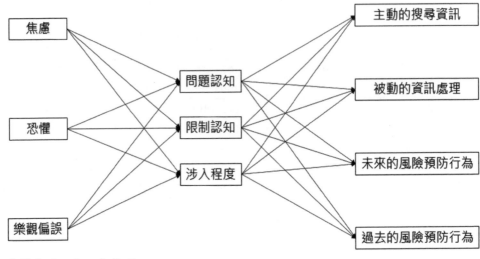

資料來源：本研究整理

　　路徑模型會透過不同的適配指標來評估資料與假設模型是否一致，譬如比較適配指標（comparative fit index, CFI）、非規範適配指標（non-normed fit index, NNIF）、近似均方根誤差（root mean square error of approximation, RMSEA）、標準化均方根殘差值（standardized root mean square residual, SRMR）等重要指標（顏志龍、鄭中平 2020），其標準說明如下：

　　1. 比較適配指標（CFI）：說明假設模型與獨立模型之差異程度，亦考慮到被檢驗模型與中央卡方分配的離散性，數值建議大於 0.9 為標準。

　　2. 非規範適配指標（NNIF）：又稱為 TLI（tucker-lewis idex），為考慮複雜度後的假設模型與獨立模型之間的卡方差異，數值建議大於 0.9 為標準，也有學者採用 0.8 作為標準（張偉豪、鄭時宜 2012）。

3. 近似均方根誤差（RMSEA）：比較理論模型與飽和模型的差距，一種缺適度指標，值越大表示假設模型與資料愈不配適，數值低於 0.08 為可接受、低於 0.05 為良好。

4. 標準化均方根殘差值（SRMR）：反映假設模型的殘差，數值建議低於 0.06 為標準。

臺灣樣本的分析結果顯示臺灣樣本之路徑模型有相當不錯的適合度，$\chi 2\ (42) = 2058.20$, $p < 0.001$, CFI = .982, NNFI = .905, RMSEA = .058, SRMR = .028，變項間具有顯著影響之路徑如圖 5 所示。圖 5 僅列出路徑分析之 p 值 < 0.05，路徑標準化係數達到顯著之路徑，其餘路徑則不顯示。表 10 列出各種組合的路徑分析的效果，結果顯示樂觀偏誤透過限制認知連結至主動或被動的資訊處理的效果皆未達顯著性；三條效果最為顯著的路徑為：「焦慮→涉入程度→被動的資訊處理」、「恐懼→涉入程度→被動的資訊處理」、「恐懼→涉入程度→過去的風險預防行為」。

圖 5：臺灣樣本之路徑分析結果

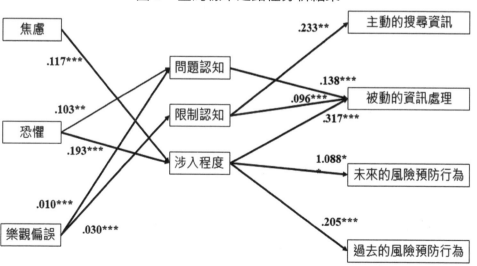

資料來源：本研究整理

表 10：臺灣樣本路徑分析效果分析表

路徑	效果
焦慮→涉入程度→被動的資訊處理	0.037***
焦慮→涉入程度→未來的風險預防行為	0.127*
焦慮→涉入程度→過去的風險預防行為	0.024**
恐懼→問題認知→被動的資訊處理	0.014*
恐懼→涉入程度→被動的資訊處理	0.061***
恐懼→涉入程度→未來的風險預防行為	0.210*
恐懼→涉入程度→過去的風險預防行為	0.040***
樂觀偏誤→問題認知→被動的資訊處理	0.012*

說明：*p < .05 **p < .01 ***p < .001
資料來源：本研究整理

　　針對中國大陸的樣本進行路徑分析，結果顯示中國大陸樣本之路徑模型有部分適配指標未達到建議數值，整體配適度較臺灣樣本略低，χ2 (42) = 5385.92, p < 0.001, CFI = .944, NNFI = .803, RMSEA = .143, SRMR = .083，變項間具有顯著影響之路徑如圖 6 所示。圖 6 僅列出路徑分析之 p

圖 6：中國大陸樣本之路徑分析結果

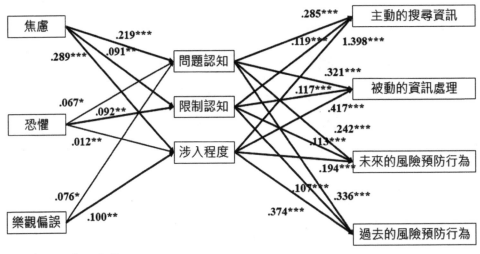

資料來源：本研究整理

值 < 0.05，路徑標準化係數達到顯著之路徑，可以發現所有路徑均達到顯著。表 11 列出各種組合的路徑分析的效果，結果顯示樂觀偏誤透過問題認知連結至主動的資訊蒐集與未來的風險預防行為的效果皆未達顯著性；樂觀偏誤透過問題認知與涉入程度連結到二個風險傳播與二個風險預防行為的八條路徑具有最高的顯著性。

表 11：臺灣樣本路徑分析效果分析表

路徑	效果
焦慮→.問題認知→主動的資訊搜尋	0.062***
焦慮→.問題認知→.被動的資訊處理	0.070***
焦慮→.問題認知→未來的風險預防行為	0.052***
焦慮→.問題認知→過去的風險預防行為	0.074***
焦慮→限制認知→主動的資訊搜尋	0.011*
焦慮→限制認知→被動的資訊處理	0.011*
焦慮→限制認知→未來的風險預防行為	0.010*
焦慮→限制認知→過去的風險預防行為	0.010*
焦慮→涉入程度→主動的資訊搜尋	0.115***
焦慮→.涉入程度→被動的資訊處理	0.121***
焦慮→.涉入程度→未來的風險預防行為	0.056***
焦慮→.涉入程度→過去的風險預防行為	0.108***
恐懼→.問題認知→主動的資訊搜尋	0.019*
恐懼→.問題認知→被動的資訊處理	0.022*
恐懼→.問題認知→未來的風險預防行為	0.016*
恐懼→.問題認知→過去的風險預防行為	0.023*
恐懼→.限制認知→主動的資訊搜尋	0.011**
恐懼→.限制認知→被動的資訊處理	0.011**
恐懼→.限制認知→未來的風險預防行為	0.010*
恐懼→.限制認知→過去的風險預防行為	0.010**
恐懼→涉入程度→主動的資訊搜尋	0.027*
恐懼→涉入程度→被動的資訊處理	0.028*
恐懼→涉入程度→未來的風險預防行為	0.013*

路徑	效果
恐懼→涉入程度→過去的風險預防行為	0.025*
樂觀偏誤→．問題認知→被動的資訊處理	0.024*
樂觀偏誤→．問題認知→過去的風險預防行為	0.026*
樂觀偏誤→涉入程度→主動的資訊搜尋	0.040**
樂觀偏誤→涉入程度→被動的資訊處理	0.042**
樂觀偏誤→涉入程度→未來的風險預防行為	0.019*
樂觀偏誤→涉入程度→過去的風險預防行為	0.037*

說明：*$p < .05$　**$p < .01$　***$p < .001$
資料來源：本研究整理

　　整體路徑分析顯示，圖 4 顯示的路徑模型基本上具有良好的配適度，尤其臺灣樣本的配適度更高，而中國大陸具有顯著性的路徑比臺灣更多。透過路徑分析，若將三個風險識覺的變數：問題認知、限制認知、涉入程度作為中介變數，臺灣與中國大陸樣本的共同點為焦慮透過問題認知與涉入程度，影響被動的資訊處理等變數的顯著性較強。然而比較圖 5 與圖 6，整體而言，臺灣樣本的負面情緒與風險識覺的相關性較低，而臺灣樣本的風險識覺與風險溝通行為和風險預防行為的關聯性明顯較中國大陸為低。就風險預防行為而言，臺灣的樣本顯示，僅涉入程度能夠對過去的風險預防行為（戴口罩、保持社交距離等）有較為明顯的影響，對未來的風險預防行為（打疫苗）有些許影響，問題認知與限制認知基本上難以影響風險預防行為。中國大陸樣本則顯示問題認知、限制認知、涉入程度對於過去與未來的風險預防行為均有明顯的影響。若以前述風險文化理論的分析為參照，較為網格化的中國大陸，無論強化哪一類的風險識覺，均可有效地強化風險預防行為，符合遵守政府規定，尊重控制與秩序的社會典範。臺灣講究平等主義，對於自己與親友、社區的關懷，即涉入程度，較能影響自己的風險預防行為。

陸、結論

　　新冠疫情對全世界造成了顛覆性的衝擊，疫情已經持續超過二年，仍起起伏伏，若干歐美國家已經迫不及待宣布與病毒共存的政策，東亞國家則多仍維持中高強度防疫。本研究以臺灣與中國大陸為研究區域，探討人們對於疫情的樂觀偏誤，並以風險文化理論為基礎，探究兩岸不同的文化特色的影響。此外，連結「公眾情境理論」，進一步探討樂觀偏誤是否會影響個人的風險識覺，風險識覺與風險溝通行為、風險預防行為之間的關聯，瞭解負向情緒及個體經驗是否會影響樂觀偏誤及風險識覺。與西方國家相較之下，海峽兩岸在疫情控制上的整體績效均屬良好，但海峽兩岸制度有明顯的差異，而傳統文化仍有共通點。民眾對於疫情的樂觀偏誤、風險識覺、溝通行為、預防行為等與其間的關係有何不同，除了透過問卷調查與統計分析檢視之外，本研究亦嘗試使用風險文化理論予以詮釋。

　　本研究採用滾雪球抽樣方式，在臺灣與中國大陸分別使用 google 表單與騰訊問卷對一般民眾實施問卷施測，並在 2020 年底與 2021 年初的疫情穩定期間，蒐集整理得到 1,379 與 1,225 個有效樣本。研究發現臺灣與中國大陸受測者相對於個別的本地民眾而言，均存有樂觀偏誤，且若相對於其他國家居民而言，則此樂觀偏誤更明顯。臺灣受測者的自我維度風險與本地他人維度風險得分均較大陸受測者為高，顯示臺灣受測者基本上對於自己或本地其他人的感染風險預估普遍較大陸受測者高，基本上可以代表一種較為審慎或緊張的態度，或大陸受測者基本上認為整體防疫成績更值得信任。中國大陸受測者的全球樂觀偏誤比臺灣受測者更大。臺灣受測者的本地樂觀偏誤大於中國大陸，顯示了臺灣受測者更覺得自己與同在臺灣的其他人狀況不同，但中國大陸受測者基本上覺得自己與其他同在中國大陸的民眾沒有明顯差異。透過風險文化理論的分析，臺灣與中國大陸均屬

於偏向集體文化的社會，然而中國大陸在「網格」軸線上更偏向階級化，而臺灣偏向平等。中國大陸在極為中央集權的強勢管制與領導下，民眾更為「網格化」，個人意志的角色淡化，在信任「黨與政府」的大氛圍下，認為自己與同在中國大陸的其他人的感染風險類似。在臺灣，「平等的群體文化」使每一位民眾更是自己為獨立的個體，個人、政黨與團體皆可對政府的防疫措施發表批評意見，對自身的健康主導權更強，對於透過自我健康管理以降低染易風險更有信心，形成了在臺灣內部的自我樂觀偏誤。

臺灣受測者的風險識覺得分基本上高於中國大陸，且在「問題認知」與「涉入程度」上有顯著差異，臺灣受測者強調社群與在地合作，網格化程度較低，「涉入程度」較高可以理解，且臺灣社會較中國大陸開放，沒有網路管制，疫情相關資訊的獲取管道更為順暢，較無嚴格的封城措施與言論控制，讓臺灣受測者的問題認知較中國大陸受測者為高。兩岸關於風險溝通行為與風險預防行為的得分均偏高，顯示主動或被動蒐集與處理資訊的傾向均強，為了降低染疫風險採取的戴口罩、保持社交距離、勤洗手等行為傾向亦強，基本上反映了海峽兩岸的風險文化的集體性，原則上皆遵循政府的防疫政策與領導，與西方的個人為中心的思維模式不同。本研究使用接種疫苗的意願作為未來風險預防行為的代表，調查結果顯示海峽兩岸民眾的接種意願均高，而中國大陸比臺灣更高。中國大陸較為階級化的集體文化，和嚴格管控的現實狀況可能就反映在較高的民眾接種疫苗意願上，這個調查結果可以後來的兩岸民眾接種率來印證。

本研究先使用順序迴歸分析檢驗各變數與變項之間的關係，根據結果修正之前的研究架構，移除負面情緒與樂觀偏誤之間的關連，再使用路徑分析探究修正模型中各變數之間的關係。臺灣與中國大陸樣本的模型配適度均佳。就風險預防行為而言，臺灣的樣本僅涉入程度能夠對過去的風險預防行為有較為明顯的影響，對未來的風險預防行為有些許影響。中國大

陸樣本則顯示問題認知、限制認知、涉入程度對於過去與未來的風險預防行為均有明顯的影響。參照風險文化理論的分析，較為網格化的中國大陸，無論強化哪一類的風險識覺，均可有效地強化風險預防行為，符合遵守政府規定，尊重控制與秩序的社會典範。臺灣講究平等主義，對於自己與親友、社區的關懷，即涉入程度，較能影響自己的風險預防行為。

　　整體而言，本研究發現，就一般人性的角度來看，臺灣與中國大陸受測者的疫情樂觀偏誤差異不大，然因社會制度文化的不同，可以在風險識覺、風險溝通行為、風險預防行為及其相互關係上觀察到差異。本研究使用風險文化理論探究海峽兩岸的差異，認為中國大陸民眾屬於「階級集體論者」，對於疫情風險服從上級政府的領導，而臺灣民眾屬於「平等集體論者」，對於疫情風險基於對社群的關懷與信任關係，關切自己與他人的健康，可以合理地解釋兩岸受測者樂觀偏誤的差距和其他若干變數與相關性的不同。然而，疫情的風險傳播與風險治理方式，與政治制度和文化特色之間可能有更複雜的關聯，未來若有在歐美國家的樣本加入併同分析，對於理論的適用性應更能有較為完整的詮釋。風險文化理論由 Mary Douglas 依據西方思維脈絡提出，是否能放諸四海皆準，也仍須有廣泛的討論與辯證。本研究以問卷調查的方式設計與執行研究，若能搭配訪談、實地勘查、更多的文獻探究，則可有量性研究與質性研究的加乘效果。本研究採用的主模型架構基本上依循災害管理的角度設計，然而典型天然災害，譬如洪水、地震等，與新冠疫情的特性、時間、預測模式並不相同，且新冠疫情的規模遠超過以往的流行疾病，模型的適用性值得後續探究（Jewell et al. 2020），但預測結果對於減少生命財產的損害有其價值（Gleick 2020）。

參考文獻

中文文獻

Google 疫情網站，2021，〈臺灣 COVID-19〉，https://news.google.com/covid19/map?hl=zh-TW&mid=%2Fm%2F06f32&gl=TW&ceid=TW%3Azh-Hant，查閱時間：2021/11/06。

Tyler, P. 2014.〈改變中國歷史軌跡的鄧小平〉，https://cn.nytimes.com/obits/20140822/c22deng/zh-hant/，查閱時間：2021/09/20。Tyler, P. 2014.

三立新聞網，2020，〈清明 4 天連假訂房滿，專家憂防疫破口〉，https://tw.news.yahoo.com/%E6%B8%85%E6%98%8E4%E5%A4%A9%E9%80%A3%E5%81%87%E8%A8%82%E6%88%BF%E6%BB%BF-%E5%B0%88%E5%AE%B6%E6%86%82%E9%98%B2%E7%96%AB%E7%A0%B4%E5%8F%A3-085-105476.html，查閱時間：2020/04/15。

中央通訊社，2020，〈旅遊人口留國內，清明連假中南部景點訂房率逾 8 成〉，https://www.cna.com.tw/news/ahel/202003270364.aspx，查閱時間：2020/04/15。

中華人民共和國國家衛生健康委員會，2020，〈關於印發近期防控新型冠狀病毒感染的肺炎工作方案的通知〉，http://www.nhc.gov.cn/tigs/s7848/202001/808bbf75e5ce415aa19f74c78ddc653f.shtml，查閱時間：2021/03/12。

王郅強、彭睿，2017，〈西方風險文化理論：脈絡，範式與評述〉，《北京行政學院學報》，（5）：1-9。

王煒、劉力、周佶、周寧，2006，〈大學生對愛滋病的樂觀偏差〉，《心理發展與教育》，（1）：47-51。

申少鐵，2021，〈偉大抗疫精神是中國精神的生動詮釋〉，http://theory.people.com.cn/BIG5/n1/2021/1014/c40531-32252951.html，查閱時間：2022/01/02。

朱廷獻，1987，〈尚書研究〉，臺北市：臺灣商務印書館。

吳宜臻、盧鴻毅、侯心雅，2009，〈樂觀偏誤與預防行為：臺灣民眾對禽流感的反應〉，《臺灣公共衛生雜誌》，28（6）：505-516。

汪明生、翁興利，1993，《我國整體環境風險評估、溝通與管理政策分析及策略規劃計畫：子體 IV 環境風險評估、溝通與管理案例與研究方法》，臺北市：行政院環保署委託研究。

汪新建、張慧娟、武迪、呂小康，2017，〈文化對個體風險感知的影響：文化認知理論的解釋〉，《心理科學進展》，8（5）：1251-1260。

沈清松，2001，《臺灣精神與文化發展》，臺北市，臺灣商務印書館。

沈潘艷、辛勇、田劍鋒，2010，〈汶川地震後大學生對自然災害的樂觀偏差〉，《揚州大學學報（高教研究版）》，14（3）：18-22。

周士雄、施鴻志，2000，〈環境風險管理決策中之公眾認知探討：以地震災害減緩措施為例〉，《都市與計畫》，27：365-382。

風傳媒，2020，〈悶壞了！中國逐步解封，大批遊客擠爆觀光景點，專家憂新一波疫情蠢蠢欲動〉，https://www.storm.mg/article/2489959，查閱時間：2021/03/12。

柴寶勇，2021，〈堅定中國式民主的文化自信〉，http://theory.people.com.cn/BIG5/n1/2021/0310/c40531-32047590.html，查閱時間：2021/10/28。

張偉豪、鄭時宜，2012，《與結構方程模型共舞：曙光初現》，新北市：前程文化。

許倬雲，2006，〈萬古江河：中國歷史文化的轉折與開展〉，臺北市：英文漢聲出版社。

許雅棠，2019，〈以「治」領「政」：當代中國讀書人觀看民主自由的一種方式〉，《人文及社會科學集刊》，31（1）：73-109。

陳靜、蔣索、陳月鳳，2009，〈愛滋病健康知識教育對收容教育女性愛滋病樂觀偏差的效果評價及啟示〉，《中國醫學倫理學》，5：84-85, 122。

辜勁智，2011，〈風險報導與公眾認知研究：以情境理論檢視超級細菌 NDM-1 為例〉，臺北：世新大學公共關係暨廣告學系研究所碩士論文。

黃俊傑，2017，《東亞儒家仁學史論》，臺北市：國立臺灣大學出版中心。

黃信豪，2018，〈檢驗「好公民」的認知轉變：比較脈絡下的臺灣公民〉，《人文及社會科學集刊》，30（1）：1-40。

黃劍波、熊暢，2019，〈瑪麗道格拉斯的風險研究及其理論脈絡〉，《思想戰線》，45（4）：13-21。

廖楷民，2009，〈從風險認知角度分析民眾備災心理：以地震災害為例〉，《科技發展政策報導》，2：76-82。

盧鴻毅、許富盛、侯心雅，2012，〈樂觀偏誤、自我效能、社會信用與新流感疫苗接種意願〉，《傳播與社會學刊》，22：135-158。

聯合新聞網，2020a，〈清明搶出遊，黃山擠爆急封門〉，https://udn.com/news/story/7332/4470224，查閱時間：2020/04/06。

聯合新聞網，2020b，〈陸吹哨醫師李文亮被封烈士〉，https://udn.com/news/story/7332/4464690，查閱時間：2020/04/03。

顏志龍、鄭中平，2020，〈給論文寫作者的進階統計指南：傻瓜也會跑統計 II〉，臺北市：五南圖書。

英文文獻

Alaszewski, A. 2021. "Plus ça change? The COVID-19 Pandemic as Continuity and Change as Reflected through Risk Theory." *Health, Risk & Society*, 23 (7-8): 289-303.

Alcántara-Ayala, I., and Moreno, A. R. 2016. "Landslide Risk Perception and Communication for Disaster Risk Management in Mountain Areas of Developing Countries: A Mexican Foretaste." *Journal of Mountain Science*, 13 (12): 2079-

2093.

Aldoory, Linda, Jeong-Nam Kim, and Natalie T. J. Tindall. 2010. "The Influence of Perceived Shared Risk in Crisis Communication: Elaborating the Situational Theory of Publics." *Public Relations Review,* 36 (2): 134-140.

Brown, P. 2020. "Studying COVID-19 in Light of Critical Approaches to Risk and Uncertainty: Research Pathways, Conceptual Tools, and Some Magic from Mary Douglas." *Health, Risk & Society*, 22 (1): 1-14.

Brown, Patrick, and Jens Zinn. 2021. "Covid-19, Pandemic Risk and Inequality: Emerging Social Science Insights at 24 Months." *Health, Risk & Society*, 23 (7-8): 273-288.

Chapin, John. R., and Mari Pierce. 2012. "Optimistic Bias, Sexual Assault, and Fear." *The Journal of General Psychology*, 139 (1): 19-28.

Cutter, S. L. 1993. *Living with Risk: The Geography of Technological Hazards*. London and New York: Edward Arnold.

Dalton, R. J. 2008. "Citizenship Norms and the Expansion of Political Participation." *Political Studies*, 56 (1): 76-98.

Davy, B. 2021. "Social Distancing and Cultural Bias: On the Spatiality of COVID-19." *Journal of the American Planning Association*, 87 (2): 159-166.

de Kloet, J., Jian Lin, and Jueling Hu. 2021. "The Politics of Emotion during COVID-19: Turning Fear into Pride in Chinas WeChat Discourse." *China Information*, 35 (3): 366-392.

Douglas, Mary, and Aaron Wildavsky. 1983. *Risk and Culture: An Essay on the Selection of Technological and Environmental Dangers*. California: Univ of California Press.

Douglas, Mary. 1978. *Cultural Bias (No. 35)*. London: Royal Anthropological Institute.

Druică, Elena, Fabio Musso, and Rodica Ianole-Călin. 2020. "Optimism Bias during the COVID-19 Pandemic: Empirical Evidence from Romania and Italy". *Games*, 11 (3): 39.

Fischhoff, Baruch et al. 1978. "How Safe is Safe Enough? A Psychometric Study of Attitudes towards Technological Risks and Benefits." *Policy Sciences*, 9 (2): 127-152.

Gleick, P. H. 2020. "No COVID-19 Models Are Perfect, But Some Are Useful." https://time.com/5838335/covid-19-prediction-models/ (November 1, 2021).

Glik, Deborah, Jennie Kronenfeld, and Kirby Jackson. 1991. "Predictors of Risk Perceptions of Childhood Injury among Parents of Preschoolers." *Health Education Quarterly*, 18 (3): 285-301.

Grunig, James, and Todd Hunt. 1984. *Managing Public Relations*. Canada: Holt, Rinehart and Winston.

Head, Katharine J., Monica L. Kasting, Lynne A. Sturm, Jane A. Hartsock, and Gregory D. Zimet. 2020. "A National Survey Assessing SARS-CoV-2 Vaccination Intentions: Implications for Future Public Health Communication Efforts." *Science Communication,* 42 (5): 698-723.

Hou, Zhiyuan, Fanxing Du, Hao Jiang, Xinyu Zhou, and Leesa Lin. 2020. "Assessment of Public Attention, Risk Perception, Emotional and Behavioural Responses to the COVID-19 Outbreak: Social Media Surveillance in China" https://www.medrxiv.org/content/10.1101/2020.03.14.20035956v1.full-text (November 1, 2021).

Janmaimool, Piyapong, and Tsunemi Watanabe. 2014. "Evaluating Determinants of Environmental Risk Perception for Risk Management in Contaminated Sites." *International Journal of Environmental Research and Public Health,* 11 (6): 6291-6313.

Jewell, Nicholas P., Joseph A. Lewnard, and Britta L. Jewell. 2020. "Predictive Mathematical Models of the COVID-19 Pandemic: Underlying Principles and Value of Projections." *Jama*, 323 (19): 1893-1894.

Kammerbauer, Mark, and John Minnery. 2019. "Risk Communication and Risk Perception: Lessons from the 2011 Floods in Brisbane, Australia." *Disasters*, 43 (1): 110-134.

Kim, Hye Kyung, and Jeff Niederdeppe. 2013. "Exploring Optimistic Bias and the Integrative Model of Behavioral Prediction in the Context of a Campus Influenza Outbreak." *Journal of Health Communication*, 18 (2): 206-222.

Kim, Hyo Jung, and Hyehyun Hong. 2021. "Predicting Information Behaviors in the COVID-19 Pandemic: Integrating the Role of Emotions and Subjective Norms into the Situational Theory of Problem Solving (STOPS) Framework." *Health Communication*, Published online: 20 Apr 2021.

Kim, Jeong-Nam, and James E. Grunig. 2011. "Problem Solving and Communicative Action: A Situational Theory of Problem Solving." *Journal of Communication*, 61 (1): 120-149.

Kim, Jeong-Nam, and James E. Grunig. 2017. "Situational Theory of Problem Solving: Working Measures." https://www.researchgate.net/publication/321082647 (March 12, 2021).

Lin, Hongmei et al. 2021. "Are Older Adults More Optimistic? Evidence from China, Israel, and the United States." https://doi.org/10.1093/geronb/gbab046 (November 1, 2021).

Lu, Hung-Yi, James E Andrews, and Hsin-Ya Hou. 2009. "Optimistic Bias, Information Seeking and Intention to Undergo Prostate Cancer Screening: A Taiwan Study on Male Adults." *Journal of Mens Health*, 6 (3): 183-190.

Our World in data. 2021. "Coronavirus (COVID-19) Vaccinations" https:// ourworldindata.org/covid-vaccinations (November 6, 2021).

Oxford English Dictionary. 2005. *Oxford English Dictionary (3rd ed.)*. Oxford: Oxford University Press.

Paek, Hye-Jin, and Thomas Hove. 2017. "Risk Perceptions and Risk Characteristics." https://doi.org/10.1093/acrefore/9780190228613.013.283 (November 1, 2021).

Park, Taehwan, Ilwoo Ju, Jennifer E. Ohs, and Amber Hinsley. 2020. "Optimistic Bias and Preventive Behavioral Engagement in the Context of COVID-19." *Research in Social and Administrative Pharmacy*, 17 (1): 1859-1866.

Rea, L. M., and R. A. Parker. 1997. "Conducting Survey Research: A Comprehensive Guide." San Francisco, CA: Josey-Bass Publishers.

Rohrmann, B. 2003. "Perception of Risk: Research, Results, Relevance." In Gough, Janet, eds., *Sharing the Future: Risk Communication in Practice*, pp. 21-43. Christchurch, New Zealand, NZ: Centre for Advanced Engineering.

Rohrmann, B. 2008. "Risk Perception, Risk Attitude, Risk Communication, Risk Management: A Conceptual Appraisal." Paper presented at 15th International Emergency Management Society (TIEMS) Annual Conference (Vol. 2008), Czech Republic, CZ.

Rohrmann, B. 2011. "Risk Attitude Scales: Concepts, Questionnaires, Utilizations. Information about Crafted Instruments." http://www.rohrmannresearch.net/pdfs/ ras-report.pdf (November 6, 2021).

Rowan, K. E. 1991. "Goals, Obstacles, and Strategies in Risk Communication: A Problem-Solving Approach to Improving Communication about Risks." *Journal of Applied Communication Research*, 19 (4): 300-329.

Schwarz, Michiel, and Michael Thompson. 1990. *Divided We Stand: Redefi Ning*

Politics, Technology and Social Choice. Philadelphia: University of Pennsylvania Press.

Slovic, P. 1987. "Perception of Risk." *Science*, 236 (4799): 280-285.

Slovic, P. 2010. *The Feeling of Risk: New Perspectives on Risk Perception*. London and New York: Routledge.

Stern, P. C., and H. V. Fineberg. 1996. *Understanding Risk: Informing Decisions in a Democratic Society*. Washington, DC: National Academies Press.

Wachinger, Gisela, Ortwin Renn, Chloe Begg, and Christian Kuhlicke. 2013. "The Risk Perception Paradox: Implications for Governance and Communication of Natural Hazards." *Risk Anal*, 33 (6): 1049-1065.

Weinstein, N. D. 1987. "Unrealistic Optimism about Susceptibility to Health Problems: Conclusions from a Community-Wide Sample." *Journal of Behavioral Medicine,* 10 (5): 481-500.

World Health Organization. 2021a. "Coronavirus Disease (COVID-19) Outbreak Situation." https://www.who.int/emergencies/diseases/novel-coronavirus-2019 (November 6, 2021).

World Health Organization. 2021b. "WHO Coronavirus (COVID-19) Dashboard: China." https://covid19.who.int/region/wpro/country/cn (November 6, 2021).

跨國比較與兩岸互動

新型冠狀病毒疫情對軍人心理影響及道德考驗之研究：以羅斯福艦、磐石軍艦事件為例[1]

曾念生

（國防醫學院醫學系副教授暨三軍總醫院精神醫學部主治醫師）

郭世清

（國防醫學院通識教育中心副教授暨致德醫學圖書館館長）

摘　要

　　新型冠狀病毒肺炎疫情，已是人類社會生活的挑戰。其中，船舶為病毒感染提供溫床。去年初的「鑽石公主號」事件、歐美國家航空母艦疫情與我海軍敦睦遠航出訪後之官兵確診，引發國際社會關注。美羅斯福艦長克勞齊的人事風波，則反映出這波疫情造成軍人面臨必須兼顧「戰備任務＋防疫專業」的雙重壓力，凸顯了軍事領導與指揮道德的兩難困境。我磐石艦染疫事件同樣出現類似情形，透過相互觀照並釐清彼此異同，冀能有助於未來建構防疫戰力的超前部署。

關鍵詞：軍人心理、指揮道德、兩難情境、新型冠狀病毒肺炎疫情、艦艇防疫

---

1 本文發表於國立政治大學國際關係研究中心舉辦「新型冠狀病毒肺炎疫情發展、因應與影響：跨國比較與超前部署」學術研討會，講評人陳永康備役上將（曾任國防部副部長、海軍總司令等職務）當面惠賜許多實務建言；本文並已接受刊登於《人文社會與醫療學刊》第九期（臺北：內湖，2022 年 5 月），頁 81-124。DOI：10.6279/JHSSM.202205_（9）.0004。感謝匿名審查委員給予寶貴意見，特此致謝。本文若有任何疏漏之處，當由責任作者負責。通訊方式：臺北市內湖區民權東路六段 161 號；Email：shihching001@ndmctsgh.edu.tw

壹、前言

　　自從 2020 年 2 月中國武漢地區出現新型冠狀病毒肺炎流行開始，隨著疫情擴散，對全球產生非常巨大的影響。依據我國衛福部疾病管制署最新統計，迄 2022 年 3 月 22 日有 468,092,240 人感染，並有 6,090,807 人死亡（全球致死率 1.30%），臺灣則有 22,003 人感染而有 853 人死亡（中華民國衛生福利部疾部管制署 2022）。新型冠狀病毒疫情的高傳染性及身心後遺症，即使已有部分治療藥物可以奏效，數種疫苗也已付諸接種，但是新型冠狀病毒疫情對於人類社會心理影響與倫理考驗，可謂既深且廣且不容忽視。

　　世界衛生組織（WHO）秘書長譚德塞（Tedros Adhanom Ghebreyesus 2021），今年初即嚴正批評：由於新型冠狀病毒疫苗分配嚴重不均，全球正處於「災難性道德淪喪」（catastrophic moral failure）邊緣。是故，除了心理情緒壓力之外，疫情對於倫理道德的挑戰，同樣不容忽視。尤其在國家防衛的戰備需求下，即使全球的航空與船運大致陷入停頓，但是各國軍方的機艦仍須維持運行，空軍飛行員多為單人駕駛，而海軍艦艇則是數十百千人共處於密閉艙間，稍有不慎就可能造成群聚感染。睽諸美國太平洋艦隊之羅斯福艦（USS Theodore Roosevelt-CVN-71）、我國 109 年度敦睦艦隊之磐石艦（ROCS Panshi-AOE-532），均曾爆發艦上新型冠狀病毒疫情感染。此類事件持續造成社會民眾高度關注，並聚焦於美國航母艦長克勞齊上校（Capt. Brett Crozier）、我國敦睦任務支隊長陳道輝少將等兩人的領導統御風格與決策指揮道德，自然也將造成艦上隔離官兵與指揮體系之間的心理與倫理相關影響。

　　本文將從心理衛生、軍事心理與組織行為等角度，以上述兩艦感染新型冠狀病毒肺炎事件為案例，探討疫情對於軍人心理影響、指揮道德考驗及其因應之道。

貳、流行疫情影響身心壓力

一、軍隊壓力與精神健康

軍隊存在的目的是建軍備戰、維持區域之和平與保障國民之安全。近年來，恐怖主義、極端氣候變遷、複合式災變、傳染性疾病及網路攻擊等非傳統安全威脅，對各國安全影響甚鉅（中華民國國防部 2019）。我國將持續以精實之救災能量、專業醫療能力與完善的公衛政策，積極參與跨國非傳統安全合作及人道救援，善盡國際公民責任與義務。為了能達到上述目的，軍隊必須維持嚴格訓練，並且隨時準備接受任務指派，故必定面對各種身心壓力（蕭英煜 2013）。

國際間針對軍中人員研究發現，即使沒有戰爭或災難的情況下，創傷與壓力相關精神疾病或心理壓力，已不在少數（Chao et al. 2008; Chao et al. 2011; Chou et al. 2016; Chou et al. 2014; Chuang et al. 2012）。更何況是執行危險或非常態任務的部隊人員，當面臨軍事或災害創傷與壓力事件時，身心勢必遭受衝擊。如果你曾在軍隊，可能見過戰鬥，也可能接受過有生命危險的任務，你亦可能遭到槍擊，或看到同袍遭射殺而死亡，這些都是可導致創傷後壓力症的事件。專家研究估計如下：大約 30% 的越戰退伍軍人、大約 10% 的波斯灣戰爭退伍軍人、大約 25% 的阿富汗戰爭以及伊拉克戰爭退伍軍人。而且戰爭中的其他因素還會增加更多壓力，並導致創傷後壓力症或其他心理健康問題。這些因素包括在戰爭中的任務特性、有關戰爭引發的政治因素、戰事發生的地點環境以及面對的敵人類型（何志培 2016）。

前述創傷與壓力相關精神疾病，也可能發生於地震、水災、嚴重成人呼吸道症候群肆虐後的人群、職業傷害的受害者、粉塵暴倖存者、外傷患者，乃至於對於災害提供援助與救護的工作者（Hsiao et al. 2019; Chen et al. 2015; Peng et al. 2010; Lin et al. 2014; Wu et al. 2020; Wan et al. 2020; Hsiao 2019）。

二、傳染病心理影響相關研究

（一）軍中之研究

　　歷史上的戰役中，傳染病一直是軍人身心健康的威脅，也是造成士兵大量非戰鬥減員的因素，例如：拿破崙征俄時開始出現於歐洲戰場的斑疹傷寒（Alison et al. 2018）、日俄戰爭時肆虐滿洲的赤痢（Kim 2013）、二戰時叢林中的瘧疾（Hays 2000）等，都是戰場環境的可怕威脅來源。

　　由於時代進步，各國軍醫也竭力對傳染病進行預防與治療。有關傳染病之威脅與軍人精神和心理狀態之研究，較不常見。謹舉法國軍方研究為例，2006 年在位於印度洋中的法國海外省留尼旺島（Reunion Island）爆發屈公病感染，駐守該島的 757 位法國憲兵中，也有 382 位感染屈公病，其中有 85 位症狀持續達數個月之久。對於感染者而言，以健康調查量表（Medical Outcome Study 36-item short-form health survey, MOS-SF36）研究，發現此一屈公病感染不僅造成身體健康受影響，其心理方面也有明顯變化（Marimoutou 2012）。

（二）民間之研究

　　在非軍人群體之研究中，針對醫護群體的研究最為常見。過去在全球流感流行或非洲伊波拉病毒之類傳染病大規模流行期間，醫護人員的心理安適度（psychological wellbeing）非常重要（Fiest et al. 2021）；另有分析四篇論文的回顧性研究發現，面對大規模傳染病之醫療工作後，約 11-

73.4% 的健康工作者（包括醫師、護理人員及輔助工作人員）有創傷壓力症狀，27.5-50.7% 有憂鬱症狀，34-36.1% 有失眠症狀，45% 有嚴重焦慮症狀，而 18.1-80.1% 會出現任何一種精神症狀（Preti et al. 2020）。

　　國內醫界在歷次疫情或天災發生時的投入，都不遺餘力；然而面對傳染病人不斷出現，醫護往往會超時工作，如何及早辨認醫護人員出現身心耗竭現象並加以預防處理，確實已是重要議題，否則可能有 12% 左右的醫護人員可能會考慮離職（Bracken 2021）。

　　另外，面對這類傳染病，病人或其接觸者往往有需要接受檢疫或隔離，而在隔離期間，接受隔離檢疫者可能會面對憂鬱、焦慮、情緒障礙、心理苦惱（psychological distress）、創傷後壓力症、失眠、恐懼、標籤化（stigmatization）、自尊低落（low self-esteem）及失去自我控制（lack of self-control）（Hossain, Sultana, amd Purohit 2020）。

三、新型冠狀病毒肺炎疫情與精神心理衛生議題

　　國外針對近期 COVID-19 之相關精神疾病與心理衝擊之研究，方興未艾（Li et al., 2020; Pacchiarotti, Anmella, Fico, Verdolini, & Vieta, 2020; Rabinovitz, Jaywant, & Fridman, 2020; Wang et al., 2020）。例如：COVID-19 相關精神病（Iqbal et al. 2020; Tariku et al. 2020; Treviranus et al. 2020m）、情緒疾患（Sergeant et al., 2020; Teng et al., 2020; Yin et al., 2020）和譫妄等。

　　美軍也注意到 2020 年的官兵自殺率相較去年同期增加了 20%，面臨新型冠狀病毒肺炎、戰區部署、國家災害及抗爭運動等挑戰，部隊的暴力事件也跟著激增。雖然數據尚不完整且自殺的原因很複雜，但不否認疫情為原已緊繃的軍隊添上更多壓力。陸軍部長麥卡錫（Ryan McCarthy）即表示：「我們無法確定這肯定與新型冠狀病毒肺炎有關，但這與疫情剛爆

發時有直接的關聯，數據確實增加了。」（世界日報 2020）更何況是在軍隊裡特定的醫學、驗屍或實驗室操作過程中，極有可能接觸確診或疑似 COVID-19 病患或其檢體的工作人員，依美國職業安全署的分類為「非常高暴露風險」等級（陳美蓮 2020）。這類研究與事實案例，可協助和提醒軍醫人員及早發現患者精神疾病予以治療，臺灣亦須迎頭趕上。

以上文獻回顧可知，此次新型冠狀病毒疫情對於軍民身心健康應有不少衝擊。雖然目前國內尚未有完整研究報告呈現，唯若產官學界聯手挹注資源和力量開始投入，因應可能出現之精神疾病問題，特別是數個研究反覆提到的焦慮症、憂鬱症、睡眠障礙或創傷後壓力症等，面對後疫情時期可能出現健康議題的挑戰，將更有信心。

另外，自疫情爆發以來，不分軍民，各國都投入心理健康與士氣之相關研究，士氣的高低，與心理衛生之良窳，息息相關（Maguire PA, Looi JC. 2022）。一項以色列的研究發現：性別、身心健康、經濟狀況、宗教信念與政治態度，都與士氣之高低有關（Kimhi S, Eshel Y, Marciano H & Adini B 2021）。除了上述研究外，工作型態的改變，對於士氣亦有影響，在所謂新常態的工作情況下，遠距工作對於士氣之維持有部分之效果，驟然要求遠距工作者回復辦公室工作，反而影響士氣（Human Resources. 2021）。然而，軍中之任務執行情形並非可以如同一般企業以遠距在家工作的方式來避免感染之危險，必須在執行任務與染疫的風險之中，艱難地求取平衡。本研究將以美臺兩國海軍在軍艦染疫事件為例，分析所牽涉心理衛生相關議題。

參、美臺艦隊疫情事件始末

新型冠狀病毒肺炎疫情蔓延全球，就連核動力航空母艦也無法倖免。

2020 年 3 月下旬，美軍已知有 4 艘尼米茲級核子動力航空母艦染疫，除了近期因艦長解職事件引起軒然大波的尼米茲級核子動力航空母艦「羅斯福號」（USS Theodore Roosevelt）內部爆發群聚感染，「雷根號」（USS Ronald Reagan）、「尼米茲號」（USS Nimitz）、「卡爾文森號」（USS Carl Vinson）也都有船員染疫。美國海軍當時為了如何阻絕新型冠狀病毒病毒繼續登船，進而影響全球戰力布局，已是五角大廈最頭痛的問題（Bertrand & Seligman 2020）。四艘航母的疫情，以「羅斯福號」最為嚴重。因此，將以它和我國「磐石號」事件進行比較。

一、羅斯福號航空母艦

2020 年 3 月 5 日，美國羅斯福號航艦抵達越南峴港，計畫進行港口訪問。訪問之後，加強了醫療檢查，並進行了 14 天的隔離期。當時，該海軍艦艇未報告 COVID-19 陽性病例（Pacific Daily News 2020）。2020 年 3 月 24 日傳出上百人確診新型冠狀病毒疫情的「羅斯福號」航空母艦，恐成美國海軍版的「鑽石公主號」。

2020 年 3 月 25 日，美國羅斯福號航母爆發 3 名官兵染疫。翌日，新增 5 名呈現陽性者。海軍發言人克萊·多斯（Clay Doss）指出：目前計畫從正在太平洋航行的這艘船上，空運五名新診斷出的水手。羅斯福號飛機上的官員仍在確定冠狀病毒是否已經擴散到更多官兵。「他們正在盡一切可能隔離與這些水手有接觸的任何人，並防止其進一步擴散。」航空母艦人員在海上染疫生病，引發了關於這種高度傳染性疾病進一步蔓延，恐對美國軍事準備造成全面壓力的疑問。五角大樓同意取消或削減該艦主要戰訓演習活動，隔離數千名士兵，同時暫時關閉徵兵中心，並對官兵國內外旅行設定限制。國防部長馬克·埃斯珀（Mark Esper）承認，美軍準備就緒

的戰鬥能力，已經受到冠狀病毒的影響；然而，五角大樓仍然足以應對任何威脅（Brook 2020）。

2020 年 4 月 20 日，美國海軍和疾病預防管制中心近廿位專家學者聯手研究，率先取得 382 名勤務人員自願填寫調查表並提供血清標本（包括在艦上和關島基地或的 1,417 名勤務人員中的 27%）。研究發現，採取預防措施者感染率低於未採取預防措施者（以戴口罩言，分別為 55.8% 和 80.8%；以避開公共區域言，分別為 53.8% 和 67.5%；以遵守社交距離，分別為 54.7% 和 70.0%）（Payne et al 2020）。該份報告提高了美國軍方和聚集環境中年輕人對 COVID-19 的理解，並強調採取預防措施以降低在類似環境感染風險的重要性。它對公共衛生實踐的影響，則提醒我們「患有 COVID-19 的年輕健康成年人，可能沒有輕度症狀甚或無症狀。」基於症狀的監視可能無法檢測到所有感染，使用口罩、勤洗手、避免人群密集或保持社交距離等預防措施，確實可以減輕 COVID-19 疫情傳播。

今年更新發佈於《新英格蘭醫學雜誌》（NEJM）的權威研究報告，是由馬修·卡斯珀博士（Dr. Matthew R.Kasper 2020）博士整合美國海軍醫學和外科局、海軍和陸戰隊公共衛生中心、夏威夷珍珠港太平洋艦隊、日本橫須賀第七艦隊、關島海軍醫院、海軍醫學研究中心等單位專家，難能可貴地完整探討該艘核動力航空母艦 4779 位人員去年感染 COVID-19 後的人口統計學和醫療臨床詳細數據。其研究方法包括通過 rRT-PCR（real time RT-PCR）進行測試，而且無論有否症狀，全艦所有機組人員均須接受至少 10 週的隨訪觀察記錄。

（一）人力

研究對象都是符合軍隊標準年齡的官兵，因此普遍都是年輕（平均年齡 27 歲）和男性（78.3%）居多，總體健康狀況良好。摘錄「全艦人口統

計暨健康體徵圖」如後：

圖 1：羅斯福艦人口統計暨健康體徵圖

特徵	未染Covid-19 (N=3448)	確診或疑似Covid-19 (N=1331)	因Covid-19 而住院(N=23)	單變量優勢比:Covid-19 與 無Covid-19(95% CI)
人口統計特徵				
年齡-歲數				
平均值	27.2	27.1	29.3	--
範圍	18-59	18-53	20-46	--
四分位距	22-32	22-31	23-34	--
性別-人數(%)				
女性	757(22.0)	289(21.7)	6(26.1)	0.99(0.85-1.15)
男生	2691(78.0)	1042(78.3)	17(73.9)	參考組
階級地位-人數(%)				
士兵	3080(89.3)	1231(92.5)	23(100.0)	1.48(1.17-1.87)
軍士官	363(10.5)	98(7.4)	0	參考組
遺漏值	5(0.1)	2(0.2)	0	
種族或民族-人數(%)				
美洲印第安人	75(2.2)	34(2.6)	1(4.3)	1.21(0.80-1.83)
亞洲或太平洋島民	327(9.5)	106(8.0)	4(14.7)	0.86(0.68-1.10)
黑人	590(17.1)	261(19.6)	3(13.0)	1.18(0.99-1.40)
西班牙裔	692(20.1)	273(20.5)	5(21.7)	1.05(0.89-1.25)
白人	1513(43.9)	568(42.7)	7(30.4)	參考組
其他	250(7.3)	88(6.6)	3(13.0)	0.94(0.72-1.22)
船員類型				
船員	2086(60.5)	786(59.1)	13(56.5)	參考組
增援船員	1288(37.4)	501(37.6)	9(39.1)	1.03(0.90-1.18)
未知	74(2.1)	44(3.3)	1(4.3)	1.58(1.08-2.31)
健康體徵				**單變量優勢比:Covid-19 與 無Covid-19(95% CI)**
人口統計特徵				
煙草或尼古丁使用者	1002(29.1)	382(28.7)	8(34.8)	0.98(0.85-1.13)
最近的身體質量指數				
體重過輕或正常	1135(32.9)	389(29.2)	9(39.1)	參考組
超重	1450(42.1)	570(42.8)	6(26.1)	1.15(0.99-1.33)
肥胖	584(16.9)	267(20.0)	8(34.8)	1.33(1.11-1.61)
不知	279(8.1)	105(7.9)	0	1.10(0.85-1.41)
預先確定的感興趣的健康因素				
哮喘	236(6.8)	95(7.1)	5(21.7)	1.05(0.82-1.34)
癌症	35(1.0)	10(0.8)	0	0.74(0.36-1.50)
腦血管疾病	2(0.1)	0	0	
慢性肺病	30(0.9)	11(0.8)	2(8.7)	0.95(0.47-1.90)
糖尿病	12(0.3)	4(0.3)	0	0.86(0.28-2.68)
高血壓	226(6.6)	96(7.2)	5(21.7)	1.11(0.87-1.42)
免疫功能低下	3(0.1)	0	0	
肝病	20(0.6)	8(0.6)	2(8.7)	1.04(0.46-2.36)
睡眠呼吸中止	135(3.9)	50(3.8)	2(8.7)	0.96(0.69-1.33)
結核病	20(0.6)	6(0.5)	0	0.78(0.31-1.94)

資料來源：The New England Journal of Medicine (NEJM)。

　　若按艦上人口統計暨健康素質來探討，研究發現 COVID-19 病例平均分佈在性別，種族和族裔等各個項目，入伍士官兵（佔船上人口的 90%）似乎比職業軍官更有可能確診或疑似 COVID-19；而肥胖或有哮喘、高血

壓、睡眠呼吸中止症者，確診或疑似染疫的比例也相對較高。摘錄「全艦疫情狀況人員比例圖」如後：

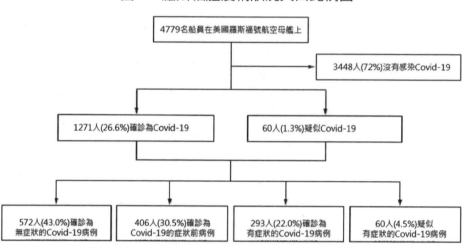

圖 2：羅斯福艦疫情狀況人口比例圖

資料來源：The New England Journal of Medicine (NEJM)。

　　若按艦上疫情狀況人員比例來探討，研究發現有 1271 名機組人員（佔機組人員的 26.6%）檢測呈現陽性，另外 60 名機組人員疑似 COVID-19（即疾病符合州和地區流行病學家委員會針對 COVID-19 的臨床標準，但未獲得陽性檢測結果）；而在實驗室確診的機組人員中，有 76.9%（1271 名中的 978 名）在測試期間呈陽性時沒有症狀，而 55.0% 的患者在臨床過程出現症狀。在 1331 名疑似或確診 COVID-19 的機組人員中，有 23 人（1.7%）住院，有 4 人（0.3%）需要重症監護，有 1 人死亡。摘錄「全艦確診或疑似染症患者症狀分析圖」如後：

圖 3：羅斯福艦確診或疑似染症患者症狀分析圖

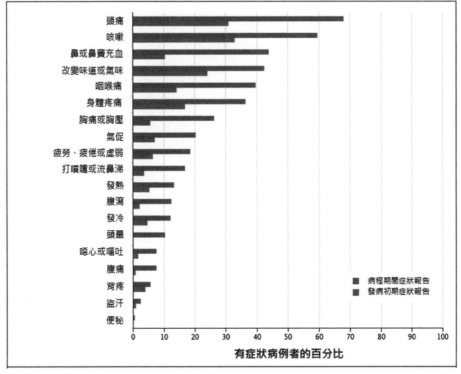

資料來源：The New England Journal of Medicine (NEJM)。

　　若按確診或疑似 COVID-19 病患症狀來探討，研究發現頭痛是最普遍的症狀（佔 68.0%），其次是咳嗽（59.5%）、鼻或鼻竇充血（43.8%）、味覺或嗅覺異常（42.3%）；實際發病時主要症狀出現機率，則是咳嗽（32.8%），頭痛（31.0%）和味覺或嗅覺改變（24.1%）。另有症狀者在患病期間任何時候都出現呼吸急促，其中 20.3% 的人報告呼吸急促，而 7.0% 的人則認為呼吸急促是其最初出現的症狀。此外，有症狀者有 26.2% 的人在患病期間報告胸痛或胸壓。5.3% 的有症狀者則報告說發燒是最初的症狀，生病期間任何時候發燒的發生率據報告是 13.2%。測得的溫度讀數顯示，COVID-19 患者的記錄溫度為 100.0°F 或更高。

（二）空間

　　艦艇空間密閉且難避免近距離接觸，為 COVID-19 陽性無症狀者和症狀前感染者之間的病毒傳播提供便利管道。羅斯福號原本已在海上航行了 13 天，當時 3 名官兵向軍醫部門求診，症狀顯示可能是 COVID-19，經檢測後呈現陽性，追蹤發現其他有症狀的機組人員和大約 400 名密切接觸者。在報告第一個陽性測試結果後四天，該艦抵達關島海軍基地。確診為 COVID-19 病例的機組人員被單獨隔離在關島海軍基地，以及擁有 42 張病床的基地醫院，每天接受兩次溫度和脈搏血氧飽和度檢查；4079 名採檢結果為陰性且無症狀者，分別暫住在基地外的 11 家旅館單人房間。此外，未被感染的必要人員則留守靠港停泊的軍艦上。摘錄「全艦部門工作環境與疫情關係圖」如後：

圖 4：羅斯福艦部門工作環境與疫情關係圖

選擇工作中心與部門			
航空	394(11.4)	65(4.9)	-	參考組
戰鬥支援	164(4.8)	38(2.9)	-	0.88(0.58-1.33)
甲板勤務	82(2.4)	4(0.3)	-	0.18(0.07-0.52)
輪機	137(4.0)	67(5.0)	-	1.85(1.29-2.67)
醫療	40(1.2)	8(0.6)	-	0.67(0.34-1.67)
反應爐	302(8.8)	138(10.4)	-	1.73(1.29-2.36)
補給	219(6.4)	138(10.4)	-	2.41(1.78-3.26)
兵器	132(3.8)	94(7.1)	-	2.70(1.92-3.80)

資料來源：The New England Journal of Medicine (NEJM)

　　若按艦上部門工作環境來探討，研究發現在露天通風良好的條件（例如空勤人員和甲板人員）的染疫風險，低於處在狹窄封閉空間工作的人員（例如反應爐動力部門、工程機務部門、後勤補給和武器部門）。至於醫療部門的成員基於專業能力而穿戴個人防護設備，儘管必須為官兵進行採檢或診治而曝露於高風險對中，但其發病率明顯為低。

（三）時間

　　全艦人員均須分區隔離至少 14 天，陽性者出院前更要測試連續 3 天無症狀始可放行。全艦機組人員按年齡進行造冊，從個人出生日期到 2020 年 3 月 3 日計算，彙整艦船醫療部門，關島海軍醫院和聯合醫療工作組收集的醫療數據與人員名冊，再上傳國防健康系統數據進行核對，包括症狀發作的日期，日常臨床體徵和症狀以及測試結果。摘錄「全艦疫情流行曲線圖」如後：

圖 5：羅斯福艦疫情流行曲線圖

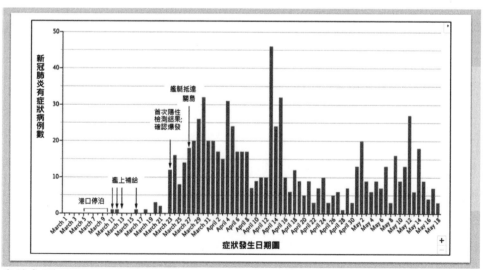

資料來源：The New England Journal of Medicine (NEJM)

若按艦上疫情流行曲線來探討，研究發現早在 2020 年 3 月 11 日就已出現症狀，自 3 月 23 日爆發迄 5 月 18 日的期間隨著時間推移，有症狀的確診或疑似病例數也陸續新增，也接受診斷直至分析期結束。儘管該艦於 2020 年 3 月 27 日在關島停靠，但疫情至少持續了 6 週。

誠如這篇研究報告所言，軍隊尤其是艦艇單位人員，原本就是群聚感染的高風險族群，諸如：日夜共處於狹窄且通風系統相通的生活和工作空間、演訓期間甚至團體開伙時間的近距離接觸、收假來自各地的袍澤又集合在一起，都使得海軍艦艇人員處於染疫的高風險之中。羅斯福號航空母艦雖然爆發嚴重感染風波，但「亡羊補牢，猶未晚矣！」特別是美國軍方結合醫學專業團隊迅速完成病毒篩檢、分區隔離、確診或疑似個案的生理病理訪查、生活背景及工作環境評估，最後還彙整所有重要數據同中央進行核對等實事求是，殊值肯定與效法。

二、磐石號快速戰鬥支援艦

我國敦睦艦遠航訓練支隊 2020 年初受到疫情影響，規劃任務期間僅靠泊南太平洋友邦帛琉，共有三艘軍艦一同前往，分別為康定艦（175 名）、磐石艦（377 名）及岳飛艦（192 名），共計 744 名官兵學生。

2020 年 4 月 17 日下午 1 時 50 分左右，疾病管制署中區管制中心接到臺中市政府衛生局來電，詢問一名幾天前剛下軍艦，因症前往某醫院的實習生，就醫時自述近期有國外旅遊史，然而健保卡卻未顯示任何出入境紀錄，也未持有居家檢疫通知單。為進一步釐清此名實習生無居家檢疫自行就醫之緣由，並評估補開立居家檢疫通知單等事宜，故請該局調查簡要概況，進而發現該軍艦已有 2 名實習生出現嗅覺異常症狀。當日下午 3 時 30 分由中區管制中心緊急聯繫醫院，將採檢檢體儘速送至疾管署中區實驗

室，並立即通知另一名實習生所在地區管制中心，請其啟動防治措施。該案檢體於下午 4 時 25 分送達，晚間 7 時 20 分實驗 室通知檢驗結果陽性，確定為嚴重特殊傳染性肺炎個案，自此揭開敦睦艦隊嚴重 特殊傳染性肺炎群聚案序幕（陳鈺欣等人 2020）。[2]

　　中央流行疫情指揮中心 2020 年 5 月 26 日公佈敦睦艦隊 COVID-19 群聚疫情調查結果，共計發現 36 名病毒核酸檢驗陽性之確定病例和 8 名血清抗體陽性之極可能病例，所有病例皆為磐石艦人員，該艦已有四波人傳人疫情。確定病例中最早發病日為抵達帛琉之前，且感染源不明，顯示 3 月當時國內有零星社區感染個案，然而經密切監測與追蹤，依本起群聚事件並未造成帛琉及臺灣社區次波傳染（衛生福利部疾病管制署 2020）。[3]

　　回顧敦睦艦隊 700 多名官兵回臺休假返鄉後，臨時才被緊急召回受檢，在休假期間足跡疫情調查雖為浩大工程，疫情調查範圍同樣超前部署，並且動用地方醫療體系及警政團隊，中央立即與相關地方政府充分合作，得以及時遏止疫情擴大。

　　臺大公衛學院副院長陳秀熙指出：「在船舶內，防疫是非常困難的，很難不爆發流行，大家一定要有這個認知。」[4]（鄧麗萍 2020）船舶成為「海上小武漢」，早有前車之鑑。

---

2 疫情之初，此艦隊上已有 2 例確診個案，艦隊內恐有疫情悶燒，同時為了追查可能感染源，依中央流行疫情指揮中心指示，除留艦及已返回外島營區之官兵就地採檢隔離外，其餘全數於 4 月 18 日召回統一集中檢疫，且全數採檢送驗新型冠狀病毒病毒核酸與抗體檢測，以防堵疫情擴及國內社區。為掌握個案住院隔離前之所有軍艦以外接觸者，除了詳細疫調外，另透過警政單位提供之移動軌跡進行比對。

3 調查磐石艦確定病例之住宿艙間分布，並無特別時間與空間群聚現象，研判住宿艙間並非主要傳播地點，較可能是人員艦上活動空間狹小且密切接觸而傳播。相較法國戴高樂號或美國羅斯福號航空母艦，此次磐石艦群聚侵襲率較低，且疫情未快速傳播，推測與該艦推行全艦人員佩戴口罩、分批分流用餐、加強環境清消、每日體溫監測等有關。

4 當時船舶疫情統計顯示：鑽石公主號遊輪的成員數為 3711 人，陽性率 24%，無症狀比為 52%；羅斯福號航母的成員數約為 5000 人，陽性率 14%，無症狀比為 60%；戴高樂號航母的成員數約 2100 人，陽性率 52%，無症狀比為 50%；磐石號補給艦的成員數為 337 人，陽性率 7%，無症狀比為 75%。從數值可以清楚得知，船舶內的疫情傳染速度很快，絕非社區傳播、境外移入可以相比。更重要的是，船舶染疫人員的無症狀比率達 52～75%。

三、他山之石，可以攻玉

　　我國防部不妨參考美國《軍事醫學》的這篇重要報告內容，俾利具體研擬屬於本國海上醫療管理計畫。

　　首先觀察 COVID-19 大流行的持續管理及其對美國海軍的影響，研究證實軍艦上有千百名人員緊鄰狹窄寢室床鋪並且密集互動，這使得預防呼吸道病毒的傳播異常困難。由於操作要求囿於活動空間、廁所區域、停泊處、食堂、用品，以及醫療後送能力和醫療能力受限，任何評估、管理、隔離和運輸被感染人員在船內或離船的嘗試，都將變得更具挑戰性，所幸美軍在嚴峻環境提供重症監護方面擁有豐富經驗（Vicente 2021）。因此，應可借鏡其已知的 COVID-19 危機管理來描述艦船爆發疫情潛在模型，並說明此類傳染病對現有船舶資源的臨床壓力，以減輕此類疾病的發病率和死亡率。

　　特別是對於 COVID-19，鑽石公主號上的襲擊率是 19%（n = 712），這些患者中有 46%（n = 331）在測試時無症狀或有症狀；羅斯福艦千分之一的死亡率，低於一般人群 COVID-19 的估計死亡率 0.5% 至 1%，唯若無專家級的重症監護支持，該艦上的死亡人數可能會更高。突然拉高的發病率和重症醫療要求，也會很快耗盡艦船既有的醫療能力（Vicente 2021）。正如在世界各地的醫療系統中所看到的那樣，病人的突然增加會迅速使CVN 的醫療能力不堪重負。

　　當然上述這種年齡限制模型是假設性的，但透過調整我國艦艇人數、健康素質、感染率和發病率等統計，如此精確預擬防疫危機管理策略，值得參酌甚至廣泛研究適用。

肆、同理主官決策指揮道德

　　哈佛大學心理學系「道德認識實驗室」主持人約書亞．格林（Joshua Greene），他認為道德爭議無所不在，重點是如何建立對話並凝聚共識。他特別指出：道德哲學是道德心理學的一種呈現，它是範圍更大、更深層的心理學與生物學冰山中之一角（高忠義譯 2015）。如前所述，軍事心理學研究的熱門議題之一，即是創傷後壓力症候群（PTSD）。在美國引發爭論的「紫心之辯」運動[5]，絕不僅是一場真假傷病的臨床醫學爭辯，而是對於 PTSD 衍生出軍人道德與軍隊榮耀的正義與選擇看法（樂為良譯 2011）。COVID-19 又何嘗不是呢？它既造成同單位官兵的身心壓力，更直接凸顯軍事決策者的指揮道德。

　　此次新型冠狀病毒疫情，大型船艦內部集體感染事件引來眾所矚目，可能原因包括：船上人員眾多，感染容易群聚；船艦航行大海之中，不易立即獲得外部援助；且船艦最終需要靠港，陸岸單位亦會因擔心疫情經由登岸罹病人員造成傳染擴散，因此必須執行檢疫措施以阻止或延遲人員登岸。凡此種種，均會造成船艦上的群體心理受到影響，從發生於鑽石公主號的國際郵輪疫情事件可見一斑（Yamahata & Shibata 2020）。這類事件一旦發生，國家所採取的處理方式，更會影響國內之興情，連鎖反應之下，甚至成為影響民眾對政府相關部會首長危機處理能力的信心。

　　美艦羅斯福號航母事件和國軍 109 年度敦睦艦隊疫情事件，都可以讓我們對於軍事心理學之領導統御、民心士氣等深刻反思，轉而針對軍隊主官的「指揮道德」進行探討。

---

5 從 1932 年起，在戰鬥中被敵方打傷或打死的美國軍人都可被軍方頒授紫心勳章。這個勳章不只代表榮耀，還讓受勳者在退伍軍人醫院中享有特別待遇。其實，紫心之辯正好是亞里士多德正義觀背後道德邏輯的一個顯例。不間清勳章到底表揚的是何種美德，就無法決定誰可以獲勳。要回答勳章表揚何種美德，就必須好好評斷有關品格與犧牲的各種歧見。

一、情境風險與軍事領導

　　軍事組織依其任務性質，會有不同之情境：作戰、演習、訓練、支援都各有其不同之情境。從任務的性質來說，有一般性任務和特殊性任務，另外，軍隊任務情境是否危險，也是重要因素。由此兩個軸向，可將任務情境劃分為以下四種情境（孫敏華、許如亨 2001）：

圖 6：軍隊風險情境示意圖

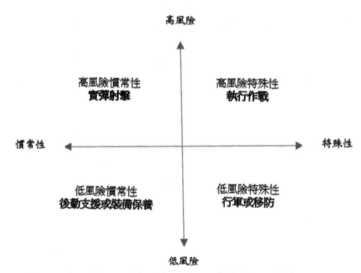

資料來源：作者繪圖整理自孫敏華、許如亨，《軍事心理學》，2001。

　　近年來，對於高風險作戰人員的調查評估，研究發現除了心理頑強和抗壓性佳之外，相對凸出的是品格和責任心，例如誠實、道德勇氣以及可靠性等特質。在美軍已經成為選拔該類人材一致的預測因素（賀嶺峰、高旭辰、田彬譯 2008）。上述即所謂軍事道德，軍人除了解決「我該怎麼辦？」（What should I do？）的問題之外，還要透過提出「我為什麼要這樣做？」（Why should I do it？）這證明自己的決定正確。如此，也才有可

能成為好的軍人（Baumann 2007）。

　　曾任我國海軍總司令、國防部副部長的陳永康備役上將，對此特別有感而發，他對筆者當面剴切說明如后：

　　海軍艦隊公共空間要完全徹底消毒防疫有其困難，因為洗衣是送洗、餐廳是排隊，士兵的空間只有那個床鋪，除了躺進去之外，其他時間都是站著，只有餐廳有坐著的地方。艦上的醫務室病房有限，所以可能連機房都要騰出一些地方，而平時的生活起居是無法隔離的。船上的生活不是郵輪，不是站就是坐，所以兩三天後，腦袋就容易迷糊了，所以在事情的判斷上，或是官員的作業流程難免有疏忽，到最後無法再忍耐了，只有選擇把消息放出去。

　　海軍艦長或艦隊任務指揮官，平常戰備演訓即是「高風險慣常性」的單位指導者，遭遇官兵染疫而緊急應變則升高為「高風險特殊性」的單位改革者，其情勢瞬息萬變而功過毀譽須臾即至，考驗著軍隊領導者身心抗壓性與選擇正義的道德勇氣。

（一）美國羅斯福號航母事件

　　艦長克勞齊（Brett Crozier）上校因對外流出向國防部求援信件而遭美國海軍拔除艦長一職，堪稱美國近年來的轟動的軍事領導危機之一，並引發多位美議員關注。路透社報導，美國海軍解職克勞齊的舉動，恐對軍中其他有意通報問題者產生寒蟬效應（Chilling effect）。參議院情報委員會副主席民主黨參議員馬克·沃納（Mark Warner）對於克勞齊遭解職評論道：海軍需要願意為船上官兵說話的人，且從克勞齊的行動判斷，「只是想為他的下屬做最適合的決定」，不懂為何要懲罰這樣負責的愛國者，尤其是有這麼多條人命危在旦夕之際（Idrees Ali 2020）。從國際新聞畫面看來，全艦官兵更是不解為何要將這樣一位力圖控制疫情的艦長解職。

　　該艦於 2000 年 3 月即出現艦上群聚感染，然因美海軍領導階層未立即處置，上校艦長即以電子郵件向其指揮系統內外之長官提出請求救援，由《舊金山紀事報》（San Francisco Chronicle）公布而廣為公眾周知。摘錄報導內容如后（Dyer 2020）：

　　這需要政治解決，但這是正確的作為。此刻並非戰時，艦上官兵不需要犧牲（Sailors do not need to die）我們現在若不行動，就沒有讓我們最信賴的資產，也就是我們的官兵，受到妥善的照顧。目前只有一小批感染病毒的人員下船，大多數仍在艦上，而在艦上不可能奉行 14 天檢疫與保持社交距離的官方指引。由於軍艦先天空間有限，我們沒有那麼做。

　　把美國一艘部署中的航空母艦多數官兵撤離，並將他們隔離兩個星期，像是很不尋常的措施，但請儘快在關島岸上提供「合乎規定的檢疫房舍」給全艦官兵使用。

　　自從 COVID-19 開始在軍艦傳播以來，海軍領導人再三強調他們的船隻和船員已做好任務準備，即使他們採取行動制止該病毒。艦長在他的信中卻反映出一個事實狀況：羅斯福以及所有海軍艦船上的狀況，有利於病毒的傳播。絕大多數船員生活在共享區域，主甲板則是醫療和通勤大廳所在的地方，每天許多船員都要經過幾次，已不可能在這樣的環境保持社交距離來防疫。船上對病毒測試呈現陰性的水手有症狀，然後在陰性測試後一到三天測試又呈現陽性（Dyer 2020）。

　　對此，美國代理海軍部長莫德里（Thomas Modly）透過公開信指出，克勞齊以不安全方式求援，不僅造成不必要的混亂與恐慌，更破壞了指揮鏈結構；然而，當時正在爭取代表民主黨參加 11 月總統大選的前副總統拜登（Joe Biden）則表示：川普政府「判斷力欠佳」（Trump administration showed poor judgment in removing warship commander）。拜登說克勞齊「忠於他的國家安全使命和照顧艦上官兵的職責，而且正確地將注意力放在

更廣泛的關注事項，關心如何在這波疫情期間維持軍事準備」（Idrees Ali 2020）。羅斯福號情形言，在新型冠狀病毒疫情於艦上爆發之前，該艦乃是執行例行巡弋任務，此任務即屬於高風險任務。待新型冠狀病毒疫情爆發之後，其任務性質更向高風險性特殊性轉移，此時領導者之角色即從平時之「指導者與生產者」之角色向「改革者與經營者」方向轉移，而矛盾與衝突也即由此產生。

（二）我國磐石號快速戰鬥支援艦事件

　　海軍敦睦艦隊疫情引國內軒然大波，國防部第一時間公布懲處名單，認為支隊長陳道輝，以及艦指部指揮官高嘉濱，兩人難辭其咎，調離現職接受調查。時任國防部長嚴德發於 2020 年 4 月 21 日晚間出席「海軍敦睦初步調查」記者會，親率軍方高層代表對此事件鞠躬致歉，並向總統自請處分。經國防部調查，海軍此次缺失計有「疫情通報未落實」、「聯合檢查小組未落實實質檢疫」、「任務期間的官士兵防疫管理不夠確實」、「任務前的防疫措施規劃不足」等四項（游凱翔、陳韻聿 2020）。國防部 4 月 22 日上午在立法院外交及國防委員會，提出〈磐石軍艦染疫案及後續相關防疫處置〉專案報告，由國防部長嚴德發列席報告並備質詢。除了再次重申海軍四項缺失，更是首度證實指出，磐石艦航行途中隨艦醫官未接獲衛福部所發布的最新疫情資訊，而即使獲得新增通報定義後，也未能回溯追蹤曾喪失嗅、味覺症狀的官兵。返國後，軍醫聯檢編組登艦作最後確認時，仍未將已掌握的關鍵病癥「嗅味覺異常」列入「入境健康聲明」項目（中華民國國防部 2020）。因此，導致海軍錯失捍衛各道防疫關口的機會，嚴重戕傷國軍形象。支隊長陳道輝少將 4 月 22 日下午抒發感言（游凱翔 2020）：

　　美好的一仗，打過了。但此時還有 27 位弟兄姐妹學生們在治療中。

還有你（妳）們的親人朋友們忍受與各位分離。忍受別人異樣眼光的苦。

支隊長向所有人致歉。讓你們受到牽連。我會用最正向的力量完成任務，盼各位與我同行。我是中華民國海軍軍官，我是海軍官校的大門走出來的。以大家為榮！

以此次敦睦艦隊疫情為例，軍方必須虛心檢討的責任是，2 月初鑽石公主號疫已爆發，顯示船艦是病毒傳播的溫床。2 月底西雅圖出現群聚感染，加州也開始拉警報，日本、韓國均已淪陷，3 月 5 日艦隊出發前，武漢肺炎感染解放軍東海艦隊消息已出，靠岸接觸為何缺乏管制？當軍艦還在海上航行時，羅斯福航艦案、戴高樂號等航艦相繼引爆疫情，應當有人警覺進而提醒艦隊感染疫情的威脅性，並針對可能威脅與風險進行應對才是。

另一方面，如同公衛學者陳秀熙所言（蔡岳宏 2020），「海軍負責防守海外領土，長時間在公海上的日常辛苦，常人很難想像，建議換位思考，給海軍尊敬，臺灣已經守得不錯，過去幾次危機都挺過，這次也有信心，不能因為有群聚感染，就代表社區傳播一定會發生。」國軍於成員隔離檢疫伊始，即與中央與地方單位密切合作，對於隔離檢疫中之官士生兵，提供建議各種生活便利措施及關懷支持外，4 月 26 日疫情初步控制，國防部即以形象影片重申國軍保國衛民之使命（洪哲政 2020）。凡此種種，均可促進團體凝聚力和個人精神，進而透過軍隊文化塑造，確定組織目標與領導者發揮凝聚力量之作為，進一步能維繫民心於不墜。惟日後學者與官方仍應通力合作，對於疫情或其他重大災情時部隊士氣與民心維繫，建立更為切合實用方式。

二、軍隊士氣與社會觀感

　　從學者孫敏華等人的著作中，可知士氣被視為一種態度、一種知覺、或一種滿足，亦可分為個體或團體層次來分析。士氣可以綜合團體和個人兩層面，分別指涉兩個部分即團體凝聚力和個人精神。另相關研究顯示9.2%的民眾表示，2003 年發生 SARS 之後，對於人生的感受變得比較悲觀（Peng et al. 2010）。2003 年的一項研究顯示：9-16% 的救災士兵可能會出現急性壓力症 [6]（Yeh et al. 2002）。個人精神既然受到影響，民心與士氣，在此疫情中勢必受到影響。所以，透過軍隊文化塑造、確定組織目標與領導者發揮凝聚力量，都是激勵士氣之良方（孫敏華、許如亨 2001）。

　　誠然，不同國家的軍種單位各有其組織文化，並進而形成一種「組織風氣」（organizational climate）。軍事組織文化能否嚴守專業分際，決定軍事倫理規範能否付諸實踐，更影響社會民心對該國軍方的肯定與否。根據學者 Dr. Giuseppe Caforio（1988）的分析，現代軍事組織發展過程，可能衍生出「官僚化」和「專業化」兩種不同樣貌。其參照指標如下：

表 1：軍事組織文化發展變項對照表

官僚文化	變項	專業文化
奉行長官命令，揣摩意圖俾利個人晉升	行動目的	考量專業知識，行事有據追求最佳結果
固守規定，援例辦理	行動方針	調和應變，革新事務
官方規定	主要規範	專業倫理
階級權威	領導風格	專業學能
獲勳獎章及權力	滿足形式	解決困難諸問題
遵循上級言行 體制內部垂直的主流趨勢	價值參考	尊重同儕下屬 體制內外平行的創新趨勢

筆者整理製表，資料來源：Giuseppe Caforio 1988。

---

6 急性壓力症之症狀，與前述創傷後壓力症類似，惟病程侷限在 1 個月內即緩解。

　　從上述表格內容可看出，任憑官僚文化過度發展，軍中士氣必然難以提升，軍隊形象當然備受質疑。若能建立專業文化，下情上達且內外協調，則其成效大不相同；然而，全球近兩年的 COVID-19 疫情對國際海軍艦隊重大影響，似已超越以往軍事倫理學者既有的研究假設，宜再進行延伸探討甚至修正之，包括軍方對於現有防疫決策風險評估與檢討，更是首要之務。

（一）美國羅斯福號航母事件

　　以此次羅斯福艦疫情為例，艦長克勞齊發表一封信件，冀求海軍上司疏散和隔離船上大多數水手後，海軍高層遂解除克勞齊艦長職務。上校艦長陳述當時遭受疫情感染的狀況，認為海軍開除他之前，他只是在「做正確的事」（Dyer 2020）。美國〈海軍時報〉（Navy Times）曾於 4 月 5 日報導，克勞齊接受暫時性的工作，轉任太平洋艦隊幕僚職務。美國民間與政壇仍有聲音反對海軍的決定，更呼籲讓克勞齊復職，而莫德里則因痛批克勞齊是笨蛋，最終引咎辭職（Cohen et al. 2020）。

　　原先在初步調查後，海軍領導人於 4 月下旬建議恢復 Crozier，但經過更深入的調查後，他們改變了主意。5 月中旬，已遭撤除指揮權的「羅斯福號」前艦長克勞齊（Brett Crozier），他被上級指責為破壞軍中倫理與常規。這項調查由海軍作戰部副部長伯克上將（Adm. Robert p. Burke）主持，接替請辭求去的莫德里而暫代海軍部長一職的麥佛遜（James e. McPherson）則為此壓下了海軍對克勞齊恢復原職的建議案。2020 年 6 月，海軍軍令部長邁克‧吉爾迪（Mike Gilday）上將展開後續調查並公佈結果，他認為克勞齊艦長沒有達到我們對航母指揮官的期望。並說：「如果我知道今天我所知道的事情，我當時就不會提出恢復克勞齊的建議。而且，如果今天仍要指揮克勞齊上校，我也將解除他的職務。」（Pickrell

2021）美國防部發言人也表示，國防部長艾斯培（Mark Esper）當時在場聆聽，並相信海軍已徹底調查，會根據海軍調查發現而支持其決定（Cohen, Browne& Starr 2020）。這意味著克勞齊上校將被重新指派職務，且未來不具擔任艦艇指揮職務的資格，幾乎已是克勞齊的海軍職涯一大頓挫。

該艦長此一行為，造成美國海軍長官的不滿與懲戒，並將該艦長予以調職，且於其感染痊癒之後，不予復職。這事件引起美國國內兩極化的反應。一方面，海軍高層認為艦長逾越指揮體系，有動搖海軍領導之可能性；另一方面，艦上官兵卻以艦長為英雄，在其離艦時集體歡送向其致敬。

（二）磐石號快速戰鬥支援艦事件

2020 年 6 月 12 日，國防部召開〈109 年敦睦支隊新型冠狀病毒肺炎群聚事件行政調查報告〉記者會，國防部總督察長黃國明中將指出，艦指部 4 月 1 日辦理聯勤人員勤前教育，部分人員未與會，也未規劃左營分院支援醫官參加，導致未與會不了解聯檢執行事項，以及聯檢醫官必須詢問航行期間人員就醫狀況、審視個人健康聲明書之要求。支隊長及艦上醫官在聯檢過程中，也未主動向聯檢醫官表明返航過程中有官兵發燒及嗅覺失靈等症狀。在懲處方面，共計 17 人受到懲處，包括海軍司令劉志斌記過一次，陳道輝、高嘉濱、艦指部副參謀長喬志明等 3 人都遭到記小過 2 次。調查期間，陳、高兩人遭到調離現職，海軍核定兩人於 6 月 16 日復職（呂炯昌 2020）。曾經多次參與我國敦睦遠航任務的陳永康備役上將，語重心長地指出：

包括美軍在內，所有的海上醫療設施偏重在燒燙傷、戰傷外科，很少在內科，尤其是這種高傳染性的疾病，過去是沒有經驗的。去年 2 月 25 日國防部就說了，如果船上有個案出現就用飛機撤送，我們飛機航程 200 浬，我們船艦一天就走了 400 浬，後送任務必須再更審慎評估精進。船上

病床數是否足夠因應染疫人數？醫務室有否完整的檢測能力？所以這個病症對海軍來說，是一個看不見的敵人，需要重新檢測檢討，檢討我們的整個系統、流程、規範等。

　　2020 年 11 月 10 日，國防部軍醫局副局長蔡建松說明國防部常設「國軍疫情指揮中心」，乃是參考衛福部中央流行疫情指揮中心的架構，透過綿密監測系統與即時回報機制，提供精準防疫措施，以確保官兵健康（陳俊華 2020）。然而在團隊榮譽與各自專業之間，特別是面對新型冠狀病毒疫情的高度風險，軍人可能會因輕重緩急難以判斷拿捏分寸而陷入道德困境，有時甚至是立場不同導致其忠誠產生困惑。以往軍中有句耳熟能詳的口號「演訓視同作戰」，如今面臨疫病傳染成為國防重要威脅挑戰之下，軍民更應該體認「防疫維繫戰力」的事實。

三、前事不忘，後事之師

　　若以美海軍或國防部高層人員立場為主，該艦長逾越指揮體系的行為，是違背原巡弋任務擔任主官所需扮演的指導者角色，但對於艦上其他同袍而言，艦長在執行戰備演訓任務程序之外，同時亦須關心團隊凝聚的行為，使艦上官兵的艱困處境為外界所注意，讓這個非常事態下的問題得到解決。如此堅定改革的意志拯救了全艦官兵，所以受到官兵擁戴歡呼與尊重敬仰。陳永康補充說道：

　　美國航空母艦出行，在上面一定會有一個打擊群的支隊長，但是這在調查裡面並沒有提到。如果打擊群的參謀在船上，那加上幕僚的人大概 100 多人，這些調查裡面也沒有提。從國防部部長到海軍的代理部長都認為錯在艦長，可是在艦長離開船上後，全體士兵歡呼，把他當作英雄。而後續接任他艦長職位的人是他的前任，而當時打擊群的指揮官原本一星升

兩星，兩星沒了。所以，美軍處分是一系列承擔的，並不是單獨。

　　綜觀美國羅斯福艦染疫風波下的人事更迭過程，《華盛頓郵報》特別撰文分析說明，或許也能提供我國軍方對於磐石軍艦事件更客觀且不失專業的評論，其指出：有關此事的三個觀察面向，包括「指揮官因防疫被撤職的情況並不尋常」、「醫療健康和軍事戰備交織在一起」、「海軍指揮系統面臨疫情之下領導的挑戰」。正如軍事倫理學家保琳·香克斯·考林（Pauline Shanks Kaurin）所指出，軍人要服從多種忠誠度，有時甚至是相互競爭的忠誠度（Golby 2020）。誠然，軍人必須在對所屬官兵的忠誠與對組織規則的忠誠之間做出選擇，美國海軍領導高層似乎認定克勞齊艦長表現出較差的判斷力。

　　對照我國磐石艦的案例，陳永康則認為「超前部署是很好的概念，但必須先有完整的前瞻指導加上專案管理。否則，即使國內單方面的傳遞訊號，艦上卻僅能靠著商用衛星的線路，根本無法確認國內疫情的嚴重性。畢竟，海軍航行任務的彈性是非常小的。」在可預見的未來，防疫常態化將和戰備任務一樣重要，一旦防疫失敗造成官兵健康受損，等同戰備癱瘓。因此，如何兼顧戰備和防疫，特別是在防疫不易的軍艦上，既要能夠避免染疫、同時又須維持高度戰力，非僅是我國海軍深刻警惕者，恐怕也是歐美各國海軍正視的重大難題。

　　美國羅斯福航艦艦長克勞齊上校被調離後永不復職，我國敦睦支隊長陳道輝少將被調離後予以復職且軍旅生涯未受影響。類似事件的兩位當事人，均為官兵認可為「不打官腔且體恤部屬」的海軍專業領導者；但其相異之處，即前者在戰備任務期間發現官兵染疫而向外界發出求助信，後者則在任務結束返航後官兵上岸休假造成防疫破口。所幸，兩國社會民心似乎都能體諒軍艦防疫不易，而未出現苛責軍醫人員的非理性聲音。

伍、我國軍隊防疫研究策進方向

筆者認為 2020 年兩艦防疫作為「狀況警覺」（situation awareness）和「團隊資源管理」（Team resources management），都有可檢討之處；未來如何從這兩個角度再看防疫心理和倫理的相關研究與策進方向，將是日益重要。承前所言，海軍艦長或艦隊任務指揮官，平常戰備演訓即是「高風險慣常性」的單位指導者，遭遇官兵染疫而緊急應變則升高為「高風險特殊性」的單位改革者，其情勢瞬息萬變而功過毀譽須臾即至，考驗著軍隊領導者身心抗壓性與選擇正義的道德勇氣。

全球近兩年的 COVID-19 疫情對國際海軍艦隊重大影響，似已超越以往軍事倫理學者既有的研究假設，宜再進行延伸探討甚至修正之，包括軍方對於現有防疫決策風險評估與檢討，更是首要之務。

在學術研究方面，此次疫情爆發迄今，以美國羅斯福航母為例，雖有若干全面且深入的研究，卻也僅限於生理數據研究，關於艦上人員心理衛生資料尚屬付之闕如；以我國磐石軍艦為例，敦睦支隊人員較有系統的身心健康研究均待迅速發展。筆者認為國軍這方面研究延宕之可能因素，除了軍事機密與官兵個資的保守考量外，加上部隊整體形象受媒體過度關注，使研究者和研究對象不易信任合作關係。唯相關研究發現的可能效益，非僅可為民間和軍方醫學研究與公衛實力提升能量，更能為未來可見的疫情常態化，真正達到超前部署的準備。本文研究發現 COVID-19 疫情對於軍民身心健康影響已是無庸置疑，必須特別關注的是船舶航海尤其是海軍艦隊的巡戈戰備任務、人員群聚感染、訊號接收不易、醫療專業回報等問題，至少可區分四個面向來探討，包括：一是面對非傳統威脅重大挑戰時，當「演訓視同作戰」與「防疫視同作戰」兩相衝突，二是面對軍隊傳統乃至軍種文化時，當「貫徹上級命令」與「同舟共濟一命」兩相衝突，三是

面對官僚本位與專業考量時，當「內部報告解決」與「外部傳訊求援」的兩相衝突，四是面對軍人健康與軍醫勞務時，當「官兵病患權益」與「軍醫身心壓力」的兩相衝突等。上述兩難困境的輕重緩急如何拿捏方寸，不應當由軍隊指揮官遭遇問題時各自發揮，也不應當由軍醫官陷入孤獨無助時忐忑揣摩。日前，倫敦國王學院「軍醫倫理研究中心」主任（英國軍醫備役中將）Martin Bricknell，即主動向筆者表達這方面的教學研究合作計畫，準備著手跨國性且更進一步的問卷調查與訪談報告。

在實務策進方面，若能記取此次教訓而重新深刻省思，未來敦睦遠航計畫前能否由國安會統合國防部、外交部和衛福部等相關部會進行集思廣益，以建立「獨立雙軌回報機制」？出港前是否預先接種疫苗、審慎確認醫師、醫材齊全，以及全員衛教管理均已落實？航行中，能否「強化健康監測而簡化行政流程」，若有確診者能否「即時診斷且急件送驗」，迅速安排隔離就診並等待直升機後送，以兼顧航行任務與醫療防疫任務並行不悖？返港後是否立即知會司令部、國防部甚至中央部會醫療指導單位，登艦進行審慎關懷與瞭解人員健康狀況（包括軍醫身心壓力）？又，在事變爆發的第一時間，是否能請衛生單位進入調查，並執行環境病毒檢測，針對不同區域的細節作為，如浴廁、寢室、飯廳等空間，尤其是「高接觸頻率」者，如門把、扶手、桌面等處，進行環境表面採樣，或拿專用試劑噴灑，再用螢光照一下，就可以看出哪裡病毒濃度最高，而非逕自執行全單位的一般消毒作業。凡此，我們應該再把後疫情時代的法令規章、醫護管理等觀念導入到海軍平日演訓科目之中。

總而言之，在軍事心理方面應有科學調查與專業分析等標準作業流程，而非囿於社會究責文化導致動輒得咎；在軍事倫理方面應有正義思辨與困境培訓（Dilemma training）等道德議題模擬狀況演練，而非坐視軍隊進退失據導致防疫破口。如此，當可結合醫療界與學術界共為我國公共衛生建構長久的可恃戰力。

參考文獻

中文書目

專書

中華民國國防部編，2019，《108 年國防報告書》，臺北：國防部。

孫敏華、許如亨，2001，《軍事心理學》，臺北：心理出版社。

專書譯著

Carrie H.Kennedy & Eric A.Zillmer 著，賀嶺峰、高旭辰、田彬譯，2008，《軍事心理學：臨床與作戰的應用》（Military Psychology: Clinical and Operational Applications），上海：華東師範大學出版社。

Joshua Greene 著，高忠義譯，2015，《道德部落：道德爭議無所不在，該如何建立對話，凝聚共識》（Moral Tribes: Emotion, Reason, and the Gap Between Us and Them），臺北：商周出版。

Michael Sandel 著，樂為良譯，2011。《正義：一場思辨之旅》（JUSTICE: Whats the Right Thing to Do），臺北：雅言文化。

期刊論文

何志培，2016，〈從「美國狙擊手」談創傷後壓力症〉，《高雄醫師會誌》，24（2）：140-147。

蕭英煜，2013，〈我國災害防救之演進－兼論國軍救災能力之提升〉，《黃埔學報》，（65）：129-142。

陳鈺欣、林巧雯、王功錦、賴珮芳、柯靜芬、劉碧隆，2020，〈2020 年敦睦艦隊嚴重特殊傳染性肺炎個案疫情調查〉，《疫情報導》，36（19）：310-314。

陳美蓮，2020，〈美國職業安全署－工作場所 COVID-19 防疫準備指引〉，《臺灣職業衛生學會特刊》：2-3。

官方文件

中華民國國防部編，2020，〈磐石軍艦染疫案及後續相關防疫處置〉專案報告書，
　　立法院第 10 屆第 1 會期外交及國防委員會第 15 次會議：5-7，臺北：國防部。

衛生福利部疾病管制署，2021/6。《新型冠狀病毒（SARS-CoV-2）感染臨床處
　　置暫行指引》第十一版：19。

網際網路

中華民國衛生福利部疾部管制署，2021/6/25，https://www.cdc.gov.tw/>

呂炯昌，2020/6/12。〈敦睦艦隊染疫調查出爐 陳道輝、高嘉濱遭記 2 小過復職〉，
　　《NOWnews》，https://www.nownews.com/news/5019419。

周世惠，2020/4/1。〈武漢肺炎 美羅斯福號航母逾百人確診 艦長致函上級求援〉，
　　《中央社》，https://www.cna.com.tw/news/firstnews/202004010005.aspx。

洪哲政，2020/4/26。〈磐石艦疫情初步受控 國防部推形象影片爭取民眾支持〉，
　　《聯合新聞網》，https://udn.com/news/story/10930/4520311。

陳韻聿、游凱翔，2020/5/2。〈敦睦艦隊官兵若解隔離 返家自主健康管理 7 天〉，
　　《中央社》，https://www.cna.com.tw/news/firstnews/202005020125.aspx。

游凱翔，2020/4/22。〈敦睦支隊長陳道輝致信官兵：抱歉但以大家為榮〉，《中
　　央社》，https://www.cna.com.tw/news/firstnews/202004225007.aspx。

游凱翔、陳韻聿，2020/4/21。〈軍艦染疫嚴德發鞠躬致歉 坦承海軍有四大缺失〉，
　　《中央社》，https://www.cna.com.tw/news/firstnews/202004210407.aspx。

陳俊華，2020/11/10。〈國防部常設疫情指揮中心 監控高傳染性疾病〉，《中央
　　社》，https://www.cna.com.tw/news/aipl/202011100074.aspx。

衛生福利部疾病管制署，2020/5/26。〈敦睦艦隊群聚調查結果出爐，疫情僅止於
　　磐石艦〉，《衛生福利部》，https://www.cdc.gov.tw/Bulletin/Detail/ZcopDNy
　　9TjfFRtgy8RJuTA?typeid=9。

鄧麗萍，2020/4/22。〈軍艦成破口，恐爆社區感染？醫師：未來二週到四週是危

險期〉，《遠見雜誌》，https://www.gvm.com.tw/article/72286。

蔡岳宏，2020/4/22。〈防軍艦疫情擴大！公衛專家：強化疫調＋抗體檢測〉，《健康醫療網》，https://www.healthnews.com.tw/news/article/45906。

《世界日報》，2020/9/28。〈疫情壓力？美軍自殺率增20% 陸軍最多〉，https://www.worldjournal.com/wj/story/121172/4894632。

英文書目

期刊論文

Chan, Sandra S. M., Chiu, Helen F. K., Lam, Linda C. W., Leung, Vivian P. Y., Conwell, Y. "Elderly suicide and the 2003 SARS epidemic in Hong Kong," International Journal of Geriatric Psychiatry, Vol. 21, No. 2, February 2006, pp. 113-118.

Chen, Yi-Lung., Hsu, Wen-Yau., Lai, Chung-Sheng., Tang, Tze-Chun., Wang, Peng-Wei ., Yeh, Yi-Chung., Huang, Mei-Feng., Yen, Cheng-Fang ., Chen ,Cheng-Sheng., "One-year follow up of PTSD and depression in elderly aboriginal people in Taiwan after Typhoon Morakot," Psychiatry and Clinical Neurosciences, Vol. 69, No. 1, January 2015, pp. 12-21.

Cheng, Sammy K. W., Tsang, Jenny S. K., Ku, Kwok-Hung., Wong, Chee-Wing., Ng, Yin-Kwok., "Psychiatric complications in patients with severe acute respiratory syndrome (SARS) during the acute treatment phase: a series of 10 cases," British Journal of Psychiatry, Vol. 184, April, pp. 2004, 359-360.

Chou, Han-Wei., Tzeng, Wen-Chii, Chou, Yu-Ching., Yeh, Hui-Wen., Chang, Hsin-An., Kao, Yu-Cheng., Huang, San-Yuan., Yeh, Chin-Bin., Chiang, Wei-Shen., Tzeng, Nian-Sheng., "Stress, Sleep and Depressive Symptoms in Active Duty Military Personnel," American Journal of the Medical Sciences, Vol. 352, No. 2, August 2016, pp. 146-53.

Emmerton, Demelza., Abdelhafiz, Ahmed., "Delirium in Older People with COVID-19: Clinical Scenario and Literature Review," SN Comprehensive Clinical Medicine, Vo. 29, August 2020, pp. 1-8 (doi: 10.1007/s42399-020-00474-y).

Fiest, Kirsten M., Leigh, Jeanna P., Krewulak, Karla D., Plotnikoff, Kara M., Kemp, Laryssa G., Ng-Kamstra, Joshua., Stelfox Henry T., "Experiences and management of physician psychological symptoms during infectious disease outbreaks: a rapid review," BMC Psychiatry, Vol. 21, No. 1, February 2021, pp. 91 (doi: 10.1186/s12888-021-03090-9).

Caforio, Giuseppe., "The Military Profession: Theories of Change," Armed Forces & Society, Vol. 15, No. 1, Fall 1988, pp. 55-69.

Hays C. W., "The United States Army and malaria control in World War II," Parassitologia, Vol. 42, No. 1-2, June 2000, pp.47-52.

Hossain, Md M., Sultana, Abida., Purohit, Neetu., "Mental health outcomes of quarantine and isolation for infection prevention: a systematic umbrella review of the global evidence," Epidemiology and Health, Vol. 42, June 2020 (Epub), pp. e2020038 (doi: 10.4178/epih.e2020038).

Hsiao, Yin Y., Chang, Wei H., I., Ma, Chun., Wu, Chen-Long., Chen, Po S., Yang, Yen K., Lin, Chih-Hao., "Long-Term PTSD Risks in Emergency Medical Technicians Who Responded to the 2016 Taiwan Earthquake: A Six-Month Observational Follow-Up Study," International Journal of Environmental Research and Public Health, Vol. 16, No. 24, December 2019, pp. 4983 (doi: 10.3390/ijerph16244983).

Hughes, H., Macken, M., Butler, J., Synnott, K., "Uncomfortably numb: suicide and the psychological undercurrent of COVID-19," Irish Journal of Psychological Medicine, Vol. 37, No.3, September 2020 pp. 159-160.

Iqbal, Yousaf., Abdulla, Majid A. A., Albrahim, Sultan., Latoo, Javed., Kumar, Rajeev.,

Haddad, Peter M., "Psychiatric presentation of patients with acute SARS-CoV-2 infection: a retrospective review of 50 consecutive patients seen by a consultation-liaison psychiatry team," BJPsych Open, September 2020, Vol. 6, No. 5, pp. e109 (doi: 10.1192/bjo.2020.85).

Kasper, Matthew R., Geibe, Jesse R., Sears, Christine L., Riegodedios, Asha J., Luse, Tina., von Thun, Annette M., McGinnis, Michael B., Olson, Niels., Houskamp, Daniel R. F., Burgess, Timothy H., Armstrong, Adam W., DeLong, Gerald., Hawkins, Robert J., Gillingham, Bruce L. "An Outbreak of COVID-19 on an Aircraft Carrier," New England Journal of Medicine, Vol. 383, No.25, December 2020, pp. 2417-2426.

Ke, Ya-Ting., Chen, Hsiu-Chin., Lin, Chien-Ho., Kuo, Wen-Fu., Peng, An-Chi., Hsu, Chien-Chin., Huang, Chien-Cheng., Lin, Hung-Jung., "Posttraumatic Psychiatric Disorders and Resilience in Healthcare Providers following a Disastrous Earthquake: An Interventional Study in Taiwan," Biomed Research International, Vol. 2017, October 2017; pp. 2981624 (doi: 10.1155/2017/2981624).

Kim, Hoi-Eun., "Cure for empire: the Conquer-Russia-Pill, pharmaceutical manufacturers, and the making of patriotic Japanese, 1904-45," Medical History, Vol. 57, No. 2, April 2013, pp. 249-68.

Kimhi S, Eshel Y, Marciano H and Adini B,2021. "Prediction of Hope and Morale During COVID-19". Front. Psychol. 12:739645. doi: 10.3389/fpsyg.2021.739645.

Lancee, William J., Maunder, Robert G., Goldbloom, David S., Coauthors for the Impact of SARS Study., "Prevalence of psychiatric disorders among Toronto hospital workers one to two years after the SARS outbreak," Psychiatric Services, Vol. 59, No. 1, January 2008, pp. 91-95.

Lee, Shwu-Hua., Juang, Yeong-Yuh., Su, Yi-Jen., Lee, Hsiu-Lan., Lin, Yi-Hui., Chao,

Chia-Chen; "Facing SARS: psychological impacts on SARS team nurses and psychiatric services in a Taiwan general hospital," General Hospital Psychiatry, Vol. 27, No. 5, 2005 September-October, pp. 352-358.

Lee, Ya-Ling., Santacroce, Sheila J., "Posttraumatic stress in long-term young adult survivors of childhood cancer: a questionnaire survey," International Journal Of Nursing Studies, Vol. 44, No. 8, November 2007, pp. 1406-1417.

Li, Xueguo., Lv, Sihui., Liu, Lili., Chen, Rongning., Chen, Jianbin., Liang, Shunwe., Tang, Siyao., Zhao, Jingbo., "COVID-19 in Guangdong: Immediate Perceptions and Psychological Impact on 304,167 College Students," Frontiers in Psychology, Vol. 1, No. 11, August 2020, pp. 2024 (doi: 10.3389/fpsyg.2020.02024).

Lin, Kuan-Han., Chu, Po-Ching., Kuo, Chun-Ya., Hwang, Yaw-Huei., Wu, Shiao-Chi, Guo, Yue Leon., "Psychiatric disorders after occupational injury among National Health Insurance enrollees in Taiwan," Psychiatry Research, Vol. 219, No. 3, November 2014 ,pp. 645-50.

Lin, Kuan-Han., Shiao, Judith S.-C., Guo, Nai-Wen., Liao, Shih-Cheng., Kuo, Chun-Ya., Hu, Pei-Yi., Hsu, Jin-Huei., Hwang, Yaw-Huei., Guo, Yue L., "Long-term psychological outcome of workers after occupational injury: prevalence and risk factors," Journal of Occupational Rehabilitation, Vol. 24, No. 1, March 2014, pp. 1-10.

Luce-Fedrow, Alison., Lehman, Marcie L., Kelly, Daryl J., Mullins, Kristin., Maina, Alice N., Stewart, Richard L., Ge, Hong., St John, Heidi., Jiang, Ju., Richards, Allen L., "A Review of Scrub Typhus (Orientia tsutsugamushi and Related Organisms): Then, Now, and Tomorrow," Tropical Medicine and Infectious Diseases, Vol. 3, No. 1, January 2018, pp. 8 (doi: 10.3390/tropicalmed3010008).

Ma, I C., Chang, Wei H., Wu, Chen-Long., Lin, Chih-Hao., "Risks of post-traumatic stress disorder among emergency medical technicians who responded to the 2016 Taiwan earthquake," Journal of Formosan Medical Association, Vol. 119, No. 9, September 2020, pp. 1360-1371.

Maguire PA, Looi JC. "Moral injury and psychiatrists in public community mental health services". Australas Psychiatry. 2022 Feb 9:10398562211062464. doi:10.1177/10398562211062464. Epub ahead of print. PMID: 35138184.

Mak, Ivan W. C., Chu, Chung M., Pan, Pey C., Yiu, Michael G. C., Chan, Veronica L., "Long-term psychiatric morbidities among SARS survivors," General Hospital Psychiatry, Vol. 31, No. 4, 2009, July-August, pp. 318-26.

Marimoutou, Catherine., Vivier, Elodie., Oliver, Manuela., Boutin, Jean-Paul Simon., "Morbidity and impaired quality of life 30 months after chikungunya infection: Fabrice comparative cohort of infected and uninfected French military policemen in Reunion Island," Medicine (Baltimore), Vol. 91, No. 4, July 2012, pp. 212-219.

Pacchiarotti, Isabella., Anmella, Gerard., Fico, Giovanna., Verdolini, Norma., Vieta, Eduard., "A psychiatrists perspective from a COVID-19 epicentre: a personal account," BJPsych Open, Vol. 6, No. 5, September 2020, pp. e108. (doi:10.1192/bjo.2020.83).

Payne, Daniel C., Smith-Jeffcoat, Sarah E., Nowak, Gosia., Chukwuma, Uzo., Geibe, Jesse R., Hawkins, Robert J., Johnson, Jeffrey A., Thornburg, Natalie J., Schiffer, TJarad., Weiner, Zachary., Bankamp, Bettina., Bowen, Michael D., MacNeil, Adam., Patel, Monita R., Deussing, Eric., CDC COVID-19 Surge Laboratory Group; Gillingham, Bruce L. "SARS-CoV-2 Infections and Serologic Responses from a Sample of U.S. Navy Service Members - USS Theodore Roosevelt, April 2020," Morbidity and Mortality Weekly Report, Vol. 69, No. 23, June 2020, pp. 714-721.

Peng, Eugene Y.-C., Lee, Ming-Been., Tsai, Shang-Ta., Yang, Chih-Chien., Morisky, Donald E., Tsai, Liang-Ting., Weng, Ya-Ling., Lyu, Shu-Yu., "Population-based post-crisis psychological distress: an example from the SARS outbreak in Taiwan," Journal of Formosan Medical Association, Vol. 109, No. 7, July 2010, pp. 524-532.

Preti, Emanuele., Di Mattei, Valentina., Perego, Gaia., Ferrari, Federica., Mazzetti, Martina., Taranto, Paola., Di Pierro, Rossella., Madeddu, Fabio., Calati, Raffaella., "The Psychological Impact of Epidemic and Pandemic Outbreaks on Healthcare Workers: Rapid Review of the Evidence," Current Psychiatry Reports, Vol. 22, No, 8, July 2020, pp. 43 (doi: 10.1007/s11920-020-01166-z).

Rabinovitz, Beth., Jaywant, Abhishek., Fridman, Chaya B., "Neuropsychological functioning in severe acute respiratory disorders caused by the coronavirus: Implications for the current COVID-19 pandemic," Clinical Neuropsychology, Vol. 34, No. 7-8, 2020 October-November, pp. 1453-1479.

Rogers, Jonathan P., Chesney, Edward., Oliver, Dominic., Pollak, Thomas A., McGuire, Philip., Fusar-Poli, Paolo., Zandi, Michael S., Lewis, Glyn., David, Anthony S., "Psychiatric and neuropsychiatric presentations associated with severe coronavirus infections: a systematic review and meta-analysis with comparison to the COVID-19 pandemic," Lancet Psychiatry, Vol. 7, No. 7, July 2020; pp. 611-627.

Sergeant, Anjali., van Reekum, Emma A.,, Sanger, Nitika., Dufort, Alexander., Rosic, Tea., Sanger, Stephanie., Lubert, Sandra., Mbuagbaw, Lawrence., Thabane, Lehana., Samaan, Zainab., "Impact of COVID-19 and other pandemics and epidemics on people with pre-existing mental disorders: a systematic review protocol and suggestions for clinical care," BMJ Open, Vol. 10, No. 9, September 2020, pp. e040229 (doi: 10.1136/bmjopen-2020-040229).

Tariku, Mandaras., Hajure, Mohammedamin., "Available Evidence and Ongoing Hypothesis on Corona Virus (COVID-19) and Psychosis: Is Corona Virus and Psychosis Related? A Narrative Review," Psychology Research and Behavior Management, Vol. 13, August 2020, pp. 701-704.

Teng, Ziwei., Huang, Jing., Qiu, Yan., Tan, Yuxi., Zhong, Qiuping., Tang, Hui., Wu, Haishan., Wu, Ying., Chen, Jindong., "Mental health of front-line staff in prevention of coronavirus disease [Article in English, Chinese]" Vol. 45, No. 6, Zhong Nan Da Xue Xue Bao Yi Xue Ban, Junuary 2020, pp. 613-619.

Tham, K. Y., Tan, Y. H., Loh O. H., Tan, W. L., Ong, M. K., Tang, H. K., "Psychiatric morbidity among emergency department doctors and nurses after the SARS outbreak," Annals of the Academy of Medicine of Singapore, Vol. 33, No. 5 (Supplement), September 2004, pp. S78-9.

Treviranus, Gottfried R. S., "Psychoses by Attacks from Subverted Mast Cells: A Role for Arterial Intramural Flow Badly Steered by the Nasal Ganglia?" Psychiatria Danubina, Vol. 32, No. Supplement 1, September 2020m pp. 93-104.

Tzeng, Dong-Sheng., Chung, Wei-Ching., Yang, Chun-Yuh., "The effect of job strain on psychological morbidity and quality of life in military hospital nurses in Taiwan: a follow-up study," Industrial Health, Vol. 51, No. 4, May 2013, pp. 443-451.

Tzeng, Nian-Sheng., Chung, Chi-Hsiang., Chang, Chuan-Chia., Chang, Hsin-An., Kao Yu-Chen., Chang, Shan-Yueh., Chien, Wu-Chien., "What could we learn from SARS when facing the mental health issues related to the COVID-19 outbreak? A nationwide cohort study in Taiwan," Translational Psychiatry, Vol. 10, No. 1, October 2020, pp. 339 (doi: 10.1038/s41398-020-01021-y).

Wan, Fang-Jung., Chien, Wu-Chien., Chung, Chi-Hsiang., Yang, Yun-Ju., Tzeng,

Nian-Sheng., "Association between traumatic spinal cord injury and affective and other psychiatric disorders-A nationwide cohort study and effects of rehabilitation therapies," Journal of Affective Disorders, Vol. 265, March 2020, pp. 381-388.

Wang, Der-Shiun., Chung, Chi-Hsiang., Chang, Hsin-An., Kao, Yu-Chen., Chu, Der-Ming., Wang, Chih-Chien., Chen, Shyi-Jou., Tzeng, Nian-Sheng., Chien, Wu-Chien., "Association between child abuse exposure and the risk of psychiatric disorders: A nationwide cohort study in Taiwan," Child Abuse and Neglect, Vol. 101, March 2020, pp. 104362 (doi: 10.1016/j.chiabu.2020.104362).

Wang, Ying., Tang, Shiming., Yang, Can., Ma, Simeng., Bai, Hanping., Cai, Zhongxiang., Ma, Hong., Zhao, Xudong., Wang, Gaohua., Liu, Zhongchun., "Psychological intervention in Fangcang shelter hospitals for COVID-19 in China," Psychiatry and Clinical Neurosciences, Vol. 74, No. 11, November 2020, pp. 618-619.

Wu, Chia-Yi., Lee, Ming-Been., Lin, Chi-Hung., Kao, Shu-Chen., Tu, Chung-Chieh., Chang, Chia-Ming., "A longitudinal study on psychological reactions and resilience among young survivors of a burn disaster in Taiwan 2015-2018," Journal of Advanced Nursing, Vol. 76, No. 2, February 2020, pp. 514-525.

Yamahata, Yoshihiro., Shibata, Ayako., Preparation for Quarantine on the Cruise Ship Diamond Princess in Japan due to COVID-19, JMIR Public Health and Surveillance, Vol. 6, No. 2, May 2020, pp. e18821 (doi: 10.2196/18821).

Yang, Pinchen., Yen, Cheng-Fang., Tang, Tze-Chun., Chen, Cheng-Sheng., Yang, Rei-Cheng., Huang, Ming-Shyan., Jong, Yuh-Jyh., Yu, Hsin-Su., "Posttraumatic stress disorder in adolescents after Typhoon Morakot-associated mudslides," Journal of Anxiety Disorders, Vol. 25, No. 3, April 2011, pp. 362-368.

Yeh, Chin-bin., Leckman, James F., Wan, Fang-Jung., Shiah, I-Shin., Ru-Band, Lu.,

"Characteristics of acute stress symptoms and nitric oxide concentration in young rescue workers in Taiwan," Psychiatry Research, Vol. 112, No. 1, September 2002, pp. 59-68.

Yeh, Ta-Chuan., Chien, Wu-Chien., Chung, Chi-Hsiang., Liang, Chih-Sung, Chang, Hsin-An, Kao, Yu-Chen., Yeh, Hui-Wen., Yang, Yun-Ju., Tzeng, Nian-Sheng., "Psychiatric Disorders After Traumatic Brain Injury: A Nationwide Population-Based Cohort Study and the Effects of Rehabilitation Therapies," Archives of Physical Medicine and Rehabilitation, Vol. 101, No. 5, May 2020, pp. 822-831.

Yin, Xiaowen., Sun, Yuyong., Zhu, Chunyan., Zhu, Beiying., Gou, Dongfang, Tan, Zhonglin., "An Acute Manic Episode During 2019-nCoV Quarantine," Journal of Affective Disorders, Vol. 276, pp.623-625, November 2020 (doi:10.1016/ j.jad.2020.07.112)

網際網路

Alice Friend and Jim Golby.2020, "The Washington Post,This is what was so unusual about the U.S. Navy making Captain Brett Crozier step down. " Analysis, https:// www.washingtonpost.com/politics/2020/04/05/this-is-what-was-so-unusual-about-us-navy-making-captain-brett-crozier-step-down/.

Andrew Dyer, 2020. "Coronavirus spread on aircraft carrier Theodore Roosevelt is accelerating, captain says," LOS ANGELS TIMES, https://www.latimes.com/world-nation/story/2020-04-01/spread-of-COVID-19-on-carrier-theodore-roosevelt-is-ongoing-and-accelerating-captain-says.

Aurelien Breeden,2020. "How an Invisible Foe Slipped Aboard a French Navy Ship," The New York Times, https://www.nytimes.com/2020/04/19/world/europe/france-navy-ship-coronavirus.html?searchResultPosition=1.

Bracken, M. (2021, January 25, 2021). Voices from The Front Lines of Health

Care: About a Quarter of Health Care Workers Have Considered Leaving Their Job Since the Onset of the Pandemic. Retrieved from https://morningconsult.com/2021/01/25/about-a-quarter-of-health-care-workers-have-considered-leaving-their-job-since-the-onset-of-the-pandemic/

Daniel C. Payne, PhD, Sarah E. Smith-Jeffcoat, MPH, Gosia Nowak, MPH, Uzo Chukwuma, MPH, Jesse R. Geibe, MD,Robert J. Hawkins, PhD, DNP, Jeffrey A. Johnson, PhD, Natalie J. Thornburg, PhD, Jarad Schiffer, MS, Zachary Weiner, PhD,Bettina Bankamp, PhD, Michael D. Bowen, PhD, Adam MacNeil, PhD, Monita R. Patel, PhD, Eric Deussing, MD, Bruce L. CDC COVID-19 Surge Laboratory Group, and Gillingham, MD. "SARS-CoV-2 Infections and Serologic Responses from a Sample of U.S. Navy Service Members － USS Theodore Roosevelt," April 2020. Morbidity and Mortality Weekly Report (MMWR),2020 Jun 12; 69(23): 714–72.*US National Institutes of Health.* https://www.ncbi.nlm.nih.gov/pmc/articles/PMC7315794/.

Diego Vicente, 2021, MD, Ryan Maves, MD, Eric Elster, MD, Alfred Shwayhat, DO, MPH. "U.S. Navys Response to a Shipboard Coronavirus Outbreak: Considerations for a Medical Management Plan at Sea," *Military Medicine*, Volume 186, Issue 1-2, January-February 2021, Pages 23–26.https://doi.org/10.1093/milmed/usaa455.

Dieter Baumann, PhD，2007,*Military Medicine*, Volume 172, Issue suppl_2, Pages 34-38. https://doi.org/10.7205/MILMED.173.Supplement_2.34.

Idrees Ali, Phil Stewart.,2020,U.S. "Navy relieves aircraft carrier commander who wrote letter urging coronavirus action," *Reuters,* https://www.reuters.com/article/us-health-coronavirus-usa-navyidUSKBN21K3B9.

Lindsay Cohn, Alice Friend and Jim Golby., "This is what was so unusual about the

U.S. Navy making Captain Brett Crozier step down.Analysis," *The Washington Post*, https://www.washingtonpost.com/politics/2020/04/05/this-is-what-was-so-unusual-about-us-navy-making-captain-brett-crozier-step-down/.

Matthias Gafni,2020, "Theodore Roosevelt carrier returning to San Diego after deployment marked by coronavirus outbreak and political Scandal," *San Francisco Chronicle,* https://www.sfchronicle.com/bayarea/article/Theodore-Roosevelt-carrier-returning-to-San-Diego-15394617.php.

Megan Eckstein, 2021."Three Sailors Aboard USS Theodore Roosevelt Test Positive for COVID-19,"February 15, 2021. *USNI News*, https://news.usni.org/2021/02/15/three-sailors-aboard-uss-theodore-roosevelt-test-positive-for-COVID-19.

Megan Eckstein, 2020. "At Least 668 Sailors in French Charles de Gaulle Carrier Strike Group Test Positive for COVID-19; Hundreds More Still Pending," *USNI NEWS,* https://news.usni.org/2020/04/15/two-u-s-sailors-on-french-carrier-charles-de-gaulle test-positive-for-COVID-19.

Natasha Bertrand and Lara Seligman.,2020. "Sailor aboard 4th U.S.aircraft carrier tests positive for coronavirus," *POLITICO,* https://www.politico.com/news/2020/04/07/coronavirus-sailor-aircraftcarrier-navy-nimitz-173210?fbclid=IwAR3yvYzKN8Wt 21XmOzh-p4E5aLnW4SuDFe-wGz0ONUlDmcTtnGYLxTTz4HA.

Pacific Daily News, 2020. "Sailors do not need to die: A timeline of coronavirus spread on USS Theodore Roosevelt," https://www.guampdn.com/story/news/2020/04/02/coronavirus-guam-coronavirus-cases-uss-theodore-roosevelt-news-updates/5108314002/.

R.Kasper, Ph.D., Jesse R. Geibe, M.D., Christine L. Sears, M.D., Asha J. Riegodedios, M.S.P.H., Tina Luse, M.P.H., Annette M. Von Thun, M.D., Michael B. McGinnis, M.D., Niels Olson, M.D., Daniel Houskamp, M.D., Robert Fenequito, M.D.,

Timothy H. Burgess, M.D., Adam W. Armstrong, M.D., et al. "An Outbreak of COVID-19 on an Aircraft Carrier," https://www.nejm.org/doi/full/10.1056/NEJMoa2019375.

Ryan Pickrell,2021. "Warship captains told the skipper of a COVID-stricken aircraft carrier he was doing what is right just before the Navy fired him, emails show," *INSIDE,* https://www.businessinsider.com/warship-captains-praised-capt-crozier-before-navy-fired-him-emails-2021-3.

Tedros Adhanom Ghebreyesus,"WHO Director-Generals opening remarks at 148th session of the Executive Board,"World Health Organization,January 18,2021. https://www.who.int/director-general/speeches/detail/who-director-general-s-opening-remarks-at-148th-session-of-the-executive-board.

Tom Vanden Brook,2020."Eight sailors from USS Theodore Roosevelt have coronavirus, raising concerns about pandemics strain on military," *USA TODAY,* https://www.usatoday.com/story/news/politics/2020/03/24/coronavirus-3-sailors-test-positive-military-readiness-affected/2910165001/.

Human Resources."Team Morale: Before & During COVID,"*PAYCHEX WORX*.2021.05.10. https://www.paychex.com/articles/human-resources/team-morale-during-COVID-19.

Xavier Vavasseur, 2020, "French Carrier Heading Home Early Amid Suspicion of COVID-19 Outbreak," *USNI NEWS*, https://news.usni.org/2020/04/08/french-carrier-heading-home-early-amid-suspicion-of-COVID-19-outbreak.

Zachary Cohen, Ryan Browne and Barbara Starr., 2020. "In major reversal, Navy opts to uphold firing of aircraft carrier captain who warned about coronavirus outbreak,"*CNN*,https://edition.cnn.com/2020/06/19/politics/uss-roosevelt investigation/index.html.

新冠疫情危機、決策管理與治理挑戰（2019-20）：美中案例分析

陳德昇

（政治大學國際關係研究中心研究員）

摘　要

　　新冠疫情（COVID-19）爆發造成世紀性災難。其中不僅涉及國家危機認知、決策管理與應變能力，也是中央與地方對危機辨識、協調與運作的挑戰。尤其是美中兩大強權，在不同政治體制與人為因素衝擊下，造成政治變局、經濟損失與社會心理創傷，導致全球治理挑戰。

　　在美中兩國案例中，體制的缺陷與領導失能，以及公共衛生專業職能的弱化，皆是危機惡化不可收拾的成因。中國大陸在危機初期的預防和示警表現拙劣，湖北領導幹部、資訊控管和誤導皆是問題所在。中央領導階層對疫情掌握與專業研判能力落差，遲延決策與強制作為啟動，皆負有不可推卸的責任。此外，美國川普總統對疫情處理的輕慢與疏失、個人權位考量，加之地方州政府配合度差，以及文化差異和個人主義，皆使美國成為全球疫情之重災區。

　　本研究根據危機與決策管理觀點，分析美中兩國在新冠疫情期間之運作，並針對體制面與人為因素，採取比較研究，解讀其異同與變遷趨勢。研究顯示，國家體制與領導施政特質和能力，攸關決策品質和執行力；美中兩國在全球治理之對抗與合作弱化，必須全面反思與檢討，才有助全球疫情控制與治理。

關鍵字：新冠疫情、疾管中心、危機管理、決策管理、全球治理

「這是二戰以來世界面臨的最大危機，也是 20 世紀 30 年代大蕭條以來最大的經濟災難。這一時刻到來的時候，世界各大國間正處於分歧之中，政府最高層的無能到了極為可怕的地步。眼下這一切終會過去，但之後的世界會是什麼樣子？」

——馬丁·沃爾夫（何黎 2020）

「新冠疫苗應該先讓政治人物試打，如果他們沒死，就表示疫苗是安全的；如果他們死了，國家就安全了。」

——波蘭作家 Monika Wisniewska（twitter 2020）

一、前言

2020 年是庚子年，確定是人類歷史上遭遇重大災難與嚴峻挑戰的一年。據 2022 年 5 月 9 日估計，全球共有 5.17 億人染疫確診，其中作為世界第一強國美國死亡高達百萬人以上，已高於世界兩次大戰與 911、韓戰與恐怖攻擊死亡人數總和（參見表 1），堪稱國家級重大災難與危機。[1] 中國大陸雖死傷相對有限，但亦對其經濟成長與發展，與國際形象造成重大衝擊（參見表 2）。明顯的，新冠疫情的影響，已對人類文明與發展造成實質挑戰，值得吾人深入探討與解讀。

美國與中國是世界強國，亦是前兩大經濟體。因而新冠肺炎爆發危機處理能力與決策管理攸關疫情控制、傷亡人數、經濟損失與社會安定，尤其是美中雙方領導人對危機認知應變、專業成員決策影響力、應急決策運作與成效，皆是本文關注重點。

---

1 此統計數據主要是官方醫療機構之估算，尚有新冠確診，但在家中或其他地方死亡人數未列入在內。另中共官方統計死亡人數，估計亦有較大誤差。

　　本文首先探討危機和決策管理相關文獻。其次分析新冠疫情期間，美中兩國政府與「疾管中心」之運作，並透過大事年表比對，從體制和人為層面解讀危機與決策管理問題、疏失和全球治理挑戰。最後做一評估與展望。

表 1：新冠肺炎全球最新疫情與死亡統計

（統計時間至 2022 年 5 月 9 日）

項次	國家／地區	確診人數	死亡人數	說明
1	美國	83,581,715	1,024,546	全球死亡人數最多國家
2	印度	43,105,222	524,064	
3	巴西	30,564,536	664,189	全球死亡人數次多國家
4	法國	28,957,421	146,724	
5	德國	25,345,357	136,925	
6	英國	22,114,034	176,212	
7	俄羅斯	18,227,666	376,946	
8	南韓	17,544,398	23,360	
9	義大利	16,798,998	164,489	
10	土耳其	15,043,379	98,846	
14	日本	8,058,597	29,785	
52	香港	1,206,585	9,346	
96	台灣	357,271	919	
109	中國	219,625	5,174	疫情起源國家
	全球總計	517,206,379	6,276,341	

資料來源：Worldmeters, "COVID-19 CORONAVIRUS PANDEMIC", https://www.worldometers.info/coronavirus/。

說明：美國第一次大戰死亡人數 116,708 人，第二次世界大戰死亡人數 405,000 人。越戰死亡人數 58,220 人，韓戰死亡人數 40,000 人。911 恐怖攻擊事件死亡人數 2,996 人。

表 2：全球主要國家經濟增長率（2019-2022 年）

	2019	2020	2021	2022*
加拿大	1.9%	-5.2%	4.6%	3.9%
中國	6%	2.2%	8.1%	4.4%
法國	1.8%	-8%	7%	2.9%
德國	1.1%	-4.6%	2.8%	2.1%
義大利	0.5%	-9%	6.6%	2.3%
日本	-0.2%	-4.5%	1.6%	2.4%
英國	1.7%	-9.3%	7.4%	3.7%
美國	2.3%	-3.4%	5.7%	3.7%

資料來源：IMF, "Real GDP growth", https://www.imf.org/external/datamapper/NGDP_
　　　　　RPCH@WEO/OEMDC/ADVEC/WEOWORLD/CAN。
說明：2022 年之數據為預估值。

二、相關文獻探討與論爭

　　危機（crisis）一詞最普遍的定義是突然發生的大問題。危機特性主要有三，即突發性、不確定性與時間緊迫性（Otto 2002, 5,10）。最早提出危機定義，並檢視危機特性的學者是赫曼（Charles E. Hermann）指出：危機的發生必須具備三個條件：（一）管理階層已經感受到威脅的存在，並意識到它會阻礙優先目標的達成；（二）管理階層瞭解到，如果不採取行動，情況將會惡化，終將無法挽回；（三）管理階層面對的是突發狀況（Otto 2002, 7）。包橡（Thierry C. Pauchant）和麥托夫（Ian I. Mitroff）在其著作《改變組織的危機傾向》（Transforming the Crisis-Prone Organization）中，以組織本質的角度將危機定義為「一種會影響系統整體的運作干擾，並威脅其基本設定、自我主觀認知與眼前的核心目標。」（Otto 2002, 8）此外，格林（Green 1992）提出危機管理的一個特徵是事態已經發展到無法控制的程度。他表示：「一旦發生危機，時間因素非常關鍵，減小損失將是主要任務。危機管理的任務是盡可能控制事態，在危機中把損失控制在一定

範圍內，在事態失控後要爭取重新控制住。」

　　邱強在《危機管理聖經》一書中明確指出：政府的各種危機都是可以預防的。因此，當危機發生時，代表政府危機預防能力不行。而預防政府危機，最重要的作法是「弱點分析」與「績效審查」，且兩者必須雙管齊下。「弱點分析」就是政府每個部門先把可能的危機界定出來，並透過狀況分析過程找出各個環節的弱點，接著對每一項弱點進行 PDC。亦即 P（Prevention）看如何預防其發生，如何讓狀況發生的先決條件不會出現；D（Detection）如何偵測各項運作情形，密切注意每個可能導致危機的狀況是否已經出現，必要時成立專案小組解決問題；C（Correction）當這個狀況已出現實質傷害後，就得付諸危機處理解決問題，終止危機。至於「績效審查」則著重事故發生時能否察覺，各部門危機預防與處理是否達到一定標準。其中四大項目值得關注：（一）失去信譽，政府失去信譽會動搖人民對政府的信心；（二）損失，包括生命、財產與福利的損失；（三）衝突，觀察是否出現抗爭、示威或衝突事件；（四）違背，即違背相關法律、規章與文化、習俗（邱強 2001, 66-71）。

　　羅伯特‧希斯（Robert Heath）在《危機管理》（Crisis Management for Managers and Executives）專著中指出：危機管理者主要涉及五個層面：（一）危機管理者對危機情境要防範於未然，並將危機影響最小化；（二）危機管理者要未雨綢繆，在危機發生之前就做出響應和恢復，並為組織和社區做好準備，以反映未來可能出現的危機和衝擊；（三）在危機情境出現時，危機管理者需要及時出擊，在盡可能的限時內控制危機苗頭；（四）當危機威脅緊逼、衝擊在即，危機管理者需要面面俱到，不能小視任一方面。這意味著此時要運用與危機初始期不盡相同的資源、人力和管理方法；（五）危機過後，管理者需要對恢復和重建進行管理（Heath 2004, 13）。換言之，危機預防、偵測、判斷、執行與重建皆是重要議題。

　　易薩克（Alan C. Isaak）在政治學範圍與方法（Scope and Methods of Political Science）提出決策理論相關文獻指出下列觀點：（一）決策理論認為決策者（decision-maker）是政治分析的基本單元。決策理論假定政治最後總離不開決策，而決策事實上是判斷如何在既定的場合達到特定的目標；（二）決策者為實現願望，受其習性、態度、意見、信仰與人格影響；（三）研究者一旦重視決策者及決策者的活動，就可能會把注意力集中在這兩個焦點有關的因素上；（四）最普遍、最適當的定律是：若一位國家領袖想維護本國的安全，就會介入任何威脅本國安全的衝突；（五）定律包括信仰和能力的因素，許多特定目的價值（objective-value），實際上是由國家安全演變而來，所以也包含通則之內（Isaak 1989, 229-231）。

　　在決策議題方面，管理學大師華倫‧班尼斯（Warren Bennis）劃分的「決策程序」（準備、決斷、執行），或是管理學之父彼得‧杜拉克（Peter Drucker）界定的「決策六步驟」，亦即：（一）確定問題類型；（二）定義問題；（三）針對問題，界定解決方案的範圍；（四）採取正確而非可接受的決策；（五）將行動納入決策之中，以便執行；（六）根據事件進展，檢視決策的正確性和有效性。基本而言，決策運作主要區分為五個階段：第一，問題分析，先確認問題性質與內容，才能明白做什麼決策，以及是否有必要；第二，設定目標，期望將問題修補到何種狀態，要滿足什麼需求；第三，擬定對策，透過討論和創新尋找最佳解決方案；第四，選擇方案，評定方案優劣除須考量成本與效益外，須以組織目標與價值為依歸，尚有道德與責任感；第五，執行與回饋，執行除定期追蹤，評量執行進度與成效，另外「對應環境」變遷做適時調整、落實個步驟執行，就易做好決策（謝明彧 2009）。

　　美國學者戴伊（Thomas R. Dye）所著《自上而下的政策制定》（Top Down Policymaking）主旨強調包括：（一）國家菁英集團如何將自己的價

值觀念、興趣愛好轉化為公共政策的過程，並指出美國財富和權力的結構，探討其如何流向政府和政策制定過程；（二）國家政策制定的模式四種獨立運作過程，即政策形成過程、利益集團運作過程、選舉領導者過程和民意製造過程。透過這四個過程菁英集團影響和左右政府政策；（三）在民主政體下，公共政策也是「自上而下」制定，而不是「自下而上」制定；（四）政府使其政策合法化並加以執行；（五）政策合法性並非來自民眾的廣泛支持，而是菁英和利益集團對國會的控制，且是「由上而下」的領導運作。此外，從國家菁英集團而論，政府貨幣政策的制定，並非由民選的官員掌控，而是由聯邦儲備委員會獨立運作（Dye 2002）。

　　蔡瑋在「中共的涉臺決策與兩岸關係發展」文獻中指出，中共決策機制與運作特質包括：（一）中共組織結構的層級化（hierarchical），決策是由上到下，典型的中央集權體制。雖然中共高層有時出現決策集體化，但涉及原則問題，中央對下級授權都相當保守，下級單位的迴旋、解釋空間都非常有限；（二）部門與官僚體制涉及權力爭奪、協調與歧見整合，亦即「共識建立」（consensus building）的過程和「威權分割」（fragmentation of authority）的情況。部分政策協調的目的並非完全尋求對方的支持，而是透過疏導、施壓，甚至利益交換的方式，以求得雙方最低限度的權力平衡，以免本身權益受損；（三）動員輿論、製造氣氛與形成共識亦是中共決策過程重要原則，其表現是可以透過群眾運動、對輿論的操控和內部文件的傳達來實現目的；（四）中央決策權必須適當下放，否則中央無以因應一個現代、多元與變動迅速的社會，但這種有限的分權（或授權），仍局限在經濟及非全國性社會事務的層面；（五）中共決策思維亦存在幾個盲點，下層向上匯報必須顧及最高當局的喜好和觀點，其決策思維包括：根深蒂固的敵我觀念；教條束縛所導致的思想僵化；情況不明，脫離實際；封閉體制造成情報失靈；唯我獨尊的天朝心態（蔡瑋

2000, 10-34）。

　　中共決策亦存在體制僵化和封閉性盲點，主要反映在下情無法上達、揣摩上意，且基於政治正確、維護穩定與長官意志之考量，而存在弄虛作假、形式主義與欺上瞞下的現象。「方方日記」即曾寫道：

> 「多年來，凡督導視察之處，各種形式主義盛行，卻是眾人皆知的。其實，不能單怪基層，因為層層做假，基層不做，一天都混不下去。武漢有今天的封城，何嘗不是做假的結果？…文件經常一刀切，會忽略很多非常實際的問題，但如能實事求是，就可以向上面反映文件中的缺失，或是自行彌補那些論調，但是哪裡會有人聽呢？做假，甚至是明目張膽做假，形式主義，揮金如土的搞形式主義，早已是這個社會的『新冠肺炎』。」（方方 2020）

　　另曾在 2003 年 SARS＊期間揭發衛生部門隱匿疫情，並導致衛生部長下台，表現勇氣的解放軍 301 醫院蔣彥永醫師表示：「我們國家過去因為說假話而吃的虧太多了，希望你們今後也儘量能說真話。現在講假話的人比 03 年多太多了。而敢講真話的媒體都沒有了。」（方方 2020）

　　邱強在《零錯誤政策》（Error-Free Decision）專著中提出危機和決策運作之觀點，包括：（一）身處危機的當下很難做出好決策，因為有時間急迫性和壓力，無法獲得周全的資訊，為了應對快速變動的情勢，必須在時間限制下集結所需的資源；（二）雖然在危機時做決策很困難，但這些決策卻可能影響深遠，而且不可逆轉，一不小心就會變成難以收拾的災難；（三）失策錯誤和無決策錯誤的後果是相當嚴重的，尤其是一個國家發

＊是指發生於 2003 年的嚴重危性呼吸系統綜合症（Severe Acute Respiratory Syndrome，簡稱 SARS），是非典型肺炎的一種。

生無決策錯誤，可能會造成無可挽救的後果；（四）決策者要避免這些錯誤陷阱需要的是知識、組織、紀律。在危機中做出零錯誤決策沒有捷徑，而是仰賴有組織、有效率的危機處理流程，以及相關人員的知識（邱強，2021,307-308、311-312）；（五）典型危機處理可分為五個不同階段，處理得好壞在每個階段都有不同影響，並帶來不同結果。在第一階段，危機出現且損害愈大，好的處理方式能夠確認危機存在，並開始找出問題；第二階段著重分析問題，並開始修復計畫；第三階段則會深入調查原因，著力於找出弱點和遏止損害因素；第四階段則是降低影響階段；第五階段則是修復階段並恢復達到更好狀態（參見圖1）。

圖1：危機處理得當與失當的五個階段

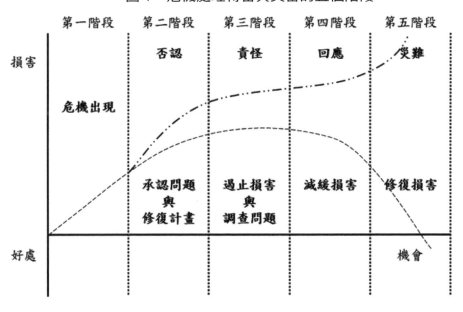

根據以上文獻顯示，有關2019新冠疫情危機和決策管理相關文獻十分有限，下列問題值得探討：（一）從危機與決策觀點，了解決策者對危機的辨識、專業評估與衝擊的認知、媒體與真相傳播運作；（二）中央與

地方政府互動，與訊息傳導和認知落差如何影響疫情衝擊；（三）地方政府決策者對疫情危機認知、處理經驗、體制運作慣性與回應能力；（四）美中兩國政經體制不同，社會運作、管理與文化特質有別，其所產生的效應和績效差異性；（五）由全球治理觀察美中兩國在新冠疫情運作與挑戰。

三、疫情危機管理與組織運作：美中兩國案例

美國「疾病控制與預防中心」（Centers for Disease Control and Prevention，簡稱 CDC、疾控中心）成立於 1946 年，是美國衛生與公眾服務部所屬的一個機構。其作為美國聯邦政府行政機構，為保護公眾健康和安全提供可靠資料，透過與國家衛生部門及其他組織夥伴關係，以增進健康的決策，促進公民健康。該中心成員約 15,000 人，中心主任是高級行政服務職位，任職可不須參議院同意，由總統提名任命（Centers for Disease Control and Prevention 2021）。此外，由於美國政府採聯邦制，在地方層級由各州州長分管地方事務，地方政府亦有專業衛生部門之設置，分管相關業務。

圖 2：美國疾病控制與預防中心隸屬結構

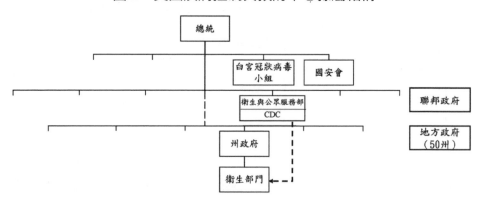

　　中國大陸指揮系統則分屬黨政二條體系。基本而言，國務院分管部委是國家衛生健康委員會（簡稱「衛健委」），由副總理孫春蘭分管，「疾控中心」則是下屬部門。儘管「衛健委」隸屬國務院，但屬黨政雙重領導，其黨組亦可將資訊透過黨組向上級反應。此外，由于此一重大事件不是單純之公共衛生問題，亦涉及國家安全、社會穩定、軍隊動員支援，以及與各省市之系統協作的系統。因此，在總書記領導之國安委、中央辦公廳勢必參與運作。在地方省分則有分管之黨委書記與省市級「衛健委」分管疫情應變與危機管理。

圖 3：中國疾病控制與預防中心隸屬結構

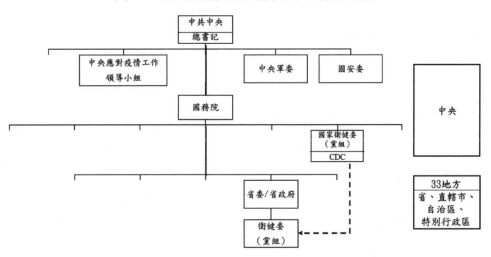

　　基本而言，美中兩國「疾管中心」皆隸屬於衛生部門，位階與權責較低，但其分管疫情的敏感性、影響力與破壞性，則遠大於該中心之職能與定位。事實上，疫情所衍生的問題並非單一層面影響，而是系統性危機連鎖反應。政府與黨政系統、政治領袖對疫情的認知、專業醫療系統的決斷分量與影響力，亦攸關事態之發展。基本而言，美中兩國「疾管中心」在

決策分量與角色皆屬弱勢，事實上只是技術部門，面對危機的影響與評估，恐尚需考量政治影響與連動評估。此外，地方部門黨政體系與執行之配套運作亦有在指揮、官僚、認知與體制之糾葛和貫徹。因此，政治領袖決策認知是否遲延與取捨，都會影響決策之品質與災難管理效果。

四、新冠疫情危機演變與決策運作

發生於 2019 年 12 月新冠肺炎在湖北武漢地區蔓延，中共當局危機與決策處理和體制缺陷，顯然是此次世紀災難的源頭。根據北京中國疫病管制中心的公布的國際文獻顯示，2019 年 12 月中旬已有「人傳人」的事實和報告（Qun Li, M. Med., Xuhua Guan, Peng Wu, Xiaoye Wang, M.P.H 2020, 1199）。另依據 WHO 專家小組 2021 年 2 月中旬考察武漢地區疫情，專家組成員昂巴雷（Peter Ben Embarek）指出：

> 「中方科學家已向他們介紹 2019 年 12 月在武漢及附近地區的 174 宗新冠肺炎個案，其中 100 宗經實驗室測試證實確診、74 宗透過臨床診斷病人的病徵而確診。這些有機會病情嚴重，在初期由中國醫生發現的大量個案，或意味著在 2019 年 12 月武漢已有逾 1000 人受感染。」（房伊媚 2021）

另依據 2019 年 12 月 30 日武漢中心醫院急診室艾芬主任回憶該醫院急診室場景與狀態：

> 「12 月 30 日那天中午，我在同濟醫院工作的同學發了一張微信對話截圖給我，截圖上寫著：『最近不要去華南啊，那裡蠻多人高燒……』他問我是不是真的，當時，我正在電腦上看一個很典型的肺部感染患

者的 CT，我就把 CT 錄了一段 11 秒鐘的視頻傳給他，告訴他這是上午來我們急診的一個病人，也是華南海鮮市場的。

當天下午 4 點剛過，同事給我看了一份報告，上面寫的是：SARS 冠狀病毒、綠膿假單胞菌、46 種口腔／呼吸道定植菌。我仔細看了很多遍報告，下面的注釋寫著：SARS 冠狀病毒是一種單股正鏈 RNA 病毒。該病毒主要傳播方式為近距離飛沫傳播或接觸患者呼吸道分泌物，可引起的一種具有明顯傳染性，可累及多個臟器系統的特殊肺炎，也稱非典型肺炎。

當時，我嚇出了一身冷汗，這是一個很可怕的東西。病人收在呼吸科，按道理應該呼吸科上報這個情況，但是為了保險和重視起見，我還是立刻打電話上報給了醫院公共衛生科和院感科。當時我們醫院呼吸科主任正好從我門口過，他是參加過非典的人，我把他抓住，說，我們有個病人收到你們科室，發現了這個東西。他當時一看就說，那就麻煩了。我就知道這個事情麻煩了。

給醫院打完電話，我也給我同學傳了這份報告，特意在『SARS 冠狀病毒、綠膿假單胞菌、46 種口腔／呼吸道定植菌』這一排字上畫了個紅圈，目的是提醒他注意、重視。我也把報告發在了科室醫生群裡面，提醒大家注意防範。

當天晚上，這個東西就傳遍了，各處傳的截屏都是我畫紅圈的那個照片，包括後來知道李文亮傳在群裡的也是那份。我心裡當時就想可能壞事兒了。10 點 20，醫院發來了資訊，是轉市衛健委的通知，大意就是關於不明原因肺炎，不要隨意對外發佈，避免引起群眾恐慌，如果因為資訊洩露引發恐慌，要追責。」（龔菁琦 2020）

根據以上之描述，2019 年 12 月中下旬武漢地區新冠肺炎傳染，顯然

早已出現「人傳人」確診且日益惡化（參見表3），此一訊息應被公衛專家和國家決策者充分認知與掌握。尤其是 2020 年 1 月 23 日武漢決定封城前，五百萬人外逃更為致命。根據時任武漢市長周先旺亦曾於 2020 年 1 月 26 日表示：「武漢常住人口將近 1100 多萬，戶籍人口是 990 多萬，流動人口將近 500 萬，春節或者疫情的因素大概將近 500 多萬人離開這座城市，還有將近 900 萬人生活在這個城市。」（繆宗翰、楊昇儒 2021）

表 3：美中疫情大事年表與決策反應（2019-2020）

年 / 月別	中國大陸	美國	世界衛生組織（WHO）
2019/12	·中旬已出現新冠病毒「人傳人」案例。 ·30 日武漢市中心醫院急診科主任艾芬拿到過一份不明肺炎病人的病毒檢測報告，她用紅色圈出「SARS 冠狀病毒」字樣，當大學同學問起時，她將這份報告拍下來傳給了這位同是醫生的同學。當晚，這份報告傳遍了武漢的醫生圈，轉發這份報告的人就包括那 8 位被警方訓誡的醫生。 ·30 日武漢市中心醫院眼科醫生李文亮最早向外界發出防控預警，而被稱為疫情「吹哨人」。		
2020/1	·7 日，習近平主持召開中央政治局常委會議時，就對新型冠狀病毒肺炎疫情防控工作提出要求。 ·18 日 （一）國家「衛健委」派出第二個高級別專家赴武漢考察。 （二）鍾南山率專家小組赴武漢考察，當地醫事人員不願說實話。		

年／月別	中國大陸	美國	世界衛生組織（WHO）
	（三）武漢百步亭社區舉行四萬家庭聚集的「萬家宴」。 ・20日 （一）習近平專門就疫情防控工作做出批示，指出必須高度重視疫情，全力做好防控工作，要求各級黨委和政府及有關部門把人民群眾生命安全和身體健康放在第一位。切實有效措施，堅決遏制疫情蔓延勢頭。 （二）20日晚，鍾南山院士宣稱新冠病毒可以「人傳人」。 ・21日湖北省委書記、省長出席春節團辦並觀賞演出。 ・22日，習近平鑒于疫情迅速蔓延、防控工作面臨嚴峻挑戰，明確要求湖北省對人員外流實施全面嚴格管控（封城）。 ・23日凌晨，武漢市疫情防控指揮部發佈通告，當天10時起，武漢全市城市公交、地鐵、輪渡、長途客運暫停運營；無特殊原因，市民不要離開武漢，機場、火車站離漢通道暫時關閉。 ・25日（大年初一），習近平再次主持召開中央政治局常委會會議，對疫情防控特別是患者治療工作進行再研究、再部署、再動員，並決定成立「中央應對疫情工作領導小組」。 ・28日習近平在北京會見WHO祕書長譚德塞。	・21日美國確認第1例新冠病毒感染。 ・26日美國宣布關閉武漢領事館，並安排撤僑。	・23日WHO表示，武漢肺炎疫情尚未構成全球緊急情況，目前「還沒有證據」顯示病毒在中國境外地區有人際傳染現象。

年／月別	中國大陸	美國	世界衛生組織（WHO）
		・31 日美國總統川普發布緊急命令，內容是：「宣布進入『全國公共衛生緊急狀態』，禁止過去 14 日內前往中國（不含港澳）的外國旅客入境。」	・28 日 WHO 坦承錯估疫情，宣布將 2019 新冠狀病毒全球危險等級調升為「高」、中國地區為「極高」。 ・31 日 WHO 宣布，將新型冠狀病毒疫情列為「國際公共衛生緊急事件」。
2020/2	・7 日李文亮病逝。 ・10 日中國當局宣布新增 2478 例確診，但當地實際數據為 5918 件。同日免去湖北「衛健委」黨組書記與主任職務。 ・27 日鍾南山表示，武漢疫情是大規模爆發，國外現階段疫情增長幅度超過大陸。另外大陸 CDC 只是技術部門，位階太低，是短板所在。		・12 日譚德塞於記者會宣布，再將 2019 新型冠狀病毒所引發的疾病「武漢肺炎」，更名為「COVID-19」。 ・29 日 WHO 祕書長譚德塞終於宣布，將 COVID-19 疫情的全球風險級別，由「高」調至「非常高」。

年 / 月別	中國大陸	美國	世界衛生組織（WHO）
2020/3		·12 日總統川普公開譴責歐盟並未對中國等疫情緊張地區進行邊境管制，造成疫情擴散，並宣布 13 日起，對歐洲（英國除外）禁航封關 30 天。 ·14 日美國總統川普宣布進入「國家緊急狀態」。撥款 500 億美元（約 1.5 兆新台幣）予聯邦、各州及地方政府對抗疫情。美國已有 49 州有確診案例。	·12 日 WHO 宣布，COVID-19 是「全球大流行疾病」（Pandemic），並預期將進一步擴散。

年 / 月別	中國大陸	美國	世界衛生組織（WHO）
2020/4	・8 日零時起，武漢市解除離漢離鄂通道管控措施，正式解封。	・8 日美國海軍共有 11 艘現役航空母艦，目前已有 4 艘航艦官兵確診。	・13 日世界衛生組織（WHO）表示，新型冠狀病毒必須要有疫苗才能完全阻斷傳播。 ・24 日全球突破一百萬人連署要求世界衛生組織秘書長譚德塞辭職。

資料來源：報導者（2020）、苒苒（2020）、習近平（2020）、（Qun Li, M. Med., Xuhua Guan, Peng Wu, Xiaoye Wang, M.P.H 2020, 1199）、中央社（2020）、BBC 中文（2020）

　　訊息與輿論的控制，亦涉及中央與地方權限。換言之，若沒有得到中央部門的授權，是不得擅自發布疫情進展。周先旺市長於 2021 年 1 月 27 日中央電視臺採訪表示：

　　「此次新型冠狀病毒肺炎是傳染病，根據中國的《傳染病防治法》，必須依法披露。作為地方政府，我獲得信息、授權之後才能披露，這一點在當時很多不理解。後來特別是 1 月 20 日國務院召開常務會議，要求屬地負責，在這之後，我們的工作就主動多了。」（BBC 中文 2020）

根據英國 BBC 報導描述：

「封城令是在半夜下達的。1 月 23 日凌晨，武漢市疫情防控指揮部發布通告，當天 10 時起，武漢全市城市公交、地鐵、輪渡、長途客運暫停運營；無特殊原因，市民不要離開武漢，機場、火車站離漢通道暫時關閉。世衛組織稱，這樣封鎖一座 1100 萬人口的大城市，在公共衛生史上『前所未有』。武漢市長說，在封城之前有多達 500 多萬人離開武漢。」（苒苒 2020）

2020 年 1 月上中旬，是武漢地區疫情蔓延與惡化階段，當地省政領導仍未採取應急措施，反而封鎖消息，部分大型群眾活動，如萬家宴與年節活動仍如期舉行（參見表 3），顯示湖北黨政領導危機意識鬆懈、粉飾太平，存在投機與僥倖心理，並訴求「人不傳人，可控可防」基調。直至 2020 年 1 月 18 日，即使在防疫專家，並在具 2000 年 SARS 實戰經驗的鍾南山院士考察時，醫療系統仍不願如實以告，終造成悲劇性的後果（參見表 3）。換言之，李文亮在 2019 年底的「吹哨」行動被視為造謠，其後的三周又無積極的應變作為，加之中國年節將近，武漢為九省通衢，又居春運和返鄉樞紐區位，且是大陸人民流動最頻繁的階段，終使得疫情的管控趨於棘手和複雜。

在中央層級，總書記習近平雖在 2020 年 1 月 7 日和 20 日政治會議做出加強防控和疫情處理的指示，但是從其發表的指示和內涵，似無重大緊迫感與危機意識（參見表 3），顯示疫情嚴重性的認知和指令傳達出現落差，嚴重錯失三周的黃金管理與決策期，終釀至重大災難。直至 1 月下旬習近平及中央領導階層意識到問題的嚴重性，才下達 23 日封城的重大決定，這可能與鍾南山的調研報告，以及中央第二波疫情調研提出：「疫情

惡化的訊息已難管控，必須以非常手段解決有關」。中共當局強制採行封城，並調集全國資源（包括各省醫護、軍方與醫療用品），「集中力量辦大事」應對此次重大疫情危機（武市紅、彭萍萍 2020；梁孝 2020）。此外，中共亦特別於農曆大年初一召開政治常委會，緊急布置湖北防疫（參見表3），皆是前所未見應變作為，亦顯見形勢之嚴峻。

在美國方面，總統川普（Donald Trump）在疫情爆發與蔓延過程中，一方面和中國大陸續採取敵對、不合作態度；另一方面民粹訴求與漠視專家與「疾管中心」專業決策意見，皆是導致美國出現災難性後果的主因。根據美國相關部門所做評估報告指出：

> 「在整個1月，川普一再淡化這種病毒的嚴重性，把注意力放在其他問題上，而政府內部的大批人物，從白宮高級顧問到內閣部門和情報機構的內部專家，都確認了這一威脅，發出了警告，並明確表示必須採取積極措施。但總統沒有及時領會風險的規模，也沒有採取相應行動，而是著重於控制信息傳播，保護經濟收益，並對高級官員的警告置之不理。他說，這是個突然冒出來的問題，是無法預見的。」（Eric Lipton、David E. Sanger、Maggie Haberman、Michael D. Shear、Mark Mazzetti、Julian E. Barnes、Cindy Hao、Harry Wong、鄧妍 2020）。

中央研究院院士何大一（2020）亦批評美國有兩件事不可原諒：

> 「美國號稱有世界最好的衛生保健系統，卻沒有適切應對疫情，因缺乏檢測而對疫情『盲目』，是不可原諒、難以辯解的事。」

> 「美國對策讓人失望沮喪，上層準備不足、領導失敗；中國在掙扎中

抗疫，美國卻在旁觀望，完全沒有意識到自己會成下一個感染的國家。」（何大一 2020）

　　由此顯示美國此次處理新冠肺炎決策，是較多的政治考量凌駕專業，以及個人現實利益優先全民利益考量，終導致世紀性災難後果。

　　疫情蔓延全球，中國大陸防疫措施失誤與體制缺陷固有重大缺失，但川普總統民粹治國和世界衛生組織（WHO）秘書長譚德塞（Tedros Adhanom）疫情發生初期應對無方，皆負有不可推卸之責任。尤其擔負全球疫情監管和控管的譚德塞，不僅其中立與公共角色受質疑，也在疫情早期研判和論述中較偏袒中國大陸，皆使得疫情的管控未能及早部署（參見表 3）。明顯的，美中兩國新冠肺炎對危機認知與決策重大失誤，加之國際衛生組織的失能，都是釀成疫情成為世界級災難的主因。

五、制度差異、人為因素檢視與反思

　　就大陸政治體制面而論，在以黨治國決策體系，在權力與利益保護背景下，地方黨政領導勢必以服膺黨領導、維護個人權位與利益，以及維持與控制政治大局穩定為前提，且多欠缺法治觀念。大陸法學家秦前紅教授，即曾表示：

「在中國，我覺得路徑依賴的現象非常普遍，出現什麼事，許多官員幾乎本能地採取以前的政治管制手段。習近平說過，法治建設要抓關鍵少數。此處的關鍵少數，主要是指黨政系統手握實權的主管。可事實上，黨政系統不少官員骨子裡面還是缺乏法治意識。」（鄧峰、吳婷 2021）

事實上，在地方政府可依據疫情嚴重程度，引用相關法規，提升危機應變層級與部署（于建嶸 2020）。中國社科院于建嶸研究員即曾指出：根據《中華人民共和國突發事件應對法》，武漢市政府應當在 2019 年 12 月 29 日至 2020 年 1 月 4 日這段時間之內，向社會發布三級或四級警報，宣布進入預警期，應是有法可依。

缺乏民意監督、封鎖媒體訊息，維持穩定局面已成為中共控制輿論的主要手段。事實上，湖北省級「人大」、「政協」於 2020 年 1 月 11 至 15 日於武漢召開會議，在此敏感階段巧逢新冠疫情盛行，相關訊息不透明性和控制要求便成為政治任務。根據「方方日記」陳述：

> 「我在湖北，從 1993 年開始參加兩會。由省人大開到省政協，整整 25 年。我太知道兩會前後各部門會處於什麼狀態。為保證兩會順利召開，所有負面信息媒體都不准報導，而各部門到了那個時候，幾乎也沒什麼人做事，因為領導都去開會了。這一次，同樣如此。我們可以清楚看到：市衛健委停報感染人數的時間，與省市兩會時間幾乎完全同步。這不是偶然的巧合，也不是故意而為，而是習慣性動作。這一習慣，甚至不是這幾年養成，是多年就有。多少年來，各部門都會把相關事情壓到兩會之後再辦，而媒體多少年來，為保證兩會順利召開，從來報喜不報憂。幹部習慣了，記者習慣了，領導習慣了，百姓也習慣了。」（方方 2020, 113）

儘管中國大陸實行中央集權體制，地方須服從中央統一指揮和領導，但並不表示中央與地方政府間協調和訊息溝通能有效運作和貫徹。事實上，政府各部門訊息不能共享，條塊分割造成訊息封閉和堵塞亦是問題所在（房寧、貟杰 2005，91）。例如，在 2019 年 12 月疫情爆發初期，湖

北與武漢政府的危機認知、中央訊息反饋與危機處理，恐皆涉及「隱匿疫情」、「維穩優先」、「扭曲真相」與「打擊吹哨者」作為，因而在疫情蔓延仍採「人不傳人，可控可防」的文宣訴求主軸。換言之，這其中涉及僵化體制、官僚利益自保思維、不允許講真話文化，以及欺上瞞下之慣性，尤其是動輒以黨政紀律處分，或是造謠者懲處，或是在文官體系要求統一口徑，皆延誤危機處理時程，並干擾決策判斷，從而擴大危機的衝擊和挑戰。

　　在美國中央與地方關係而言，美國民主選舉制度競爭，由具民粹性格之川普當選總統，在新冠疫情運作中川普表現對危機認知誤差，不重視專業疫病管制專家意見，這便導致危機初期喪失先機，加之疫情擴大與蔓延後，各州各行其是，亦是危機失控主因。白宮新冠病毒小組負責人佛奇（Anthony Fauci）即曾指出：

「當國家出現明顯分裂時，解決公共衛生危機就變得極為棘手。而當公共衛生問題帶上政治色彩，比如戴不戴口罩都成為一種政治符號，就會對公共衛生事件的應對帶來巨大破壞。」（聶曉陽 2021）
「在美國聯邦體制下，各州應對疫情的方式有所不同，聯邦政府理應協調各州採取行動，在過去一年的大部分時間裡，聯邦政府並沒有這樣做，各州各自為政，給病毒可乘之機。」（聶曉陽 2021）

　　此外，美國公共衛生官僚體系與運作，無法應對疫情挑戰亦是一大盲點。

「西雅圖流感研究所（Seattle Flu Study）的科學家迅速對病毒的基因組進行了測序，發現在美國首例冠狀病毒病例中也存在遺傳變異。其

含義令人不安。該病毒很有可能已經在社區內悄無聲息地傳播了大約六週，感染了數百人。令人沮喪的是，在一場可能在華盛頓州暴發，並在許多其他地區蔓延的疫情中，人們花了許多時間才得以突破繁文縟節去挽救生命。」（Sheri Fink, Mike Baker 2020）

專政與民主體制的差距，中美兩國在疫情管理，以及決策運作與績效表現具有共同點和差異化。中共當局在疫情爆發之初隱匿實情，決策滯後，終釀重大災難，此顯然與專政體制的封閉性、阻絕專業實情傳達有關。美國雖號稱民主體制，但川普個人運作方法似有部分雷同之處。其後，中共採取封城措施則發揮實質效果；美國川普總統則錯估形勢、民粹治國，加之民主社會對人民行動和作為管制困難，導致疫情居高不下，成為全球確診和死亡數最高的國家（參見表1），此顯然與美國作為全球第一大國、強國，且醫療系統先進、防治疫情專業的國度，顯難以匹配。這其中在體制面並非沒有專業反饋，決策面亦有多方警示與建言，但是川普總統的一意孤行，都是致命性弱點。儘管如此，面對疫情挑戰，任何政治體制並沒有必然的優勢，做好危機辨識和即時決策管理，誠實面對、專業研判、執行力貫徹和超前部署，以人民福祉為依歸，應是最優先且重要的考量。

新冠肺炎從武漢爆發到全球蔓延，美中兩大強權的體制與人為因素扮演負面的角色和影響。雖然美國號稱是民主大國，但在疫情盛行階段卻無有效制衡與糾錯機制，出現民粹決策與公共衛生專業不被重視的缺失，終釀災難性後果。顯示民主體制與定期選舉機制，不必然能篩選出適任的領袖。同樣的，中共當局雖有專政體制有效的執行封城與有效控制疫情，但是在疫情判斷、處理和應對做出的決策粗糙、滯後和迂腐，不僅隱瞞真相、扭曲人性、歪曲事實（參見表4），終釀成致命性的決策重大失誤。2020年3月，大陸「人物」周刊即曾為文表示：

「艾芬醫生從自己所在的中心醫院的一角，描述了她的親歷，但讓人們徹底明白了這場疫情是如何從最初的幾個患者，擴大到不可計數，這一切都是隱瞞信息造成的，一直隱瞞到最後封城，封省，中國半國癱瘓，經濟敗象頻頻，今天，這場疫情在全世界瘋狂肆虐。」（龔菁琦 2020）

表 4：武漢抗疫揭露者與黨委、公安介入批判與檢討內容（2019-20）

日期	民間 / 醫療系統	醫院黨領導 / 武昌分局中南路派出所批評與檢討
2019/12/30	艾芬 （武漢市中心醫院急診科主任） ・曾拿到過一份不明肺炎病人的病毒檢測報告，她用紅色圈出「SARS 冠狀病毒」字樣，當大學同學問起時，她將這份報告拍下來傳給了這位同是醫生的同學。當晚，這份報告傳遍了武漢的醫生圈，轉發這份報告的人就包括那 8 位被警方訓誡的醫生。 ・我不是吹哨人，我是那個發哨子的人。	・1 月 1 日晚上 11 點 46 分，醫院監察科科長讓我（艾芬）第二天早上過去一下。 ・1 月 2 日，談話的領導說：「我們出去開會都抬不起頭，某某某主任批評我們醫院那個艾芬，作為武漢市中心醫院急診科主任，你是專業人士，怎麼能夠沒有原則沒有組織紀律造謠生事？」 ・艾芬被醫院紀委約談，遭受了「前所未有的、嚴厲的斥責」，稱她是作為專業人士在造謠。 ・這是一場非常嚴厲的談話，醫院領導責怪她（艾芬）作為專業人士，豈能向外界告知發生了疫情這件事。
2019/12/30 2020/1/3	李文亮 （武漢市中心醫院眼科醫生） 最早於 2019 年 12 月 30 日向外界發出防控預警，而被稱為疫情「吹哨人」。	・2020 年 1 月 3 日 13 時 30 分，武漢市公安局武昌分局中南路派出所與李文亮醫生聯繫後，李文亮醫生在同事陪同下來到派出所。

日期	民間／醫療系統	醫院黨領導／武昌分局中南路派出所批評與檢討
		·派出所副所長楊某安排負責內勤的民警胡某與李文亮醫生談話。談話人員現場作了筆錄。李文亮醫生表示，在微信群中發有關SARS的信息是不對的，以後會注意，談話人員對李文亮醫生製作了訓誡書。【中國國家監察委3月19日公布關於李文亮的調查通知指出：中南路派出所出具訓誡書不當，執法程序不規範，調查組已建議湖北省武漢市監察機關對此事進行監督糾正，督促公安機關撤銷訓誡書並追究有關人員責任，及時向社會公布處理結果。】

資料來源：古莉（2020）、龔菁琦（2020）

　　專政社會的控制輿論與管控媒體，因而忠實反映實情，具建設性與透明性的訊息，卻可能有兩極化之評價，甚至遭非理性的惡意攻擊，且估計有官方背景之政治運作，反映了體制結構的缺失、誤導和偏執。「方方日記」在封城期間發揮安定人心、建立公信力與舒緩社會張力的效果，卻不乏強力，甚至極左人身批判。憲法學者秦前紅即曾評價「方方日記」，表示：

　　「個別表達確有需要商榷之處，但她的整個日記沒有太大問題，她展現了一個知識分子的獨立思考和個性化的表達，她在疫情肆虐最嚴重的時候給我們開了一扇窗戶。當時我們大多比較焦慮，而大多主流媒體報導的信息都和你的經驗性判斷不相符合，你處於一種封閉而又焦慮的狀態下，方方給你打開了一扇窗戶，讓你的情緒得到舒緩。」（鄧峰、吳婷 2021）

另「方方日記」作者汪芳亦回應政治批判坦率指出：

「她的記錄很客觀，並且也很溫和，根本沒有打算要去和誰作對，她也一直在幫助政府，包括提出意見、指出問題，政府做得好時，也同樣稱讚他們。儘管如此，還是被那些人認定為是反黨反政府，是賣國賊，是向西方反華勢力『遞刀子』。這些都是極其滑稽和荒唐的帽子。我可以很容易地從那些罵我的話中看到，他們大多根本沒有看我寫了什麼。」（林序家 2020）

李文亮為疫情吹哨警示，終不敵疫情與官僚侮蔑，犧牲生命，終年 34 歲；希望忠實報導疫情，安定人心的「方方日記」卻受到責難與批判，顯現中國大陸政治、社會結構扭曲和異化現象，須有體制與管理系統的重大變革，否則危機仍會再現。

六、美中危機與決策管理檢視與比較

就危機預防而言，美中兩國皆不乏危機預防機制和規範，不過徒有法規和條文，但領導者的重視程度和公衛體系是否落實更為關鍵。明顯的，此次美中兩國在危機預防的運作表現不佳，尤其是在危機偵測與識別，雖有專業團隊和科技能力，但尚存在官僚應對、黨國威權控管、民粹濫權和作法偏差，導致危機的惡化與擴大，終至不可收拾。

表 4：美中危機與決策管理評價（2019-2020）

危機管理	危機預防	危機偵測	危機識別	危機溝通	危機處理執行（封城管制）
中國	X X	X	X	X X	X/ ○
美國	X X	X	X	X X	X
決策管理	決策主導	中央決策	決策法治	地方決策	決策貫徹
中國	X X	X X	X	X	★
美國	X X	X X	X	X X	X/ ★

符號表示：○佳 / ★尚可 / 差 X / 極差 XX

　　就危機溝通而論，美中兩國顯皆表現拙劣。一方面，中共極權體制下，以維穩和封鎖真相為先，尤其是中央層級對訊息的管控和授權，皆有嚴格之黨紀要求，甚至必須透過疫情封鎖、欺騙民眾，以及行動管控，皆非良好之危機溝通，並加深人民對政府之不信任；另一方面，即使在美國民主社會體制下，川普個人政治性格偏差，以及正確使用防護工具（包括口罩）和社交距離之要求，皆在疫情初期未能得到貫徹，甚至川普尚以「仇中」、輕慢和歧視觀點看待疫情，皆是危機溝通之負面範例，終引致美國疫情一發不可收拾的世紀性災難。

　　在疫情蔓延與擴大感染後，進入危機處理階段，專政極權體制在政治動員、封鎖管控與貫徹目標，顯較為徹底與全面。雖然疫情擴散之初未能全面控制，亦陷入危機管理被動格局，且支付高昂代價，但極權體制的優勢即在透過限制個人自由與行動，進行大規模管制，顯然這是短期應對疫情危機較為有效的作為。反觀在民主體制運作的美國，除暴露民粹領袖應對危機之無能，中央與地方矛盾和協調不力，以及是否戴口罩作為防範疫情之爭議，皆使危機管理呈現執行不力與惡化之勢，並使得美國成為世界疫情衝擊與死亡最嚴重的國家。

　　從決策的比較觀點而論，中共中央扮演主導地位，包括嚴禁傳播疫情

真相、管制媒體和官員言論，皆顯見中央積極維穩與控制的慣性，也欠缺法治思維與依法運作之機制，而是黨國的垂直領導，亦顯示公衛體系的決策弱勢影響。事實上，地方部門對疫情嚴重性、掌握能力，恐皆有隱瞞中央、僥倖心理，但疫情的發展顯然超越官僚體制的控管，中共中央與地方決策失誤皆負有不可推卸的責任。不過，最終則以地方首長究責與撤職懲處。中國大陸則在封城和嚴管行動展開後，控制疫情的決策獲得較好的貫徹。

　　美國在川普領導的決策主導運作，公衛專家角色與影響十分有限。中央公衛部門與疫管中心的官僚作業，與地方檢測部門的危機應變不足，顯亦不利於疫情之監控和管理。此外，地方政府有較強自主性，甚至公然背離中央的指揮，對於一些必要的防疫措施亦以個人自由與文化因素而排拒。因此，無論在中央聯邦政府的管控與執行失靈，地方部門的專業性與不受約束的生活作為，皆使得必須嚴肅管制的疫情控制難以貫徹，直至新任總統拜登（Joe Biden）上任後才得到改善與緩和。

七、評估與展望

　　在人類面對 SARS 和 COVID-19 之後，如何將各國「疾管中心」列入危機管理重要監理部門，且在危機辨識、科學判斷、法治依據與決策運作採取更為有效與即時管理，便成為重要課題。在運作中既不做過度反應，亦不輕忽重大危機的應變作為，便成為全球防疫重點工作。事實上，中共在 2003 年 SARS 後，即建立一套疫情危機通報機制，但何以在此更嚴重的疫情危機運作中失靈；一向服膺中央指揮與訊息呈報制度，與嚴實的黨政系統貽誤決策先機，皆值得檢討與反思。此外，美國川普總統的危機與決策處理失當，應是其競選連任失利的主因之一，不過美國的定期選舉淘

汰機制，拜登勝選，民主糾偏機制發揮效果，終使得疫情緩解與改善成為可能。

　　2019 年新冠疫情，是世紀性與全球性的災難，美中兩國危機管理表現都是失敗案例（表 3-4）。事實上，美日兩國疫情處理與運作過程，皆顯示地方治理與中央決策深層危機。事實上，造成此次災難的病毒，雖然具有強大傳染性與變異性特質，威脅人類生存，但真正導致疫情惡化和情勢嚴重的成因仍在於：美中等大國對危機和決策管理的延誤先機和處理失當。這其中既有體制缺陷、人為疏失和運作失靈，亦有社會結構與文化面向之因素。尤其是美中兩國分屬民主和極權體制，政府運作涉及之中央和地方關係運作，攸關危機認知、訊息反饋和決策判斷。明顯的，新冠疫情的衝擊和挑戰，不僅暴露美中兩國危機和決策管理之重大失誤，「官僚殺人」亦是必須深究與制度改革議題，也凸顯全球治理（global governance）崩解與協作之缺失和風險，值得吾人深切省思。

　　從全球治理的觀點，美中兩大國未能在新冠疫情肆虐期間通力合作，反因經貿與科技戰的持續，以及疫情起源爭論與擴散的質疑，深化矛盾和對立，更遑論引領全球共同抗疫與醫療資源之整合和互通有無。此外，世界衛生組織的專業職能、跨域協作與中立角色亦受到質疑，因而在全球疫情偵測、辨識、警示之危機處理滯後，以及本身資源和能力的局限，皆限制其功能之發揮。換言之，美中兩大國在全球治理協作不彰，以及世界衛生組織跨界專業防疫的職能弱化，尤其是公信力的受損，皆是導致新冠疫情災難性後果的重要成因。作為世界級災難性公共衛生危機，全球治理與協作能力與信任提升，實有其迫切性與必要性。

　　政治體制與領袖極權造成決策封閉與閉鎖狀態，因而在決策運作中沒人「敢講」或「願講」真話，且易形成揣摩上意「寧左勿右（保守／奉承）」

的傾向，因可不必承擔責任；反之「右傾（開放／多元）」的思路，很可能違背領導旨意，一旦生事則需負擔風險。此一運作機制極易形成「沉默的螺旋」（Spiral of Silence）[3] 現象，導致有識者不願表達自己的觀點，甚至即使表達，但未能符合領袖想法或意見相左，恐遭批判、打擊或被排除決策圈。此一決策現象雖共存於極權與民主政體，但仍以極權體系最為嚴重。2019 年新冠疫情的惡化與挑戰，即顯現決策封閉、黨權與個人權力凌駕專業，以及中央與地方決策疏離和扭曲，終造成世紀災禍難以收拾。

　　就比較觀點而論，無論是民主或極權體制，皆無法抵禦來自疫情的傳染和蔓延，關鍵仍在於對危機的認定、決策者認知，並採取法治程序，甚至非常手段，才能應對風險。換言之，儘管極權體制最終能以非常之封城手段與醫療系統緊急建置，有效緩解疫情，但在疫情爆發之際隱瞞真相、封鎖訊息、官僚作風與應變不力，皆須負重責；美國在新冠疫情危機爆發，至 2020 年大規模盛行，顯然亦與領導階層忽視危機的嚴重性、偏好自身的選舉利益，以及地方執行政策不力有關。此外，東西方不同的文化系統與結構，亦攸關疫情防治成敗，東方社會強調集體主義（collectivism），強調服從、紀律與群體利益，有助於防疫措施之執行；反之，西方社會重視個人主義（individualism）（石之瑜 1995, 50-61），在疫情盛行當前仍不能減損對自由、民主的訴求，這便使得歐美疫情不易控制，且死傷慘重之主因。

　　新冠疫情是人類歷史上重大災難，不僅在政治上直接和間接導致美國

3　「沉默的螺旋」是一個政治學和大眾傳播理論，由伊莉莎白·諾爾-紐曼於 1974 年發表於《傳播學刊》（Journal of Communication）〈沉默的螺旋：一種大眾觀點理論〉一文中最早提出，並在 1980 年出版的《沉默的螺旋：輿論—我們的社會皮膚》一書中完善。其主要概念是：如果人們覺得自己的觀點是公眾中的少數派，他們將不願意傳播自己的看法；而如果他們覺得自己的看法與多數人一致，他們會勇敢的說出來。此一觀點亦有助於解釋在威權體制下決策封閉性特質。參見：E. Noelle-Neumann（1974）. The spiral of silence: a theory of public opinion. Journal of Communication, 24, pp.43-51

總統川普和日本首相安倍下臺，經濟直接和間接損失亦達數百兆美元，其在社會和心理創傷亦十分深遠。可以預期的是，新冠疫情不可能在短期內被消滅，未來也會與人類共生。雖然疫苗的施打已有進展，但是人類在公共衛生管理、疫情危機控管、政府治理能力與專業科學論證，皆有必要做更全面的反思。尤其是中國大陸在 2003 年的 SARS 和 2019 年的新冠疫情皆源自中國大陸，造成政經挑戰與國際形象的重大損害。如何深刻記取人類世紀性災難的教訓，在危機和決策管理做更周延的管理，應是任何國家和領袖刻不容緩因應的課題。

　　就體制面而言，中共的專政體制優先考慮的是政權維穩、政治正確和領導人利益，不鼓勵講真話、須最高領導層發號施令，才能有所作為，否則便是造謠與違反黨紀。不過，實際上任何領導人不可能天縱英明，卻可能因體制與人為疏失錯失危機處置先機。同樣的，美國政治在川普民粹風潮下輕蔑疫情的嚴重性，並以競選連任勝選為核心思考，顯然民主體制亦可能不以多數民眾利益為依歸，這便使得世紀災難終難以收拾。從人類文明與國家發展觀點，大國與強權應記取此次世紀性災難的教訓，建構敏銳、科學、法治與有效操作的危機預防和決策管理體制，消除體制面和運作面的缺失與流弊，才能在危機管理掌握決策先機，並降低可能損害，否則疫情仍存在再爆發的風險。

參考文獻

GDRC, 1995, "Our Global Neighborhood"，https://www.gdrc.org/u-gov/global-neighbourhood/，查閱日期：2020 年 6 月 29。

Helmut Wagner. 2000. *Globalization and unemployment*. Berlin: Springer-Verlag Berlin Heidelberg, p.19.

Qun Li, M. Med., Xuhua Guan, Ph.D., Peng Wu, Ph.D., Xiaoye Wang, M.P.H., et al., 2020. "Early Tansmission Dynamics in Wuhan, China, of Novel Coronavirus-Infected Pneumonia." *The New England Journal of Medicine*, 382(3): 1199.

Alan C. Issak 著，朱翌章譯，1981，《政治學範圍與方法》，臺北：幼獅文化事業公司。

BBC 中文，2018 年 10 月 22 日，〈意欲何為 特朗普上台近兩年退出國際條約一覽〉，《BBC 中文》，https://www.bbc.com/zhongwen/trad/world-45941844，查閱日期：2020 年 8 月 19 日。

BBC 中文網，2020 年 1 月 28 日，〈武漢肺炎：武漢市長暗示疫情披露不及時中央有責任〉，《BBC 中文網》，https://www.bbc.com/zhongwen/trad/chinese-news-51276069，查閱日期：2021 年 3 月 16 日。

BBC 中文網，2020 年 2 月 7 日，〈武漢肺炎：「萬家宴」後的社區疫情危機折射政府管制缺失〉，《BBC 中文網》，https://www.bbc.com/zhongwen/trad/chinese-news-51402715，查閱日期：2021 年 4 月 14 日。

Centers for Disease Control and Prevention, March 15,2021, https://www.cdc.gov/about/default.htm.（April 14, 2021）

Eric Lipton、David E. Sanger、Maggie Haberman、Michael D. Shear、Mark Mazzetti、Julian E. Barnes 著，Cindy Hao、Harry Wong、鄧妍 譯，2020 年 4 月 13 日，〈復盤美國新冠疫情：川普為何忽視警告、一錯再錯〉，《紐

約 時 報 中 文 網 》，https://cn.nytimes.com/usa/20200413/coronavirus-trump-response/zh-hant/，查閱日期：2020 年 7 月 2 日。

Jacques Adda 著，何竟、周曉幸譯，2000，台北：知書房，頁 27-28。

Kenzo，2016 年 09 月 20 日，〈首屆難民峰會推過「紐約宣言」聯合國盼促進人道救援〉，《關鍵評論》，https://www.thenewslens.com/article/49649，查閱日期：2020 年 8 月 20 日。

Otto Lerbinger 著，于鳳娟譯，2002，《危機管理》，臺北：五南出版社。

Robert Heath 著，2004，《危機管理》，北京：中信出版社。

Sheri Fink, Mike Baker，2020 年 3 月 11 日，〈「它已經無處不在」：美國如何錯失了遏制新冠病毒的良機？〉，《紐約時報中文網》，https://cn.nytimes.com/usa/20200311/coronavirus-testing-delays/zh-hant/，查閱日期：2021 年 4 月 14 日。

于建嶸，2020 年 2 月 18 日，〈為什麼武漢政府未及時預警〉，《瀟湘經略》https://wemp.app/posts/2ecf96aa-5c8b-4816-9036-d604cbf34eaa，查閱日期：2021 年 3 月 10 日。

中央社，2020 年 12 月 15 日，〈百餘頁機密文件曝光 CNN 披露中國當局隱匿疫情〉，《中央社》，https://www.cna.com.tw/news/firstnews/202012010321.aspx，查閱日期：2020 年 3 月 15 日。

方方，2020，《武漢封城日記》，臺北：聯經出版公司。

王嘉源，2020 年 6 月 4 日，〈李顯龍：美陸面臨重大決策 對抗會危害「亞洲世紀」〉，《中國時報》，https://www.chinatimes.com/realtimenews/20200604004376-260408?chdtv，查閱日期：2020 年 7 月 1 日。

古莉，2020 年 3 月 19 日，〈中國國家監委公布調查李文亮的通報〉，《法廣》http://www.rfi.fr/tw/ 中國 /20200319- 中國國家監委公布調查李文亮的通報，查閱日期：2020 年 6 月 15 日。

石之瑜著，1995，《大陸問題研究》，臺北：三民書局。

全國人民代表大會常務委員會，2007 年 8 月 30 日，《中華人民共和國突發事件應對法》。

托馬斯‧R‧戴伊著，鞠方安、吳憂譯，2002，《自上而下的政策制定》，北京：中國人民大學出版社。

自由財經，2020 年 8 月 23 日，〈世銀行長示警：疫情恐令全球 1 億人口陷入極端貧窮〉，《自由財經》，https://ec.ltn.com.tw/article/breakingnews/3268771，查閱日期：2020 年 8 月 24 日。

何大一，2020，〈名家破解新冠肺炎 何大一：用科學克服 COVID-19〉，《聯合報》，3 月 25 日。

何文婷，2019 年 8 月 20 日，〈如何讓美企離開中國 盤點川普手上有那些牌〉，《中央社》，https://www.cna.com.tw/news/firstnews/201908240088.aspx，查閱日期：2020 年 7 月 4 日。

何黎，2020 年 4 月 16 日，〈如何度過眼前這場危機〉，《FT 中文網》，https://big5.ftchinese.com/story/001087252?archive，查閱日期：2020 年 7 月 2 日。

即時疫情中心，〈【武漢肺炎】全球最新確診與死亡人數統計〉，《臺灣英文新聞》，https://www.taiwannews.com.tw/ch/news/3869160，查閱日期：2020 年 8 月 31 日。

房伊媚，2021 年 2 月 15 日，〈世衛專家：武漢 2019 年 12 月爆發的疫情或比想像中廣泛〉，《香港 01》，https://www.hk01.com/%E5%8D%B3%E6%99%82%E5%9C%8B%E9%9A%9B/587569/%E6%96%B0%E5%86%A0%E8%82%BA%E7%82%8E-%E4%B8%96%E8%A1%9B%E5%B0%88%E5%AE%B6-%E6%AD%A6%E6%BC%A22019%E5%B9%B412%E6%9C%88%E7%88%86%E7%99%BC%E7%9A%84%E7%96%AB%E6%83%85%E6%88%96%E6%AF%94%E6%83%B3%E5%83%8F%E4%B8%AD%E5%BB%A3%E6%B3%9B，

查閱日期：2021 年 3 月 14 日。

房寧、貟杰，2005，《突發事件中的公共管理—非典之後的反思》，北京：中國社會科學出版社。

林序家，2020 年 11 月 26 日，〈入選 BBC 年度百大女性 方方：寫武漢日記遭文革式批鬥 但不後悔〉，《新頭殼》，https://newtalk.tw/news/view/2020-11-26/500210，查閱日期：2020 年 3 月 15 日。

林祖偉，2018 年 3 月 11 日，〈「中國夢」與「完全極權」：歐美專家談習近平修憲〉，《BBC 中文》，https://www.bbc.com/zhongwen/trad/world-43340584，查閱日期：2020 年 9 月 9 日。

武士紅、彭萍萍，2020，〈從抗擊新冠肺炎疫情鬥爭看我國制度優勢〉，《黨的文獻》，(6)28-35。

邱強，2001，《危機管理聖經》，臺北：天下遠見出版股份有限公司。

邱強，2021，《零錯誤決策：快速提升企業與個人競爭力》，臺北：遠見天下文化出版股份有限公司。

莘莘，2020，〈武漢封城 76 天：難以畫上的休止符〉，https://www.bbc.com/zhongwen/trad/chinese-news-52195104，檢閱日期 2020/04/02。

張亞中，2001，〈全球治理：主體與權力的解析〉，《問題與研究》第 40 卷 4 期，頁 1-20。

張忠謀，2019，〈世界不安台積電成地緣政治家必爭之地〉，《經濟日報》，https://money.udn.com/money/story/5612/4140187，查閱日期：2020 年 6 月 29 日。

張庭瑋，2020 年 4 月 20 日，〈各國盤算讓企業「出走」中國，走得了嗎？紐時和華爾街日報怎麼說〉，《商業週刊》，https://www.businessweekly.com.tw/international/blog/3002253，查閱日期：2020 年 7 月 4 日。

梁孝，2020，〈從抗擊新冠疫情看中國為什麼能夠集中力量辦大事—兼論「自由

民主—獨裁專制」西方話語誤區〉，《世界社會主義研究》，(7)10-18。

習近平，2020 年 4 月，〈在中央政治局常委會議研究應對新型冠狀病毒肺炎疫情工作時的講話〉，《求是》，http://cpc.people.com.cn/BIG5/n1/2020/0215/c64094-31588556.html，查閱日期：2020 年 9 月 11 日。

陳韋廷，2018 年 10 月 22 日，〈就是不肯被占便宜！美退出多項國際協定〉，《聯合報》，https://theme.udn.com/theme/story/6775/34349690，查閱日期：2020年 8 月 19 日。

報導者，2020，〈武漢肺炎大事記：從全球到台灣，疫情如何發展？〉，《報導者》，https://www.twreporter.org/a/2019-ncov-epidemic，檢閱日期 2020/4/26。

黃靖軒，2018 年 3 月 12 日，〈中國重回清朝！修憲案 99% 贊成習近平「登基」，外媒警告修憲可能毀了中國〉，《BuzzOrange 報橘》，https://buzzorange.com/2018/03/12/xi-really-become-emperor/，查閱日期：2020 年 9 月 10 日。

蒙克，2019 年 08 月 02 日，〈美國退中導條約拉中國一起裁軍 華盛頓甩國？〉，《BBC 中文》，https://www.bbc.com/zhongwen/trad/chinese-news-49206490，查閱日期：2020 年 8 月 19 日。

蔡娪嫣，2020 年 4 月 9 日，〈新冠肺炎・種族主義〉少數族群深陷社會不平等 美國黑人感染風險高、死亡率也高〉，《風傳媒》，https://www.storm.mg/article/2501150，查閱日期：2020 年 7 月 2 日。

蔡瑋，2000，《中共涉臺決策與兩岸關係發展》，臺北：風雲出版社。

鄧峰、吳婷，2021 年 1 月 7 日，〈法學家秦前紅：中國社會缺乏溫和理性的公共討論環境〉，《多維新聞》，https://www.dwnews.com/%E4%B8%AD%E5%9B%BD/60225034/%E9%87%8D%E8%BF%94%E6%AD%A6%E6%B1%89%E6%B3%95%E5%AD%A6%E5%AE%B6%E7%A7%A6%E5%89%8D%E7%BA%A2%E4%B8%AD%E5%9B%BD%E7%A4%BE%E4%BC%9A%E7%BC%

BA%E4%B9%8F%E6%B8%A9%E5%92%8C%E7%90%86%E6%80%A7%E7
%9A%84%E5%85%AC%E5%85%B1%E8%AE%A8%E8%AE%BA%E7%8E%
AF%E5%A2%83，查閱日期：2020 年 3 月 15 日。

鄧峰、吳婷，2021 年 1 月 7 日，〈重返武漢 法學家秦前紅：不能把老百姓當做
沒有靈魂的被管制對象〉，《多維新聞》，https://www.dwnews.com/%E4%B
8%AD%E5%9B%BD/60225032/%E9%87%8D%E8%BF%94%E6%AD%A6%E
6%B1%89%E6%B3%95%E5%AD%A6%E5%AE%B6%E7%A7%A6%E5%89
%8D%E7%BA%A2%E4%B8%8D%E8%83%BD%E6%8A%8A%E8%80%81%E
7%99%BE%E5%A7%93%E5%BD%93%E5%81%9A%E6%B2%A1%E6%9C
%89%E7%81%B5%E9%AD%82%E7%9A%84%E8%A2%AB%E7%AE%A1%E5
%88%B6%E5%AF%B9%E8%B1%A1，查閱日期：2021 年 3 月 9 日。

繆宗翰、楊昇儒，2021 年 1 月 20 日，〈疫情週年 武漢市長周先旺任湖北政協黨
組成員〉，《中央社》，https://www.cna.com.tw/news/acn/202101200332.aspx
查閱日期：2021 年 3 月 16 日。

謝明彧，2009 年 8 月，〈技術＋紀律，成就高品質的決策者〉，《經理人》第 57 期，
頁 48-53。

聶曉陽，2021 年 1 月 26 日，〈美傳染病專家福奇：美國抗疫的主要教訓是分
裂與政治化〉，《新華網》，http://www.xinhuanet.com/world/2021-01-26/
c_1127024546.htm，查閱日期：2021 年 3 月 9 日。

羅昀玫，2020 年 07 月 08 日，〈川普致函聯合國 美國正式退出世界衛生組織〉，
《鉅亨網》，https://news.cnyes.com/news/id/4502904，查閱日期：2020 年 8
月 20 日。

龔菁琦，2020 年 3 月，〈《人物》選文：武漢醫師，發哨子的人—艾芬芬〉，《風
傳媒》，https://www.storm.mg/article/2398343，查閱日期：2020 年 6 月 20 日。

新冠疫情與兩岸互動：機遇與挑戰

賴榮偉

（龍華科技大學助理教授）

郭瑞華

（展望與探索雜誌社特約研究員）

摘　要

　　2020 年兩岸關係受到新冠肺炎等諸多因素相互激盪影響，堪稱兩岸互動 40 年來最嚴峻的時刻。本文透過新功能主義的視角出發，兩岸關係當然有發展的可能性。新功能主義乃立足於歐洲整合經驗的主流理論，學派所描繪的國家行為規律及啟示，亦成為觀察相似經驗者互動的重要指標。本文透過此學理，不僅一窺兩岸關係的發展特性以及變數，更可理解新冠肺炎所帶來的機遇與挑戰。

　　本文研究結果顯示，兩岸交流的「擴溢」非絕對，菁英與政治領袖的認知決定兩岸互動「溢回」的可能性。雙方彼此對「一個中國」、「九二共識」的詮釋，亦成為未來影響彼此交流是否發展的最大變數。再者，理論的政策意涵，啟示雙方未來的互動，更應審慎與務實。

關鍵字：整合、新功能主義、新冠肺炎、一個中國、九二共識

壹、前言

2019 年 12 月底，新型冠狀病毒感染症（Coronavirus Disease 2019，以下簡稱新冠肺炎、COVID-19）病例始發於大陸武漢，由於傳播力強、擴散快，疫情迅速在全市爆發，隨著農曆年前大陸人口的大量流動，向大陸各地及周邊國家擴散，最後蔓延全球。疫情初起，大陸防疫部門無法掌握病因，只能採取隱而不顯的做法，除了努力找出病因，預做防治準備；再則低調通報世界衛生組織（World Health Organization, WHO）、相關國家（國務院新聞辦公室 2020）。另外意圖安撫人心，對外否認疫情有人傳人的現象；以致當全球受害時，紛紛指責大陸隱匿疫情。

新冠肺炎疫情（以下簡稱新冠疫情）的衝擊，重創大陸形象，阻斷兩岸交流，加深兩岸關係對立。臺北官員使用「武漢肺炎」稱呼新冠肺炎、因應疫情管制口罩出口大陸，以及滯留武漢臺胞一時無法返臺，甚至疫情訊息提供及我方參與世界衛生組織問題，都引起兩岸政府、網民的相互指摘；以致國臺辦屢以「以疫謀獨」批評我方政府，稱我方企圖利用疫情在國際上挑戰「一個中國」原則（國務院臺灣事務辦公室 2020）。疫情時刻，適逢美國大選之年，臺美中關係易位，美國友臺更甚以往；中共為此惱怒，對臺批判與軍事施壓不斷。同時中共制定與施行《香港國安法》，進一步衝擊兩岸關係。

疫情重創全球生活秩序，各國紛紛祭出邊境管制與檢疫措施，兩岸自不例外。然而，兩岸經貿往來卻創歷年新高（臺灣經濟研究院 2021, 3-9）。顯然，雙方是經濟交流上不容忽視的重要「客戶」。但是，兩岸政治上的處理原則與經貿等議題迥然不同，疫情更讓近年不睦的兩岸關係雪上加霜。綜觀歷史，兩岸交流時好時壞，乍看穩定的兩岸現狀，隨時可能轉化為太平洋的火藥庫（尹俊傑 2021）。

　　本文從整合理論（integration theory）援引「新功能主義」（neofunctionalism）的觀點，進一步分析兩岸關係的發展。

　　兩岸關係的變遷有合作亦有衝突。本文視「發展」（development）在於行為者（臺灣、大陸等）的互動出現彼此樂於見到的結果，包括維持現狀下的合作或更全方位的交流甚至整合等。但無論如何，「和平共處、交流互惠」是本文對於「發展」所企求。畢竟，衝突將影響彼此的交流互惠以及雙方的各自發展。換言之，本研究視「衰退」（decay）在於行為者的互動出現彼此不樂見的結果。

　　立足於歐洲經驗的整合理論，旨在追求和平與發展，與當前兩岸雙方的互動考量相同。透過此等自由主義典範（liberalism）的概念汲取，有助於審視兩岸關係發展的特性與變數，有助釐清兩岸交流中的「合作」與「衝突」，預測雙方未來可能面臨的情境。理論的政策意涵更可引領雙方的行為調整，從而改變兩岸關係的走向。整合理論可以是兩岸關係研究上的一種類推分析架構。

　　本文的研究問題在於，究竟何種條件會促使兩岸關係的變遷往「發展」的主軸上邁進？其動力源自何處？相對地，何種原因致使兩岸關係變遷「衰退」？此「衰退」的衝擊對於兩岸關係的「發展」具有何種程度的意義？本文探求並分析影響兩岸關係發展的主要變數。變數就是兩岸關係發展的挑戰與機遇。文章將進一步研擬有無可能調整此等變數的影響力，從而導引彼此關係的變遷。

貳、兩岸關係的發展與衰退

　　「整合」其實是一種跨國或跨區域間的「結合」（association），可以是一種正在進行的「過程」（process），也代表一種已經達成的「境

界」（condition）。就層面而言，整合是多面向，從經濟、社會、文化到政治；就程度而言，整合可以由淺到深。即使政治整合的境界，也非一定是統一，如美國與加拿大就被視為政治整合中的「安全共同體」（security community）。

歐洲整合源於第二次世界大戰後，整合理論孕育而生，經驗與學派的演變都是為了發展與和平。新功能主義一向被視為主流的歐洲整合理論，以古典功能主義、溝通理論、多元利益團體論為基礎，其演化上更吸收政府間主義（intergovernmentalism）的觀點。整體而言，該派認為整合始於行為者間的交流，交流則始於技術性等功能性議題，畢竟此等議題有利於彼此的民生，爭議少。交流不一定深化，「擴溢」（spill-over）不成甚至可能「溢回」（spill-back）。「擴溢」方能邁向整合，包括政治領袖、政府與社會在內的菁英推動是重點，有利可圖乃其認知，其中不乏政治策略操作。制度性的連結則有益於彼此的交流穩定與信任強化（賴榮偉 2014, 128-142；吳新興 1995；蕭歡容 2003；高朗 1998；張亞中 2002；盧倩儀 2010; Haas 1964; Nye 1971; Linberg 1970; Schmitter 1969; Sandholtz and Zysman 1989）。

兩岸關係從單向交流走向雙向交流（1987 至 2000）、關係冷淡走向熱絡（2000 至 2015）。2016 年 5 月，民進黨再度執政，兩岸關係呈現衰退，就是整合的「溢回」。「官冷」制約臺灣的踏實外交，邦交國從 22 國降至 15 國。疫情肆虐的 2020 年，大陸國臺辦網站發布 277 則新聞，對臺進行嚴詞批判有 138 則，創下歷史紀錄，標題充斥「以疫謀獨」、「倚美謀獨」、「以武謀獨」、「修憲謀獨」等字眼（張五岳 2021, 31），顯示兩岸關係氣氛不佳，堪稱 40 年來最差的一年。

從兩岸關係的發展經驗來看，新功能主義的意涵在於：

第一、整合過程必須漸進，其策略應先從爭議性較低的功能性議題著

手，如經貿性或技術性等議題。由此觀之，兩岸交流的確始於民間功能性
事務，對於較具爭議性的政治事務則挪後。

　　蔡英文上臺後兩岸關係走入低谷，雙邊正式溝通管道停擺，但隨著新
冠疫情蔓延，兩岸在考量人民福祉下，仍進行交流並達成 2020 年三次臺
胞「包機返臺」，凸顯學理所言的功能性議題的意涵。

　　首先，2020 年 1 月 11 日，疾管署獲得大陸同意派遣兩位專家前往武
漢瞭解新冠疫情，回臺並召開說明會。其後疫情爆發，1 月 23 日武漢「封
城」，各國展開撤僑行動，臺灣也面臨滯留當地臺胞如何順利返臺問題；
兩岸從 2 月至 3 月最終達成三次武漢包機。惟此等功能性議題，兩岸交涉
過程中仍避不開政治性猜忌，雙方政府間協商以及兩會事務級溝通依舊停
擺。大陸不願有兩岸官方協商及「撤僑」的聯想，因此雙方僅透過臺商協
會等管道進行交涉。但無論如何，臺胞返臺包機畢竟達成，可說是兩岸政
治爭議當中，難得可以跨越「一中原則」藩籬的良性發展，顯見防疫是當
下最高考量（洪子傑、龔祥生 2020, 61-64）。

　　第二，整合過程中的「擴溢」非自動而為，「溢回」亦有可能。從「擴
溢」的角度來看兩岸民間交流，一方面表現在雙方的交流數量與頻率上，
另一方面表現在雙方的政策與規定上。但就如理論所言，兩岸關係的交流
並非直線發展，「溢回」可見於過去與現在。

　　自 1987 年臺灣開放民眾赴大陸探親以來，雙方關係日益密切，目前
大陸是臺灣最大貿易夥伴，第一大出口地區與第一大進口來源，同時也是
最大貿易差來源。除此，兩岸間人員往來或是來去電話量、信件往返資料
統計等，均是日益增多與頻繁。同時，交流更表現在雙方統一政策與相關
交流的規範上，不論臺灣《臺灣地區與大陸地區人民關係條例》的立法及
其多次修正，或是大陸在民事、刑事、投資貿易、航運的個別立法規定，
都是因應兩岸交流以來所衍生的事實需要與主客觀情勢的演變。此亦說明

兩岸的交流，由量的增加至質的變化，自經貿逐漸擴散至文化等各個層面；接觸方式，也由民間進而半官方，並朝向官方接觸。

惟交流並不一定擴散，甚至出現「溢回」的反效果。政治因素始終是困擾兩岸關係發展的最大變數。李登輝執政後期的兩岸「特殊的國與國關係」以及民進黨政府（陳水扁、蔡英文）的「獨臺」、「自決」、「臺獨」立場，致使兩岸兩會制度化協商不僅中斷，兩岸也籠罩緊張的「非和平」氣氛（邵宗海 2017, 295-297）。因應 2020 年臺灣政治團體推動制憲公投、憲改以及 2019 年立法院通過「國安五法」的修法與《反滲透法》，中共透過嚴詞警告、重申《反分裂國家法》第 8 條、擬定「臺獨」頑固分子清單、擬制定「國家統一法」，以及強化對臺軍事壓力。中共認定當前民進黨政府利用近年美中對抗及新冠疫情，倚美謀獨、以疫謀獨、推動「修法、立法、釋憲、憲改」謀獨，妄圖推進漸進「臺獨」，尋機謀求法理「臺獨」。兩岸危機氛圍日漸高漲，臺灣甚至被視為「地球上最危險地區」（The Economist 2021）。

第三，功能合作的深化不能忽略政治因素。整合過程將逐漸政治化，行為者的目標已非原本單純的事務性考量，甚至此乃政治領導菁英為達成政治目的而故意採用的手段。有利可圖是推動整合的動力，可能是基於過往合作的良好經驗，也可能是政治算計。但無論如何，交流的深化逐漸往爭議性領域發展，過程中不代表衝突不會發生，惟和平為必要的假定與方式。

事實上，對中共菁英而言，從兩岸開放交流之始，目的便是追求兩岸「統一」於中華人民共和國的政治整合，絕不滿足兩岸關係僅止於經貿。從 2008 年底「胡六點」，其中建議兩岸結束敵對狀態，達成和平協議。2019 年年初「習五點」更拋出探索「兩制」臺灣方案，倡議展開「民主協商」，推動兩岸關係和平發展達成制度性安排。由此可見中共對於兩岸開

展政治關係的堅持。

　　針對整合過程可能的爭議與衝突，新功能主義強調非暴力的處理方式。惟中共一貫堅持的「不放棄武力犯臺」也為兩岸的和平互動埋下一顆破壞的不定時炸彈。《反分裂國家法》即是中共從法理角度定義兩岸「不和平」的狀態，以及其採取非和平方式作為的法律依據。

　　中共迄今不承諾放棄以武力解決未來統一問題，其目的在讓臺灣與國際社會認知到，兩岸存在戰爭的可能性；任何臺灣實質「獨立」或支持其訴求，勢必引發戰爭。1990 年代以來，中共開始嘗試用其他文字表述「承諾對臺不用武」的意涵，但始終未改變「不放棄武力犯臺」用語，以利日後臺灣獨立時，仍可採取軍事行動。顯示中共在斟酌維護其尊嚴與立場前提下，亦能顧及臺灣的需求與轉變（邵宗海 1998, 399-401）。

　　2020 年的兩岸關係「風高浪急」，在大陸內部的武統聲浪高漲，但尚未看到雙方邁向軍事對抗，表明兩岸雙方都在謀求避戰（邵宗海 2020）。當然，最高領導人的認知是關鍵。從鄧小平以來的中共歷任掌權者均已體認到國家發展與政權穩定之間的密切關聯，而發展又與和平氛圍息息相關（郭瑞華 2022, 5-12）。對北京而言，中共的對臺動武，所面對的將是美國的軍事介入、損害大陸發展以及影響國家聲望在內的各種無法預估的代價。

參、兩岸關係的發展變數

　　歷史經驗顯示，兩岸關係的低潮，主要反映在雙方對「一個中國」的認知分歧。除此，雙方對於交流的預期亦埋下「溢回」的可能性。

　　馬英九執政時期，兩岸能夠建立緊密的經貿關係，端賴「九二共識」。以「九二共識」為基礎，兩岸才可以遵循「先經後政，先易後難」

的邏輯，建構以《海峽兩岸經濟合作架構協議》（Cross-Straits Economic Cooperation Framework Agreement, ECFA）為核心的制度化經貿關係。基本上，沒有「九二共識」，就沒有制度化的兩岸經貿關係。但從學理來看，制度化的經貿關係不能保證一定「擴溢」至其他領域，兩者間無絕對的因果關聯，甚至制度化的經貿關係本身亦有「溢回」的可能性。但若沒有先建立制度化的經貿關係，兩岸想要直接建立制度化的政治關係，斷無可能。欲從制度化的經貿關係向制度化的政治關係轉化，其中關鍵在於「一個中國」的認知。惟以「一中各表」為內涵的「九二共識」，卻是一個低政治程度的政治共識（李英明 2012, 90-91）。

中共宣稱「一個中國」原則是對臺政策的基石，然而在不同時期或場合對「一個中國」內涵有不同表述。在毛、周、鄧時代，始終採用「世界上只有一個中國，中華人民共和國政府是中國的唯一合法政府，臺灣是中國的一部分」，或「臺灣是中華人民共和國的一個省」的三段論法。2000年8月之後，中共指稱「世界上只有一個中國，大陸和臺灣同屬一個中國，中國的主權和領土完整不容分割」；惟在涉外場合，就會強調「世界上只有一個中國，臺灣是中國不可分割的一部分」。中共「一個中國」論述的改變，其實只是「策略運用」，絕非「政策本質」上的內外有別。中共對「一個中國」說法，依場合有所區別，國際上是「涉臺外交鬥爭」的手段，調性不能太軟；在兩岸則成為「統戰工具」。本質上，中共對於「一個中國」的界定，只能是「中華人民共和國」。

在臺灣，各個總統對國家定位也有不同看法。兩蔣時期我方執著法統，認為中華民國是中國唯一代表和合法政府，中共是叛亂團體，中華人民共和國是偽政權，反對「兩個中國」、「臺灣獨立」。李登輝時期則提出「一個中國，兩個對等政治實體」和「特殊的國與國關係」的定位；陳水扁指稱兩岸「一邊一國」；馬英九則明確兩岸定位：「一國兩區」、「一中各

表」，中國是指中華民國，兩岸間非國與國關係；蔡英文則直指「中華民國是臺灣」，或稱「中華民國（臺灣）」、「中華民國臺灣」（郭瑞華 2020, 424）。

在國際上，凡是中共認定具有「兩個中國」、「一中一臺」意涵的，均表反對。北京絕不容許臺北加入聯合國所屬國際組織，必須以中華臺北或地理名稱的身分才能參與其活動，或保有在某些國際組織中的席位。參與 2020 年世界衛生大會（World Health Assembly, WHA）便是一例。由於 WHO 秘書長譚德塞（Tedros Adhanom Ghebreyesus）被批評偏袒引發疫情的大陸，忽視新冠肺炎的嚴重性，導致各國不滿；同時，我國防疫有成的「臺灣模式」（Taiwan Model）獲得國際讚譽，卻因中共排擠，無法加入 WHO、參與 WHA，引起國際同情與聲援，正視將臺灣納入 WHO 的必要性與急迫性（赫海威 2020；陳韻聿 2020）。

中共對此提出三個「堅決反對」，反對藉防疫合作與臺灣開展官方往來，反對違背「一中原則」為臺灣謀求國際空間，反對外部勢力鼓勵和縱容「臺獨」分子借疫謀獨。強調 WHO 是由主權國家組成的聯合國專門機構，臺灣是中國的一部分，參與 WHO 必須在「一個中國」原則下處理。指稱 2009 年至 2016 年，臺灣得以中華臺北名義、觀察員身分參與 WHA，是兩岸在「一個中國」原則的「九二共識」基礎上，透過雙方協商的特殊安排。臺灣連續四年無法參與 WHA，責任在民進黨當局拒不承認「九二共識」，單方面破壞兩岸協商的政治基礎（人民日報海外版 2020a；2020b）。

從雙方敵我不共存時代，各自宣稱就是「一個中國」的硬性立場，至當前的演變，不難看出雙方都做出某種程度的讓步。對中共而言，讓步並非實質定義上的動搖，其所指的「一個中國」強調現時、主權與領土要素，「一個中國」是「中華人民共和國」，臺灣只是中國的一部分；進一步延

伸反對「兩個中國」、「一中一臺」和「一國兩席」，臺灣所解釋的「一個中國」，不能有「分裂國家」與製造「臺灣獨立」之實，所謂「開拓更廣的國際空間」，不能企圖從國際上得到助力，以達「臺獨」目的。

近年，蔡總統以「中華民國臺灣」作為國家定位，強調國家認同不應該區分中華民國與臺灣兩個不同陣營，應該團結一致。其實，「中華民國（臺灣）」曾出現在陳水扁第二任時期，中華民國為法定的正式國名，臺灣作為加註，為的就是去除「中華民國代表中國」的含義，也被認定是臺灣正名運動的步驟之一。

然而，「中華民國臺灣」的「臺灣」究竟是國家的意義？還是地理的意義？還是價值的意義？李登輝與陳水扁都提過「中華民國在臺灣」，此「臺灣」是地理意義；後來陳水扁也提「中華民國是臺灣」，此「臺灣」就是國家意義。這幾年，「臺灣價值」之說四起，因此「臺灣」又可是價值指涉。對蔡政府而言，「中華民國臺灣」有多種解釋與操作，可能是周旋於美中強權的一種彈性策略，也是國內統獨爭議下的一種平衡策略。此種彈性與平衡，亦可視為對兩岸協商釋放的一種善意（賴榮偉 2018）。然而，在大陸看來，卻是漸進式臺獨，是新版兩國論、臺獨新變種。（李秘 2020；王海良 2020）。

對於「一個中國」的演變，可視為雙方政府在交流意願上的相互呼應與期待。就中共而言，是應對兩岸情勢的改變所做的策略性讓步，如臺灣政黨政治生態的成熟、臺北務實擴展國際空間，以及兩岸交流的日益頻繁。就臺灣而言，其實已從傳統的法統觀念轉移到生存的關注上（趙建民 1995），顯示臺灣顧及到國際現實的需要與雙方內部、彼此交流情勢的發展。

不過，臺灣執政菁英基於務實主義的「創造性模糊」的「一個中國」政策，與策略意涵十足的中共「一個中國」處理模式，卻為臺海關係埋下

極不穩定的因子。原則的彈性意謂模糊，相對地可能形成雙方「隱藏性」的分歧，造成雙方的漸行漸遠，甚至出現一發不可收拾的局面。由於民進黨在兩岸關係上一向堅持：兩岸在各自領域內已是完全獨立自主的主權國家，兩岸關係應該是「國與國」的關係，不認為有「一個中國」的存在。簡言之，民進黨從「一中一臺」轉到現階段的「兩個中國」政策。為了建構一個「在臺灣的中華民國」的主體性，臺灣除了尋求國際奧援以及突破外，在民族認同上，也開始建構民主與本土交融的「臺灣主體意識」，作為「在臺灣的中華民國」的民族認同主體，為求有別於以「中國人」為認同主體的「中華人民共和國」（張亞中 2002, 72-73；邵宗海 2017, 290-323）。

　　由於中共長期對臺外交打壓與軍事威脅，香港「一國兩制」的失敗，還有臺灣選舉的大量動員，以及民進黨執政期間進行「去中國化」教育及「臺灣正名」，都讓臺灣民眾的國族／國家認同明顯轉變。1992 年，在自我認同方面，有 25.5% 自認是「中國人」；17.6% 自認是「臺灣人」；46.4% 自認為「既是臺灣人也是中國人」。然至 2020 年底，自認是「臺灣人」已達 64.3%，自認為「既是臺灣人也是中國人」是 29.9%，自認是「中國人」的僅 2.6%（政治大學選舉研究中心 2020）。

　　臺灣內部從國家認同問題，轉向民族／文化認同，社會「反中」情緒進一步激化，兩岸漸從內部矛盾變成敵我矛盾。隨著兩岸情勢的嚴峻，中共對臺以武逼統的聲浪更甚以往，不僅民間，甚至涉臺涉外學者亦主張武統，或藉政治、經濟、軍事、外交等力量向臺施壓促統（藍孝威 2020）。同樣地，鑑於臺美中三邊關係的新變局，美國智庫學者建議美國對兩岸政策，由戰略模糊（strategic ambiguity）轉向戰略清晰（strategic clarity），以嚇阻中共武力犯臺（Haass and Sacks 2020）。

肆、兩岸關係的發展前景

　　發展與和平本是兩岸互動前景所企求，尤其兩岸的互賴有益雙方，如何累積信任，避免交流的「溢回」，考驗著雙方的政策智慧。就新功能主義而言，整合與交流之間僅是「必要條件」而非「充足條件」的關係：有整合必有交流，但有交流並不一定促進整合。換言之，兩岸關係交流不保證必然穩定與深化。據此，思考兩岸關係，如何促進交流穩定，當是首要。

　　新冠疫情充斥的 2020 年，全球經濟受創，但兩岸經貿依然蓬勃發展，甚至屢創歷史新高。顯示，大陸雖然是臺灣的主要威脅，但同時也是臺灣發展的機會。兩岸既是互賴也是互惠。事實上，兩岸經貿連結之深，臺灣依靠大陸，大陸也需要臺灣。兩者經貿「脫鉤」難以想像（劉秀珍 2021）。兩岸經貿互賴的證明之一，就是即使 2020 兩岸政治氣氛不佳，兩岸政府迄未終止 ECFA 運作；經濟部國貿局即承認 ECFA 帶給臺灣經濟的優惠（戴瑞芬 2020）。然而，在兩岸對立與互信不足，大陸以檢疫出介殼蟲為由禁止臺灣鳳梨進口一事，仍不免被上升為政治陰謀。

　　從「擴溢」的角度，兩岸還是必須維持一個和平與穩定的關係，不但有益兩岸經濟發展，對兩岸經濟以外的外交、形象、地位等會有所幫助。雙方若衝突加劇甚至演變成軍事對峙，勢必影響雙方多年來的軟硬實力發展成就，代價和風險不小。

　　就新功能主義的利益導向，促進交流穩定，可避免兩岸雙輸。惟如何穩定交流以促進和平與發展？理論的啟示在於：（一）兩岸的功能性合作都會牽涉政治，強調完全排除政治考量，顯得不切實際，但可尋求政治妥協，追求共同利益。（二）兩岸交流互動時，應該先從爭議性低或亟需處理的事務著手，以提升雙方的共同利益，建立良好的互動與互信。（三）在交流過程中，兩岸應養成透過制度協商機制尋求問題的解決，而非隨意

中斷彼此的機構性合作（張亞中 2002, 258-265）。制度性的交流，有益雙方意圖與理念的溝通及理解、合作意識與精神的培養、互為朋友的認同及其信任度的增加。

　　事實上，兩岸交流時進時退的變數，在於「泛政治化」。彼源於雙方對於「一個中國」、「九二共識」的認知，該認知的後設基礎，牽動兩岸不同菁英對於現狀中的主權（法理與事實），以及價值觀的認知分歧。「泛政治化」更涉及兩岸菁英互動的影響，以及對於整合的預期，策略算計充斥其中。

　　兩岸菁英均關注交流中的「相對獲益」（relative gains）。「泛政治化」根源於兩岸歷史因素、雙方權力不對等，以及行為意圖不明等，造成不安全感與不信任感。走出賽局的「囚徒困境」（prisoner's dilemma），唯有進一步加深制度化發展，才能在保障雙方利益的前提下，有效率地促進彼此合作，促使關係正常化。目前兩岸已有包括官方授權民間團體在內的溝通聯繫管道，卻因政治因素中斷聯繫。然而，在交流及深化制度發展的過程中，均需要雙方做某種程度的政治性讓步，以便融合各自所宣稱的國家定位政策，並且各自擁有能夠詮釋且不失利益的空間。此等政治性的讓步與逐步累積的善意，將是兩岸關係發展的挑戰或機遇的關鍵。

　　除此，兩岸交流中因涉及不同菁英對於整合利益的預期，衝突乃生；太多的政治算計，加深雙方不信任，反倒產生交流的「溢回」情境。中共對臺政策一貫有軟硬兩手策略，硬的方面，包括壓縮臺灣國際空間、擴大對臺軍事嚇阻力度等；軟的方面，包括持續強化民間交流，以及建構兩岸經濟社會融合等統戰策略。但以「統一」為目標，太多的政治算計，「擴溢」並未成，從前述臺灣人民的「臺灣人」或「中國人」的認同調查中可見一斑。

　　近年，中共積極從制度面建構兩岸經濟、社會與文化的融合發展（郭

瑞華 2022, 5-18-5-20），謀求兩岸人民「心靈契合」乃至最終政治上的統一。2018 年 2 月，大陸國臺辦等發布《關於促進兩岸經濟文化交流合作的若干措施》（對臺措施 31 條），內容涉及兩岸經濟社會融合等面向；2019 年 11 月，再發布《關於進一步促進兩岸經濟文化交流合作的若干措施》（對臺措施 26 條），進一步給予臺資企業同等待遇，為在陸臺灣民眾提供居民待遇。2018 年 8 月，中共推出《港澳臺居民居住證申領發放辦法》，鼓勵在陸長住臺灣民眾申請居住證。2020 年 5 月，國臺辦等印發《關於應對疫情統籌做好支援臺資企業發展和推進臺資項目有關工作的通知》，提出應對疫情 11 條措施，幫助臺商臺企應對疫情和推進復工復產等。2021 年 3 月，國臺辦等發布《關於支持臺灣同胞臺資企業在大陸農業林業領域發展的若干措施》（對臺農林 22 條措施）。同月，全國人大會議通過關於〈國民經濟和社會發展第十四個五年規劃和 2035 年遠景目標綱要〉的決議，再次強調推動兩岸關係和平發展、融合發展，並提出「十四五」期間（2021 至 2025），將「加強兩岸產業合作，打造兩岸共同市場」。

　　中共認為轉變臺灣民意，只能靠利益誘惑和文攻武嚇。然而，惠臺懷柔手段雖有助爭取臺灣民意，惟受惠者有限，只能博取少數人好感。中共藉由對臺文攻武嚇，以壓制臺獨聲浪，儘管強調精準打擊臺獨分子，非以偏概全擴及臺灣綠營甚至臺灣人民，但產生部分效果之餘，卻也讓「反臺獨」變成「反臺灣」。中共對臺的強制性（coercive）作為，如軍事威脅以及國際空間的打壓等，所產生的「公共財」效應卻讓臺灣民眾感受到中共的強烈敵意，以致反而失去大部分民心。換言之，對臺越打壓越激起民眾的反感。

　　制度性的交流有益彼此問題的處理、意圖的溝通、合作精神的培養、信任感的提升。據此，兩岸政治領袖的定期會晤，不僅可以營造友善氣氛，更可以為彼此需要解決的問題提出原則性的看法，對於兩岸交流追求共同

利益必然有實質幫助。早在 1990 年代，兩岸領導人即透露訪問對方的意願，2015 年「馬習會」開啟兩岸歷史的新頁（蕭旭岑 2018, 334-386）。如今，蔡英文也不反對「蔡習會」，但癥結仍在「一個中國」、「九二共識」等爭議及其延伸的身分、場合等問題。其實，雙方官員、菁英的互動可參照此模式，名義上避開政治地位的尷尬，觸及的內容也會更深入，對兩岸的交流不啻有突破性「擴溢」的可能性。

對臺灣而言，面對兩岸互動中諸種影響發展與和平的「溢回」挑戰，更應凸顯不同於威權中國的國家價值。民主、自由與人權原本就是中華民國立國以來一貫追求現代化發展的理念與目的，也是迄今臺灣堅持的國家價值。臺灣的菁英應有共識，謀求建立並宣揚屬於臺灣的國家價值。太重視物質利益取向的國家風格，非但不易得到國際社會的認同，更易形成負面的國家印象，讓大陸菁英與人民對我形象「集中化」與「單純化」，對兩岸的交流突破並非好事（石之瑜、李念祖 1992, 132-137）。唯有讓臺灣與國際主流價值體系接軌，甚而成為全球社會所標榜的典範，進一步體現對大陸菁英與人民的吸引力，以形塑其交流過程中的偏好與認同，才不失為上策。

過去一段時間，受到新冠疫情、臺美選舉、香港問題、美中對抗等因素影響，兩岸關係不斷惡化。惟這些干擾因素，部分已逐漸淡化，兩岸關係有和緩機會，重建雙方關係成為當務之急（郭瑞華 2022, 5-20-5-22）。首先，在疫苗普遍施打後，兩岸應逐步恢復各式各樣的互動及交流；其次，兩岸當局應相互克制，勿出現挑釁行為，要建立危機管控機制，明確彼此底線，避免誤判與對抗，勿讓單一事件引發擦槍走火；三者，溝通與對話是維持兩岸和平穩定的重要關鍵，當前兩岸沒有對話管道，若臺海有事，彼此恐將出現誤判，因此我方仍應藉由各種交流平臺，透過非官方管道與對岸進行基本訊息交換；四者，兩岸當局應設法降低雙方民間對立情緒，

避免兩岸敵意螺旋持續上升，否則勢必影響兩岸緩解的空間。

伍、結論

　　新功能主義的經驗源自歐洲整合，此派理論不排斥經貿交流最終擴溢至政治整合甚至統一。但歐洲經驗的歷史脈絡與各國風情，顯然與兩岸關係有相當程度的差異。歐洲整合涉及不少國家，兩岸關係整合並非如此。臺灣不被大陸承認為一主權獨立的國家，臺灣與歐洲聯盟（European Union, EU）國家在加入整合運動之前所享的平等與獨立自主地位，難以相提並論。換言之，中共對臺灣有主權要求（conflicting sovereignty claims），而歐盟國家間的主權是對等的；所以參與歐洲整合的國家並無國家安全的顧慮，但臺灣卻一直受到中共的武力威脅（邱淑美 2001, 98-99；黃偉峰 2001, 129-172）。

　　然而，新功能主義對兩岸還是有所啟示：第一，政府是為人民服務的公僕，那麼人民的利益是什麼？第二，中共對臺政策用盡民族主義等相關歷史、文化、情感華麗辭藻，何以對臺灣人民誘因不大？兩岸交流經驗顯示，一方面，中共對臺的強制性行為反而助長臺灣內部的反中情緒；另一方面，即使兩岸執政菁英的政治認知不同，兩岸交流仍呈現「政冷經熱」的情境。第三，吾人不能忽略大陸民主發展的可能性。

　　大陸人民與菁英視民族統一為歷史必然（郭瑞華 2022, 5-12-5-18），但臺灣人民與菁英卻視民主才是歷史潮流；雙方各自以國族方式建構民族認同。臺灣以人民治理的民權理念去建構民族主義，進一步凸顯兩岸從1949 年來分裂分治的現實；大陸則是採用地緣、血緣等歷史、文化的族群團結方式建構民族主義，因此對臺政策並未能得到臺灣人民的心靈契合。換言之，兩岸皆強調從人民民生開展交流，臺灣是從民治建構民有，大陸

則是從民有看待民治。兩岸分歧結構如此，就不難理解雙方菁英之間有關「一個中國」、「九二共識」、「維持現狀」、「中華民國」、「中華民國憲法」等諸端爭議（賴榮偉 2020）。

基此，若從人民民生的角度出發，兩岸的交流對雙方有利。比如在新冠疫情危機未除當下，兩岸可以開展防疫交流。其實，疫情不啻是當下兩岸發展的突破口與轉機。兩岸雙方可就此等技術性議題展開制度性交流，交換資訊、釐清彼此爭議或誤解。畢竟，臺灣現有不少大陸人民；大陸也有不少臺灣人民。解決疫情危機，顯然是兩岸人民的共同利益。

另外，交流若要「擴溢」，一方面，大陸菁英必須正視臺灣分治現實中的人民治理理念與實踐。大陸若真想統一臺灣，和平與民主所產生的選項集，才有可能對臺灣人民產生吸引力。對臺灣而言，大陸政權對內、對外的諸端和平與民主行為，都可能影響兩岸雙方彼此的理解與期待。換言之，大陸自身必須建構與發揮軟實力，而非充斥多重威脅、混合威脅的硬實力、銳實力。

從疫情的角度來看，中共不斷地操作「二元對立」的「敵我分明」、「防疫模式」，利用融媒體進行大外宣，一方面推卸本身疫情責任並讚揚中國特色體制在防疫上的優越成果，另一方面不斷批判美歐等國政府處理不當造成疫情蔓延等。在此等邏輯下，大陸外交人員言論呈現咄咄逼人的「戰狼」風格，以直接的言語攻擊與回應外界對大陸防疫的究責，甚至嘲諷外國處理疫情不利卻將責任推卸給大陸，並揚言可能對駐在國實施經濟報復等。共軍並利用美軍受疫情影響所致，不斷地在臺海與南海進行軍事展示（謝沛學 2020, 21-28）。2020 年，大陸形象大跌，多年經營的「中國發展是和平」、「中國的發展對世界和平與發展有貢獻」等「和平發展」論述，被充斥文明威脅、政治威脅、經濟威脅、軍事威脅等的「中國威脅論」所取代。

　　此外，學理也重視整合中的菁英分子的認知，尤其又強調政治領袖的助力，社會大眾只會隨著菁英分子的作為而決定支持與否。在臺灣方面，政府官員以「武漢肺炎」稱呼新冠肺炎，甚至在國際已普遍使用COVID-19 之時，仍堅不改正；同樣地，大陸國臺辦發言人以「這位先生」稱呼我衛福部部長。這些言行勢必引來人民的跟隨濫用，均只會增加雙方人民的敵意，造成兩岸的更加對立。

　　再者，若從人民治理角度出發，臺灣菁英也不能忽略兩岸歷史與文化的延續性，以及大陸的民主化發展的可能性；交流的「擴溢」中，透過經濟整合進而政治整合自是可能選項。

　　新冠疫情導致大陸民眾來臺受阻，陸委會原本計畫依人道、人權有條件放鬆陸配子女入境政策，卻因臺灣內部反彈聲浪而作罷。「小明故事」其實涉及「居留權」，卻因疫情關係而成為臺灣不同勢力甚至對岸的政治操作（李順德、顧鴻 2020）。誠如所述，交流上過多的議題聯繫反而導致「溢回」，相對地，適當地政治化卻有益於整合。疫情終究會消退，政策處理上的權衡並不能呈現短程利益且相對利益邏輯。面對這一批「潛在的臺灣人」，臺灣政府與社會伸出溫暖的手，在疫情危機中保護他們，將會獲得他們以及對岸甚至整個國際社會心靈認同。同理，我方必須區別中共政權、中國、中國人的差異性，進行區別對待，不僅是為了擴大爭取面，更要縮小對立面，避免與 14 億的中國人為敵，否則臺灣如何能安全穩定？

　　本文透過新功能主義檢視兩岸關係的發展與衰退。研究結果顯示，兩岸始於功能性議題的交流，一如該派所強調的漸進式與避開爭議性議題的策略論述。過程中，菁英與政治領袖的認知更決定雙方互動的「擴溢」或「溢回」。然而，兩岸官方對於「一個中國」、「九二共識」的詮釋，也成為未來影響彼此交流持續深化的最大政治變數，牽動菁英互動以及對整合的算計，此亦學理所認定的無法迴避的政治因素考量。此等變數就是兩

岸關係發展上的挑戰，但本文的研究亦發現，此等變數也非不可化解，即使疫情嚴峻的 2020 年，亦是存在發展的機遇。立足於學理的啟示上，本文以為，基於兩岸謀求人民共同利益的需求，雙方應避免交流中的「泛政治化」困擾，包括政治領袖會晤在內的制度性的交流將有助於彼此關係的深化。大陸執政菁英一方面必須正視臺灣分治現實中的人民治理理念與實踐，另一方面，其政權對內、對外的諸端行為可能影響兩岸雙方彼此的理解與期待；對臺灣而言，執政者與各界菁英也不能忽略兩岸歷史與文化的延續性，政府與社會之間必須體認到大陸政策的共識，並建構自身價值對兩岸及國際社會的吸引力。

參考文獻

中文文獻

王海良，2020，〈「中華民國臺灣」是「新冠」遮舊顏〉，《人民日報海外版》，3月27日。

石之瑜、李念祖，1992，《規範兩岸關係》，臺北：五南出版社。

吳新興，1995，《整合理論與兩岸關係之研究》，臺北：五南圖書公司。

李英明，2012，〈馬總統連任後的兩岸關係分析〉，《展望與探索》，10（9）：90-91。

李秘，2020，〈「中華民國臺灣」意在「臺獨正名」〉，《人民日報海外版》，5月28日。

李順德、顧鴻，2020，〈新新聞・陳明通的〈小明故事〉有不同版、不同解〉，《風傳媒》，2月20日，https://www.storm.mg/article/2308907?page=1。查閱日期：2021年2月25日。

蕭歡容，2003，《地區主義：理論的歷史演進》，北京：北京廣播學院。

邱淑美，2001，〈兩岸關係與歐盟經驗（下）〉，《新世紀智庫論壇》，13：98-99。

邵宗海，1998，《兩岸共識與兩岸分歧》，臺北：五南圖書公司。

邵宗海，2017，《蔡英文時代的兩岸關係（2016-2020）》，臺北：五南圖書公司。

邵宗海，2020，〈「不想統，就是獨」激化兩岸互動〉，《中時新聞網》，12月24日，https://www.chinatimes.com/opinion/20201224005368-262104?chdtv。查閱日期：2021年2月12日。

政治大學選舉研究中心，2020，〈臺灣民眾臺灣人／中國人認同趨勢分布（1992年06月至2020年12月）〉，1月25日，https://esc.nccu.edu.tw/PageDoc/Detail?fid=7804&id=6960。查閱日期：2021年2月22日。

洪子傑、龔祥生，2020，〈2020年中共對臺政策的延續與變動〉，洪子傑、龔
　　祥生主編，《2020年中共政軍發展評估報告》：61-64，臺北：財團法人國
　　防安全研究院。

高朗，1998，〈從整合理論分析兩岸間整合的條件與困境〉，兩岸關係理論研討
　　會，臺北：國立臺灣大學政治學系。

國務院新聞辦公室，2020，〈抗擊新冠肺炎疫情的中國行動〉，《中國共產黨新
　　聞網》，http://cpc.people.com.cn/BIG5/n1/2020/0608/c431601-31738348.html。
　　查閱日期：2021年1月15日。

國務院臺灣事務辦公室，2020，〈國臺辦：民進黨當局利用疫情炒作參加世衛大
　　會問題是出於政治圖謀〉，5月7日，http://www.gwytb.gov.cn/wyly/202005/
　　t20200507_12272629.htm。查閱日期：2021年2月2日。

張五岳，2021，〈「習五條」兩週年中共對臺政策觀察：回顧與展望〉，《大陸
　　與兩岸情勢簡報》，1：31。

張亞中，2002，《兩岸統合論》，臺北：生智出版社。

郭瑞華，2020，〈兩岸關係發展史〉，王信賢、寇健文主編，《中國大陸概論》：
　　407-433，臺北：五南圖書公司。

郭瑞華，2020，〈2021習近平對台重要講話與政策意涵分析〉，「中共年報」
　　編輯委員會，《2022中共年報》：5-11-5-22，新北：中共研究雜誌社。

陳韻聿，2020，〈對華政策跨國議會聯盟公開聲明 支持臺灣參與WHO〉，《中
　　央社》，11月3日，https://www.cna.com.tw/news/aipl/202011030327.aspx。
　　查閱日期：2021年1月20日。

黃偉峰，2001，〈歐盟整合模式與兩岸主權爭議之解析〉，《歐美研究》，31（1）：
　　129-172。

臺灣經濟研究院，2021，〈2020年兩岸經貿情勢回顧與2021年展望〉，《兩岸
　　經濟統計月報》，333：3-9。

赫海威，2020，〈世衛組織為何被批為「中國衛生組織」？〉，《紐約時報中文網》，4 月 9 日，https://cn.nytimes.com/world/20200409/trump-who-coronavirus-china/。查閱日期：2021 年 1 月 20 日。

趙建民，1995，〈海峽兩岸統一政策之比較〉，《問題與研究》，34（3）：10-11。

劉秀珍，2021，〈兩岸經貿誰依賴誰？深度好文一次看懂〉，《經濟日報》，1 月 12 日，https://money.udn.com/money/story/5648/5168051。查閱日期：2021 年 2 月 22 日。

盧倩儀，2010，〈整合理論與歐盟條約修改之研究——以歐盟憲法條約與里斯本條約為例〉，《政治科學論叢》，46：119-130。

蕭旭岑，2018，《八年執政回憶錄（馬英九口述）》，臺北：遠見天下文化公司。

賴榮偉，2014，《美中台三角關係發展的國際政治經濟學分析》，台北：致知學術出版社。

賴榮偉，2018，〈蔡英文國慶演說的臺美中〉，《雅虎論壇》，10 月 14 日，https://reurl.cc/pm575Ql。查閱日期：2021 年 1 月 25 日。

賴榮偉，2020，〈孫中山思想與兩岸和平與發展〉，《雅虎論壇》，11 月 16 日，https://is.gd/AylN9z。查閱日期：2021 年 1 月 25 日。

戴瑞芬，2020，〈ECFA 生效十年 終止危機暫解〉，《經濟日報》，09 月 12 日，https://money.udn.com/money/story/5603/4853779。查閱日期：2021 年 1 月 2 日。

謝沛學，2020，〈進退失據的中國〉，李哲全、黃恩浩主編，《2020 印太區域安全情勢評估報告》，臺北：財團法人國防安全研究院。

藍孝威，2020，〈環球時報年會和統 vs. 武統 臺灣學者張亞中力辯群雄〉，《中時新聞網》，12 月 5 日，https://www.chinatimes.com/realtimenews/20201205003936-260409?chdtv。查閱日期：2021 年 2 月 12 日。

英文文獻

Haass, Richard, and Sacks, David. 2020. "American support for Taiwan must be unambiguous." *Foreign Affairs*, September 2, https://www.foreignaffairs.com/articles/united-states/american-support-taiwan-must-be-unambiguous。查閱日期：2021 年 2 月 22 日。

Hass, Ernst B. 1964. *Beyond the Nation-State: Functionalism and International Organization*. Stanford, CA: Stanford University Press.

Linberg, Leon N. 1970. "Political Integration as a Multidimensional Phenomenon Requiring Multivariate Measurement." *International Organization*, 24(4): 649-729.

Nye, Joseph S. 1971. *Peace in Parts: Integration and Conflict in Regional Organization*. Boston: Little, Brown.

Sandholtz, Wayne, and Zysman, John. 1989. "1992: Recasting the European bargain." *World Politics*, 42(1): 95-128.

Schmitter, Philippe C. 1969. "Three neo-functional hypotheses about international integration." *International Organization*, 23(4): 836-868.

The Economist. 2021. "The most dangerous place on Earth." *The Economist*, May 1, https://www.economist.com/leaders/2021/05/01/the-most-dangerous-place-on-earth。查閱日期：2021 年 5 月 2 日。

人民日報海外版，2020a，〈王毅在十三屆全國人大三次會議舉行的視頻記者會上就中國外交政策和對外關係回答中外記者提問〉，5 月 25 日。

人民日報海外版，2020b，〈國臺辦：在世衛大會炒作涉臺問題不得人心〉，5 月 20 日。

尹俊傑，2021，〈防臺海開戰 美智庫籲華府與盟邦助臺灣自衛〉，《中央社》，2 月 19 日，https://www.cna.com.tw/news/aipl/202102120012.aspx。查閱日期：2021 年 2 月 20 日。

新冠疫情經濟、社會影響與衝擊

疫情後兩岸經貿互動趨勢與供應鏈地位變化 [1]

劉孟俊

（中華經濟研究院第一所研究員）

吳佳勳

（中華經濟研究院第一所副研究員）

王國臣

（中華經濟研究院第一所助理研究員）

摘　要

　　後疫情時代，全球經貿格局面臨新的挑戰，衝擊產業供應鏈的解構與再重組。本研究旨在探討疫情對兩岸貿易結構的影響，特別是運用社會網絡分析的「結構洞」和「點度中心性」等量化方法，使用 2018 年和 2020 年的全球貿易資料庫，分析兩岸在全球貿易網絡中的地位變化。根據「結構洞」的「有效規模」和「限制」兩種衡量指標的變化，突顯中國大陸於疫情爆發後，仍能維繫其作為全球貿易網路中心的地位並持續改善，但美國地位反有所下降。而臺灣於全球貿易網絡「結構洞」的「有效規模」提升，但同時「限制」也隨之擴大，表明我國的貿易網絡地位變化趨勢仍未確定。另由全球貿易網絡點度中心性來看，中國大陸出口動能在疫情後進一步持續加強，但進口動能則因國內需求影響而減弱。美國的進出口動能均下降，但臺灣的進出口動能同時上升，反映此時期臺灣製造業的出口動力強勁，也受惠於如「投資臺灣的三大方案」等政策帶來的經濟品質提高。

1　本文原發表於《中國大陸研究》第 65 卷 2 期，2022 年 6 月。

　　本文以疫情爆發前後為分析參考點，旨在探討兩岸與主要國家於全球貿易網絡地位與形態變化，超越傳統貿易集中度或貿易依賴的思維，輔以全球在疫情後政策思維與供應鏈風險防範的探討，期能提供一種得以客觀評估各國經貿地位轉變的比較基礎。

關鍵字：疫情、供應鏈、社會網絡分析、結構洞

壹、前言

　　後疫情時代，預判全球經貿格局將朝三個方向轉變：一是保護主義與反全球化浪潮再起，各國將強化供應鏈的自主安全和可控，此趨勢將驅動全球產業鏈變得更加本地化和區域化（陳信宏 2020；郭宏、倫蕊 2021, 31-38; Hille 2020; OECD 2021）；二是加快供應鏈重組進程，全球產業鏈將透過資本和技術進行網絡化聯結，形成新的經貿全球化格局。以中國大陸的產能調整為例，其產線即使轉移到東南亞地區，但這些產能間仍透過資金與母公司產生聯結關係（陳岩 2020），從而改變中國大陸與東南亞投資地的經貿鏈結模式；三是全球兩大陣營對抗仍將加劇，具體表現在《美墨加貿易協定》（United States-Mexico-Canada Agreement，以下簡稱：USMCA）、《跨太平洋夥伴全面進步協定》（Comprehensive and Progressive Agreement for Trans-Pacific Partnership，以下簡稱：CPTPP）與《區域全面經濟夥伴關係協定》（Regional Comprehensive Economic Partnership，以下簡稱：RCEP）間的整合性競爭。

　　全球產業鏈（industry chain）的興起，無疑是當代國際經貿最重要的現象。概括來說，產業鏈涵蓋兩種型態的連接（linkage）：一是價值鏈（value chain），即企業的產售、進料發貨、售後服務與研發。二是供應鏈（supply chain），即產品生產與流通過程中，涉及到的上中下游廠商（Gunasekaran and Ngai 2004, 269-295; Holweg and Pil 2005; Humphrey 2003, 121-141）。易言之，產業鏈係基於技術、經濟與時空布局所需，而形成的各產業部門間鏈結關係。然而早在疫情爆發前，全球化（globalization）已逐步式微，保護主義有再起之勢（盛斌、宗偉 2017, 38-49；林桂軍、崔鑫生 2019, 1-13）。此意謂著，全球產業鏈將隨著去全球化趨勢而有顯著調整。

　　尤其疫情爆發後，各國政策原以「經濟效率為優先」的思維，開始轉

向以強化「本國利益為優先」；跨國供應鏈的管理模式也從「剛好及時」（Just in Time）到「預防萬一」（Just in Case）（張瑞雄 2021；郭幸宜 2020）。這種以「本國利益為優先」的政策思維，顯然弱化世界貿易組織（World Trade Organization，以下簡稱：WTO）與國際貨幣基金（International Monetary Fund，以下簡稱：IMF）等多邊體制所推動的資本全球化；再加上先進製造與數位科技的發展與普及運用，也為製造業跨國複雜的供應鏈關係帶來質變。

當前趨勢下，熱議各國產業經濟與中國大陸的脫鉤（economic decoupling），浮現兩方爭議觀點：一者認為，各國經濟很難真正與中國大陸脫鉤。尤其，中國大陸持續擴大對全球開放市場，雙向對外投資也持續增加中，對外供應鏈鏈結仍然緊密。反應出全球與中國大陸的經濟連結密切，脫鉤可能導致經濟成本大增而事半功倍（Chen and Peng 2020, 196-212; Tu et al. 2020, 199-240; Mao and Görg 2020, 1776-1791）。相反地，另有觀點認為，經過此次疫情衝擊後，各國將更加接受「中國威脅論」的存在（張生祥 2020; 王勇 2020, 39-45），認為須減少對中國大陸的依賴。

以美國為首的先進國家極有可能在疫情發酵期中，於關鍵技術與地緣政治等領域加強封鎖中國大陸，此舉加劇由產業與科技等領域與中脫鉤（經濟學人 2020; Shih 2020, 1-3）。美中貿易戰及科技戰下，疫情加劇跨國供應鏈重構趨勢，中國大陸的「十四五」計畫無疑突出其回應戰略的選擇重點。顯然，中國大陸回應戰略的重點在於倚重其內需市場的規模優勢，同時也在產業科技創新亮點對應美國的科技封鎖。僅管中國大陸仍強調改革開放，但近年主政意識更趨保守，預期美中關係恐走向對峙，也牽動全球與兩岸的供應鏈布局。

面對此等形勢，預見全球供應鏈格局與分工模式，將進入到「一個世界、兩個體系」全球供應鏈脫鉤的嶄新運作狀態。然而兩岸供應鏈關係相

當緊密，為全球體系的重要一環，其衍生的重組問題更加複雜。當前疫情與美中貿易及科技戰下，兩岸貿易比重不降反升。此似乎與全球經貿的變動趨勢並不同調，但也凸顯未來兩岸經貿關係或將迎來更顯著的轉變。基於以上背景，多數文獻著力於兩岸經貿關係的加深或斷裂，研判產業鏈結將更加緊密或疏離，藉以梳理兩岸供應鏈轉變的邏輯。

　　然而，本文目的並非探討兩岸或各國供應鏈與中國大陸是否脫鉤的可能，而是試圖擴大分析視野，超越兩岸貿易依賴或依存關係等涉及價值判斷的角度出發，改由全球經貿架構理解兩岸的經貿地位變遷。近年已有相關文獻（Barigozzi et al. 2011, 2051-2066; Baskaran et al. 2011, 135-145; De Benedictis and Tajoli 2011, 1417-1454; Diakantoni et al. 2017; Song et al. 2018, 1249-1262）運用社會網絡分析（Social Network Analysis, SNA）探討重要政策或事件對國際貿易格局變化的影響。蓋全球生產具地理分散化特質，參與全球價值鏈分工的國家可視為全球生產網絡中的「節點」，國際貿易可視為具有方向性網絡「連結」。借重 SNA 的分析優勢，有助於審視兩岸以及關鍵國家作為全球貿易節點的地位變化，掌握全球貿易網絡的形態和互動特徵。

　　具體而言，本研究結合疫情後國際貿易數據與社會網絡分析工具，挑選全球前 50 大貿易國其相互間貿易流量，比較兩岸於國際地位的變遷，跳脫傳統兩岸經貿關係的視野，傾向由全球貿易網絡的觀點，突出兩岸與跨國網絡關係的變化，進而研判其可能意涵。本文於行文安排如下，除前言外，第二節說明全球產業供應鏈的疫情後發展趨勢，涵蓋強調供應鏈安全性與去中國化，以及各國試圖降低對中國大陸供應鏈的依賴。第三節分析中國大陸試圖穩定跨國供應鏈的策略作為，包括「十四五」規劃推動「雙循環」與新基建，以及強化對外貿易制裁等工具。第四節討論疫情期間兩岸貿易關係，結合運用社會網絡分析法，檢視疫情對國際貿易網絡的影響，

尤其關切美中與臺灣於全球貿易網絡地位的變化。最後第五節為結論，總結本文研究發現與可能貢獻。

貳、疫情後全球產業供應鏈調整與發展趨勢

一、突顯供應鏈安全與強韌的重要性

受疫情全球蔓延影響，為取得生產線所需的零組件，將較以往承擔更多跨國物流成本與時間（Chenneveau, et al. 2020），尤其全球產業高度分工所形成長鞭效應（bullwhip effect）加劇整個產業鏈的不穩定，徒增企業的成本與風險（Zavacka 2012）。Handfield 等人（2020）強調，企業須縮短供應鏈長度，避免因疫情失控，生產線無法快速復工，將導致高度客製化與低度自動化的零組件持續缺貨，進而擴散衝擊全球製造業供應鏈，例如：蘋果（Apple）的供應廠，橫跨全球 31 個國家 785 間廠商。下游客戶的需求訊息波動，沿著供應鏈逆流而上，造成生產計畫與供需的嚴重失調；研發與生產的分離也將導致產品創新的延後（Fransoo and Wouters 2000, 78-89; Kim et al. 2006, 617-636）。

多元因素導致全球企業積極調整其全球供應鏈，並浮現新樣態與模式。因應貿易保護主義和新型冠狀病毒肺炎（coronavirus disease 2019，簡稱：COVID-19），企業不得不調整業務涵蓋遷移、採購替換、投資、併購等面向。根據 KOTRA[2] 於 2020 年 6 月至 8 月期間調查，全球企業價值鏈主要在中國大陸、北美和拉丁美洲間展開併購調整。其型態有三：一是增強本身的供應網絡：在東南亞和拉丁美洲等新興市場中，形成包括所有零

---

2 韓國貿易投資促進局（Korea Trade-Investment Promotion Agency, KOTRA）於 2020 年 6 月至 8 月期間調查 246 家全球企業。約 64% 的受調企業最近完成或正在計畫調整全球價值鏈，分別有 45%、35% 與 35% 在中國大陸、北美和拉丁美洲迅速調整，同時也有較積極高比例進行併購。

件採購、生產、營銷和分銷等整合業務。二是在中國大陸周邊區域打造新的價值鏈：因應美中貿易戰與相關加徵關稅議題，生產線正從中國大陸轉移到東協地區或拉丁美洲，如汽車製造商、電氣和電子公司。三是浮現同業強化資本和夥伴關係，尤其與同業在研發面強化合作提升其競爭力，因應全球價值鏈的快速變化。

　　另，日本經濟新聞社在 2021 年 3 月期間所做的調查，其針對在日本國內設有工廠的 141 家企業，在疫情過後已有 8 成企業著手調整生產供應鏈，以因應不確定性的風險（日經中文網 2021）。如日本衛浴企業 TOTO 對於母公司及客戶的生產基地所在國，正以該國經濟活動全面停止為前提，模擬對包括各地三級供應商在內的供應鏈之影響進行評估，以尋找替代方案。速霸陸也將於 2023 年在美國新設變速箱工廠，以實現在當地進行汽車組裝。

　　另外如日本電子大廠 TDK 旗下子公司 TDK-Lambda 也積極調整布局，形成多元生產基地與製造回流模式。TDK-Lambda 將針對約 4000 種非客製化產品，建構 2 個以上的多元生產基地體制，並針對此前在馬來西亞和中國大陸生產約 100 種的電源零部件，回流至新潟縣長岡市的基地生產，主要是面向日本客戶的半導體生產設備相關電源產產品（田中嵩之 2021）。

二、各國反思供應鏈對中國大陸的依賴

　　自 2008 年以來，先進國家跨國企業主導的國際經貿格局蔚為風潮，即大量製造業集中於中國大陸，品牌行銷或通路運籌則由跨國企業負責。由於中國大陸聚集國際供應鏈，也成為全球產業分工體系的核心。在此結構下，中國大陸向其他國家出口中間產品，與其他國家供應鏈高度鏈結。疫情爆發後，中國大陸率先大規模封城停工，國際航運等物流中斷，衝擊

全球供應鏈，這使得美、歐、日等先進國家紛紛考量將供應鏈移出中國大陸，擺脫對中國大陸的依賴，從而引發更大幅度的供應鏈調整。

　　以歐盟作法來看，歐盟執委會（European Commission）每 3 年對其關鍵原材料供應清單進行審查[3]。原材料的經濟重要性與供應風險，是歐盟判斷其是否為關鍵原材料的兩大依據，經濟重要性主要考量原材料在工業應用中的配置與最終用途；供應風險則聚焦在全球原材料生產地集中度、歐盟採購來源集中度、供應國的治理環境、歐盟對進口的依賴度等。

　　European Commission（2020）發布 Critical Raw Materials Resilience 報告，總共挑選出歐盟關鍵原材料清單共 30 項原物料，其中揭明許多關鍵原材料的供應高度集中在特定國家，有其供應風險。其中，中國大陸占歐盟稀土（Rare Earth Elements, REE）供應比重達到 98%，廣泛應用於冶金、石化、玻璃陶瓷、基礎電子材料，以及通訊、電腦、醫療、光電、能源材料、電動車、航太科技、無人機和飛彈等高階科技領域，成為影響各國先進製造的關鍵元素。附表 1 即參考該份報告整理出中國大陸做為關鍵原材料主要生產國或歐盟主要供應國達 50% 以上者，可發現中國大陸因天然資源豐沛，在多項原材料均扮演相當重要角色。無疑，該報告提供歐盟進行關鍵原材料的供應鏈多元化與重組的依據，以因應各類突發的政治或貿易問題引起的原材料供給斷鏈。多元化發展關鍵原材料供應來源，藉此形成新的供應鏈結構成為許多全球經濟體需要發展的重要策略。同樣的，美日稀土來源分別 80% 與 58% 仰賴中國大陸，現正試圖減少對中國大陸稀土的依賴（楊明娟 2021; 王毓健 2021）。

　　中國大陸不僅在上游的關鍵原材料居重要地位，在下游的重要商品與服務供應表現亦日益突出。根據日本經濟新聞社所執行的「主要商品與服

---

3 該份清單最早於 2011 年公布，過去歷次分別於 2014 年、2017 年進行更新。

務份額調查」顯示（NIKKEI 2021），中國大陸在 2020 年有 17 個產品品項在全球份額位居首位（2019 年為 12 個），其中有 12 個品項占據 3 成以上的份額（詳見附表 2）。顯示疫情爆後中國大陸產品地位不退反進，在全球商品與服務市場的重要性仍在提升。

三、疫情後各國政策均更強調供應鏈安全性

美中貿易戰升高全球供應鏈的不確定與風險，並擴大轉單效應；疫情後更帶給全球經濟的重大啟示，預警全球化崩塌的可能性。除思考與中國大陸脫鉤或分散風險的重要性，也促使各國政府亟思設法引導廠商回流，藉以有效掌握供應鏈的穩定。尤其各國意識到自身有許多重要產品供需過度仰賴中國大陸，疫情使各國重新反思全球化，尤其聚焦「與中國脫鉤」的議論，與中國大陸供應鏈脫鉤的聲浪日益高張。

全球產品供應鏈日趨複雜化、網絡化的趨勢，反而導致各國對風險的抵抗能力降低，犧牲經濟穩健性成為提升生產效率的代價。此次疫情衝擊供應鏈斷貨的經驗後，許多國家察覺依賴單一供應來源潛伏高度風險，從而引發各國調整關鍵產業的供應鏈進程。

調整供應鏈的作法，除產能多元布局外，如何加重衡量政治因素，也成為國際分工新原則。國家和企業在評估跨國經濟分工時，將更加重視制度和政治等影響，這顛覆了當前經貿全球化的基本邏輯—資源分配效率優於一切。加速建置多元生產基地與分散市場，同時強化關鍵零組件在母國生產的備援能量。此將形成雙源採購模式，於境內外同設立供應基地。尤其，跨國企業長期高度依賴中國大陸為其生產基地，現多已正視投資再布局的必要，突顯出「供應來源穩定」與「成本效率優勢」同等的重要。

由各國供應鏈調整戰略來看，疫情過後突顯全球供應鏈的脆弱性，這些供應鏈不僅包括藥品和重要的醫療用品，也包括重要礦物。對此，Nakano（2021）於美國戰略與國際研究所（CSIS）整理關鍵礦物儲藏、分布和供應鏈的情勢，指出中國大陸在全球關鍵礦物供應鏈占據著統治性地位。為此，包括美國、歐盟、日本、印度、澳洲等國均在近年強化其關鍵礦產和材料供應鏈戰略。映證了確保供應鏈的安全，不僅意味著取得這些礦物的安全性，更牽涉一個國家在先進技術製造業（如電動汽車）中保持或增強競爭力的能力。

其中供應鏈調整又以美國態度最為積極，拜登總統就職後旋即於 2021 年 2 月 24 日簽署《美國供應鏈》（Executive Order on Americas Supply Chains）之行政命令，其主要有兩大任務：一是在行政命令發布後的百日之內，針對半導體、高容量電池、關鍵礦產、藥品等四類產品進行「供應鏈風險審查」（review of supply chain risks），以掌握美國關鍵產業供應鏈的弱點。二是鎖定國防工業、公共衛生、資通訊技術、能源、運輸、農產品與食品生產等六大領域，進行為期長達一年的「產業部門供應鏈評估」（sectoral supply chain assessments），以確保關鍵產品的對外依賴程度並提升供應鏈多元化。拜登和國會 2021 年 6 月已經啟動晶片、鋰離子電池與其他關鍵供應鏈調整，驅動製造回流於供應鏈領域和中國大陸競爭的決心。其中白宮指派美國貿易代表處（United States Trade Representative, USTR）統籌成立「供應鏈貿易突擊工作小組（supply chain trade strike force）」，追蹤導致美國特定產品供應鏈空心化的具體貿易違規行為（Hunnicutt and Martina 2021），並授權該工作小組透過關稅工具和其他貿易補救措施加以糾正，以對抗外國對美國的不公平貿易行徑。

疫情後導致的供應鏈緊張，也促使國際上重要國家透過合作和結盟以確保本國的供應鏈安全。美國、日本、印度與澳洲四國領導人，在 2021

年 3 月舉行「印太戰略」（Indo-Pacific Strategy）推動以來首屆的「四方安全對話」（Quad）領袖會談，會中除討論氣候變遷、疫情、朝鮮核問題等全球危機，更就新冠肺炎疫苗的生產、供應鏈、關鍵新興科技領域的合作達成初步共識，並決定成立科技工作小組以檢視半導體供應鏈狀況。其後日、韓兩國元首分別赴美商談合作細節，其中的關鍵正是半導體科技合作，南韓政府更表態三星電子要在美投資 170 億美元興建晶圓廠，以及 SK 海力士將於美國矽谷投資 10 億美元成立覆蓋人工智慧、記憶體解決方案的新興產業研發中心。

根據以上趨勢，各國政府不僅鼓勵企業將供應鏈撤出中國大陸、降低本國產業對中國大陸的依賴，且鼓勵本國企業回流，確保國家能全權掌握關鍵物品的供應來源。為確保國內需求取得滿足與穩定供應，向來講求經貿自由的西方國家，預期也將因此更加重視落實工業政策和產業發展政策的必要性。

參、中國大陸穩定產業供應鏈之戰略回應

承前所述，受美中貿易衝突擴及科技和非傳統安全領域，雙方的分化脫鉤仍在持續，且在疫情過後因經濟安全考量，恐加速供應鏈分流趨勢。為穩定中國大陸內部供應鏈，中方亦提出多項政策以回應之。

一、「雙循環」與新基建：由外向內，脫虛向實

為因應中國大陸經濟結構轉變、經濟全球化逆流，單邊保護主義上升，以及肺炎疫情加重弱化國際經濟循環。習近平於 2020 年 5 月提出「雙循環」戰略，欲透過強化國內經濟大循環，增強經濟發展韌性，藉以帶動國際經

濟循環，以國內需求支撐國內與國際經濟循環（人民網 2020a）。「雙循環」
於中共 19 屆「五中全會」公報再次提出（人民日報 2020），強調要以國
內大市場優勢，堅持擴大內需戰略，全面促進消費，拓展投資空間。

　　策略上以需求面來看，中國大陸加快擴大內需有其壓力，尤其是疫情
過後其國內消費始終難以有效提振（楊興 2021, 20-21），就業形勢嚴峻，
中等收入群體縮水，社會階層差距擴大，使得中國大陸的社會結構穩定性
面臨挑戰（李強、安超 2021, 35-46）。另，中國大陸在城鎮化亦尚有發展
潛能，隨著城鎮人口增加，將可結合新基建、數位經濟、製造業轉型升級、
實施棚戶區改造等，進而帶動公共服務與公共設施項目的投資，拓展服務
消費水準空間。

　　觀察近年來中國大陸消費發展情勢，從需求支出面來看，拉動中國大
陸經濟成長的最終消費支出、資本形成總額及淨出口等三駕馬車中，最終
消費支出做為主要驅動力的比重日益提高（詳圖 1）。其中，2020 年居民
消費率為 38%，遠低美國的 70%；中國大陸最終消費支出（2020）占 GDP
的 54.3%，投資占比依然較高。近期在居民槓桿過高、房價過高、經濟形
勢下行、財富效應消失的背景下，居民消費降級，需要提高居民收入分配
占比、提高民生社保財政支出解除後顧之憂、通過政府再分配降低收入差
距、通過放寬市場准入和競爭增加優質產品和服務供給，藉以促進居民消
費。

　　雙循環則強調「內部市場」的一致性，特別是以「海南」改革作為重
點，處理「降低稅賦」與「簡化稅賦」問題，即以海南為試點，推行到其
他各地區。在進一步優化營商環境後，將持續提升投資建設便利度，優化
再造投資項審批流程，簡化企業生產經營審批和條件，降低市場准入門檻。

圖 1：中國大陸消費、投資、淨出口占 GDP 的比重變化

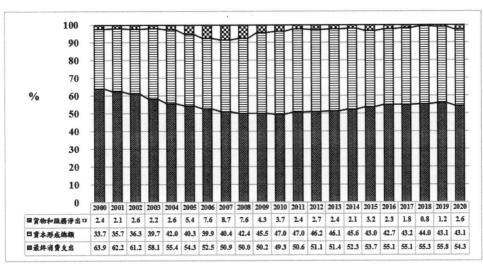

	2000	2001	2002	2003	2004	2005	2006	2007	2008	2009	2010	2011	2012	2013	2014	2015	2016	2017	2018	2019	2020
貨物和服務淨出口	2.4	2.1	2.6	2.2	2.6	5.4	7.6	8.7	7.6	4.3	3.7	2.4	2.7	2.4	2.1	3.2	2.3	1.8	0.8	1.2	2.6
資本形成總額	33.7	35.7	36.3	39.7	42.0	40.3	39.9	40.4	42.4	45.5	47.0	47.0	46.2	46.1	45.6	43.0	42.7	43.2	44.0	43.1	43.1
最終消費支出	63.9	62.2	61.2	58.1	55.4	54.3	52.5	50.9	50.0	50.2	49.3	50.6	51.1	51.4	52.3	53.7	55.1	55.1	55.3	55.8	54.3

資料來源：整理自 CEIC Data（https://www.ceicdata.com/en）。

　　另在科技發展戰略方面，則提出堅持創新在國家現代化建設全局中的核心地位，把科技自立自強作為國家發展的戰略支撐，面向世界科技前沿、面向經濟主戰場、面向國家重大需求、面向人民生命健康，深入實施科教興國戰略、人才強國戰略、創新驅動發展戰略，完善國家創新體系，加快建設科技強國。要強化國家戰略科技力量，提升企業技術創新能力，激發人才創新活力，完善科技創新體制機制。

　　在強化供給方面，中國大陸倡導「科技自立自強」，將推進尖端技術的自主化。中國大陸同時也將推動「新基建」，提升產業鏈供應鏈現代化水平[4]。此將成為中國大陸未來 10 年發展基礎與重點，可能成為未來推升經濟成長的新動能。據《新基建發展白皮書》指出，「新基建」主要涵蓋三個層面：一是資訊基礎設施，即利用資訊技術演化生成的設施，如

4　引述安德思資產管理公司前 ECO Brock Silvers 觀點。

5G、物聯網（IoT）等通訊網路領域，以及雲端運算、區塊鏈等新技術。二是融合基礎設施，主要是指深度應用、大數據、人工智慧（AI）技術，支撐傳統基礎設施轉型升級，進而形成的融合基礎設施，例如智慧交通基礎設施、智慧能源基礎設施等。三是創新基礎設施，藉由科學研究與技術開發具有公益屬性的基礎設施，例如科教基礎設施。據此，新基建可歸納為 5G 基站建設、特高壓、城際高速鐵路與城際軌道交通、新能源汽車充電樁、大數據中心、人工智慧（AI）、工業互聯網等 7 大技術領域。

　　綜觀中國大陸在「十四五」計畫的雙循環基礎上，後續將會提出一系列對外經貿開放政策與強化內需政策，並結合進口博覽會的能量，盡可能活化其內部市場，藉由進口多樣化來提振內部需求，成為擴大內需與促進內循環的重要驅動能量。進口博覽會將可透過廠商間的供應鏈採購關係，建立各國與中國大陸的長期經貿對話機制與管道。預期未來進口博覽會將根據全球產業局勢，每年針對重要產業與主題作為會展活動重要焦點，以此展開國內外廠商的交流，促進中國大陸內需市場對接全球最新產業潮流，持續將新興技術與產品引入中國大陸市場。

二、強化對外貿易制裁工具

　　近年來，除美國強力鎖定中國大陸進行貿易與科技制裁外，日本、德國、印度及澳洲等主要國家亦紛紛透過修法，加強對中國大陸企業投資和併購的審查，防止本國技術外流危害到國家安全。特別是全球肺炎疫情爆發後，為防疫情擴散，各國政府限制人員流動，全球供應鏈流動受阻，導致各國企業營運困難。另為防止中國大陸企業趁機收購受疫情衝擊的企業，許多國家再度擴大限制相關法令。

　　對因應前述情勢，中國大陸商務部也於 2020 年 9 月 19 日公布實施《不可靠實體清單規定》，被列入不可靠實體清單的外國實體，將禁止在陸從

事的活動包括進出口、出入境、投資、停留工作等，已遠超出傳統出口管制的範疇，接近於經濟制裁黑名單的範圍，但截至目前尚未發布具體的企業名單。

此外，中國大陸人民代表大會常務委員會於 2020 年 10 月 17 日表決通過《出口管制法》[5]（人民網 2020b），加強和規範出口管制。關於總體國家安全，認定共包含 11 個領域，分別為政治、國土、軍事、經濟、文化、社會、科學與科技、資訊、生態環境、資源及核能。藉由融入上述「國家安全」的界定於《出口管制法》的核心概念之中，使其得以間接擴充法律適用範圍，同時也給予中國大陸政府更多解釋與裁量空間。

值得注意的是，《出口管制法》與《不可靠實體清單規定》存在交互影響關係，將擴大其對美國或是其他國家技術轉讓限制的制衡成效。歸納其具體影響可能包括：首先，以國家安全和利益為立法宗旨，中國大陸政府強化其出口管制的裁量性與懲罰空間。其次，法規將原始碼、演算法等數據被列為管制物項，甚至可能擴大範圍至 5G、量子通訊等技術的出口或轉讓，此舉可能對美國科技業產生恫嚇效果。其三，需注意違反《出口管制法》而危及中國大陸國家安全與利益的組織或個人，即便位於中國大陸領域之外，仍可能面臨訴訟或罰款。其四，依規定國家出口管制管理部門可對管制物項出口目的國家和地區進行評估，確定風險等級，採取相應的管制措施。

而基於前述法律基礎，2021 年 1 月 9 日，商務部再頒布《阻斷外國法律與措施不當域外適用辦法》，用以對外彰顯中國大陸政府反對保護主義、單邊主義的立場，也為受到外國法律與措施不當域外適用的公民和企業，提供實際的救濟管道。而後 2021 年 6 月 10 日再提出《反外國制裁法》，

---

5 當前《出口管制法》並未明文規定任何需管制出口的產品，而是明確出口管制清單制度，讓相關機關據此列舉清單並公告之。

表明中國大陸政府有關部門可以決定將直接或間接參與制定、決定、實施
歧視性限制措施的個人、組織列入反制清單，具體反制措施包括不予簽發
簽證、不准入境、查封、扣押在中國境內的動產、不動產等。

　　綜合中國大陸強化其法律制裁工具的可能影響，或將進一步裂解全球
產業供應鏈布局。原因如下：首先，因中國大陸得以國家安全為由進行出
口管制，並賦予自身解釋權及裁量權，恐限縮部分產業之貿易與供應鏈運
作。尤其，技術資料與數據列為出口管制物項，將提升各國未來尋求中國
大陸技術或數據轉移的難度。不僅如此，中國大陸掌握部分產業的關鍵技
術，舉凡 5G、AI 與商業服務等領域，增添不少談判籌碼。其三，涉及與
中國大陸營商的企業，遭受牽連最為明顯。由於中國大陸法律追訴範圍可
及於境外，因此相關組織與個人均有可能面臨訴訟與裁罰。因此，預判相
關實體一旦涉及美中貿易與科技戰，其產業供應鏈與技術運用或面臨「選
邊站」的風險，疊加疫情催化，全球供應鏈區域化速度將加快發生。

　　除了前述追求科技自主創新與制定法律予以反制外，亦可觀察中國大
陸近期在關鍵領域試圖與美方資金脫鉤等作為，藉以避免在美中博弈過程
中處於被動。具體案例如全球最大叫車平臺「滴滴出行」，赴美上市後兩
天即遭到中國大陸監管部門叫停。陸方政府監管舉措意在警告民間企業對
國家保持忠誠，更重要的是主動與美國進行部分金融脫鉤，或意味著中國
大陸大型企業赴海外，特別是美國上市的難度將有所提高，此舉或可視為
啟動關鍵部門與美國金融市場脫鉤的訊號，目的係想藉由降低中國大陸科
技業對美國的籌資依賴，迫使本土企業在境內上市並撤回國內發展，進一
步強化國家機器對於本國高科技產業及關鍵技術領域，如再生能源和電動
車的監管，實現「經濟自主」的目標。

肆、疫情對兩岸貿易地位變化

從時間維度看，疫情對全球產業鏈的衝擊可劃分為三個階段：第一階段從 2020 年 2 月初到 3 月上旬。疫情首在中國大陸境內爆發，鑑於中國大陸以中間品為主的貿易結構，這一階段中國大陸境內企業的停工和物流受阻，不僅使企業自身面臨供應鏈地位被替代的風險，也會透過跨國貿易上的鏈結影響他國，引發全球供應鏈的局部斷鏈風險。第二階段從 2020 年 3 月初至全球疫情得到基本控制。疫情的全球蔓延，使美歐日韓的一些跨國公司停擺，海外供應鏈出現梗阻與需求回落，表現為滯銷與斷供的雙重風險，全球產業鏈的問題從供給端轉向供需兩端。目前，全球疫情蔓延不僅沒有緩解跡象，而且呈現不斷加重的趨勢。

隨著疫情的持續發展，眾多國家、行業受到極大衝擊，全球產業鏈的斷鏈風險持續升級。第三階段是後疫情時代。疫情平息後，跨國公司出於供應鏈安全考慮，避免在一國生產過度集中化的風險，將增加或替換其供應商和採購商，調整全球投資布局，從而導致供應鏈結構和關係的深層次變革，對全球產業鏈帶來深遠影響。

新冠疫情通過連續三個階段的發酵，將誘發連鎖性的「次生災害」，對全球產業鏈協作產生多維度、全方位的影響。由於全球產業鏈涉及大量中間品的多次跨境流動，當前疫情既衝擊全球產業鏈的供給側，也涉及中間品需求，隨著時間的推移，又波及終端消費和產業鏈投資，最終進一步制約供給側，引發連鎖震盪。在供給層面，由於疫情在工業大國迅速蔓延，疫情嚴重國家的產能缺口衝擊全球生產體系，導致其他國家獲得工業必需品投入的難度更大、成本更高，直接阻斷了正常的生產活動。在需求層面，疫情帶來的各國經濟嚴重衰退，全球需求市場急劇萎縮，成為全球產業鏈面臨的重要挑戰。

一、疫情期間我國對全球與對陸港貿易趨勢發生背離

　　兩岸經貿熱絡度於疫情期間不降反升，逆勢成長超乎預期，探究其原因有許多環境條件所致。圖 2 為臺灣對全球及中國大陸（含香港）的出口值與成長率，柱形圖為各月出口值，折線則是當月的出口成長率變化。在 2020 年 3 月前，二條折線相近且幾乎呈現同方向變動，意味著我國對全球出口與對陸港出口的成長率，呈現出同步增減趨勢。但在 2020 年 3 月後，我國對陸港的出口成長率快速提升，惟對全球出口成長率則停滯下滑，始終低於對陸港的出口成長。此現象直至 2021 年 4 月才再度轉變，以後我國對陸港出口金額雖維持高檔，但成長率已低於我國對全球出口成長。

　　回溯 2020 年 3 月至 2021 年 4 月之間，之所以出現上述反差現象，原

圖 2：臺灣對全球、中國大陸（含香港）出口總額與成長率

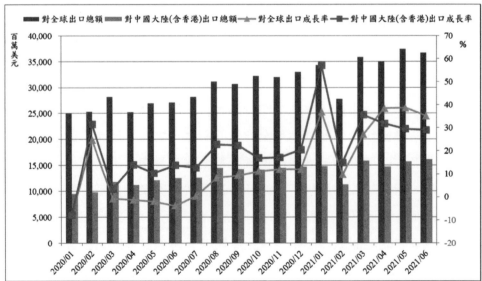

說明：各月份成長率彼此並無關聯性，加上折線係為讓讀者更清楚觀察各月成長率之變化轉折。

資料來源：中華民國財政部（2021）。

因有二，一是受到國際與兩岸疫期高峰期落差的影響。2020 年 3 月後，由於中國大陸疫情趨於平穩，浮現存貨回補以及訂單追加等現象，故拉高兩岸貿易值。反之，同期日、韓、歐美、東協等區域疫情正值高峰，國際多處封城停工，致使我國整體對外貿易萎縮不振。

原因之二，係美中貿易戰持續加徵關稅及科技戰因素影響，造成陸方「去美化」擴大對臺採購，亦是推升兩岸貿易的重要原因。尤其受美中科技戰衝擊，美國對陸進行多項科技產品出口管制，迫使跨國供應鏈分流，陸企面臨「去美化」壓力，從而增加對臺採購（備貨），因應未來缺料風險。

進口方面（見圖 3），我國自全球與陸港的進口成長率，大致呈同方向變化，差距較大落在 2020 年 3 月～ 2021 年 2 月期間。主要原因也是受國際疫期高峰期落差所致。需強調的是，這段期間我國自陸港進口成長率

圖 3：臺灣自全球、中國大陸（含香港）進口總額與成長率

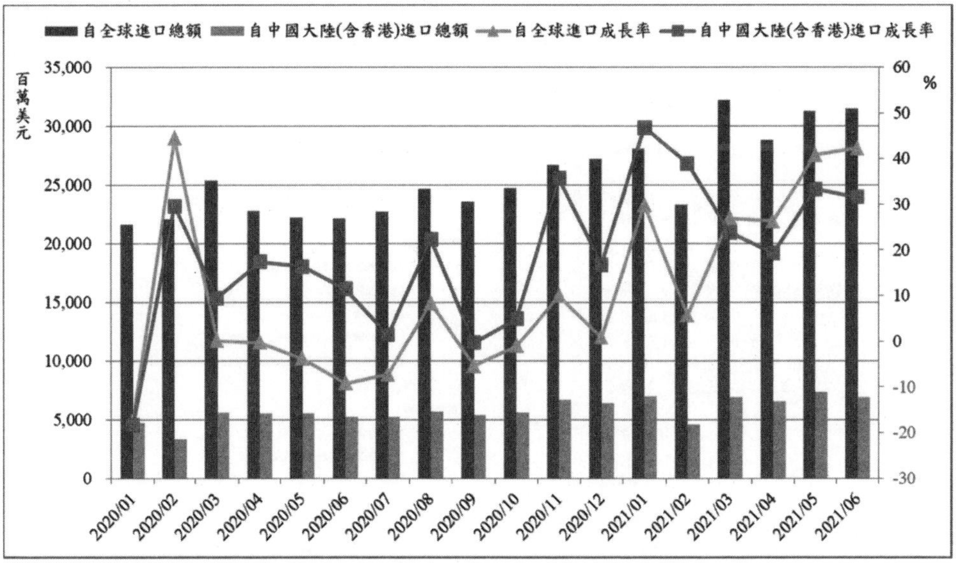

說明：各月份成長率彼此並無關聯性，加上折線係為讓讀者更清楚觀察各月成長率
　　　之變化轉折。
資料來源：中華民國財政部（2021）。

始終高於自全球進口成長率。主要緣於美中貿易戰加徵關稅與科技管制，迫使在陸臺商回流與外企相繼外移。我國製造業臺商回臺擴增產線，亦提升自陸進口中間財零組件進口的需求。

二、疫情期間我國對陸港貿易成長集中少部分特定產品

在細項產品方面，我國對陸出口受美中貿易戰影響，2020年高度集中於積體電路這單一品項，遠高於其他出口產品。2020年全年，我國積體電路出口陸港與上年同期相比成長 26.6%，占我國對外出口總值比重趨近一半（49.55%），成為拉動我國對陸出口成長主因（參見圖4）。而積體電路在 2020 年對陸港出口成長原因，主要受美國出口（華為）禁令影響，

圖4：臺灣出口中國大陸（含香港）之貨品細分類

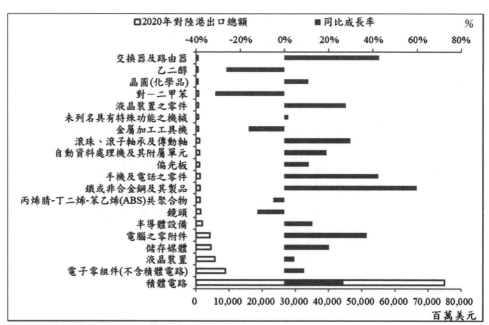

資料來源：中華民國財政部（2021）。

加大對臺採購提升備貨所致，同時也受中國大陸發展 5G、AI 及高階科技產品，以及疫情衍生零接觸遠距需求提升等因素帶動。

　　觀察出口面細項產品可知，帶動對陸出口成長品項即是以積體電路為主；反之，其餘多數產品如石化、機械產業對陸出口仍呈衰退，係受美國對陸出口管制。例如，臺積電已表明自 2020 年 9 月 15 日後不再供貨華為，故陸方急單採購備貨，衝高短期貿易值。

　　另觀察進口陸港產品主要集中於筆記型電腦零附件、半導體設備（如檢測半導體晶片儀器）、記憶體零組件等產品，同樣的 2020 年全年積體電路自陸港進口與上年同期相比成長 11.7%，占我國總體進口比重逼近四分之一（23.86%）（參見圖 5）。

圖 5：臺灣自中國大陸（含香港）進口之貨品細分類

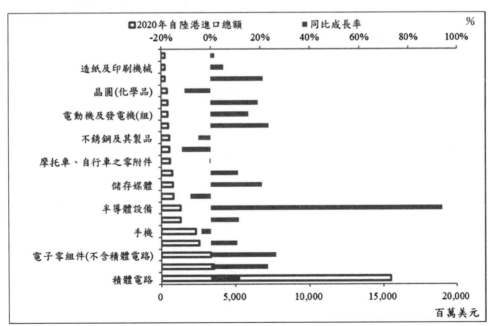

資料來源：中華民國財政部（2021）。

　　上述現象顯示：美中科技戰後，陸方對我科技產品如積體電路產品具高度需求。另一方面，貿易戰推動供應鏈分流壓力下，臺商將製造產線遷移回臺，或搭配國際情勢變化搬遷供應鏈至第三地，長期有助分散海外市場與貿易地區，降低對單一市場之依賴，對於我國提升經貿自主性有所助益。即便自陸進口成長較明顯的品項來看，多屬於中間財零組件，顯示臺商回臺擴產為現在進行式，從而帶動大量自陸進口值，此為廠商搬遷產線的必要過程。

三、疫情後兩岸於全球的貿易地位變化

　　接下來本研究運用社會網絡分析法（Social Network Analysis, SNA），檢視疫情對兩岸於全球貿易網絡地位之變化。對比疫情爆發前（2018 年）與爆發後一年（2020 年），全球前 50 大貿易國家其出口貿易規模與出口連結對象之改變，藉以量化顯示其網絡地位之變化差異。本研究涵蓋美、中、臺等 50 大貿易國家的貿易規模已占 2018、2020 年全球貿易量的74%、77% 以上，具備足夠代表性。

　　運用社會網絡分析理解國際貿易，在於跳脫傳統國際貿易理論強調比較利益與市場競爭的分析傳統，著力於網絡合作樣態的描述。尤其現今全球產品生產分散化，透過中間財與最終財貿易組成全球生產網絡。參與全球價值鏈分工的國家可以視為全球生產網絡中的「節點」，而兩國間的貿易流量，則可視為生產網絡中的「連線」，而有方向性的貿易流動可將個別分散生產整合成具有向性的附加價值網絡（Amador and Cabral 2017, 1291-1313）。

　　本文特別挑選 2018 與 2020 兩個年度，全球前 50 大貿易國家的對外貿易數據來源，則取自世界貿易組織和聯合國貿易與發展會議的附屬機

構所建構之貿易資料庫（International Trade Centre，簡稱 ITC），選取統計軟體 Ucinet 6.733 版為分析工具。以社會網絡分析的結構洞（structural holes）模型與「點度中心性」（degree centrality）為觀察指標，探索貿易國家的網絡地位變化。

　　概念上，網絡是機會與限制的結構組合（Burt 1992），據有結構洞的個體扮演橋樑或鏈結的角色，能將社會關係網絡中不直接或間接連接的個體連結起來，藉以獲取資訊與控制優勢。具體而言，據有結構洞的個體享有掌握機會並參與分配的資訊先機優勢，掌握資訊多樣即是左右競爭對手的能耐效益。套用於貿易網絡結構來看，由於部分國家間缺少直接的貿易聯繫，故仰賴聯繫兩者的「中間國」做為橋接，其在貿易關係網絡中便占據結構洞，預期可從國際貿易網絡中獲取利益與影響力的機會與潛能。本研究主要透過參與貿易網絡國家的「網絡限制度」與「網絡有效規模」兩指標，測量網絡中擁有較多結構洞的國家，藉以確認其為貿易網絡中的橋接國或核心國。如果參與貿易網絡國的網絡限制指標數值愈小，其存在結構洞的可能性愈大；同時其網絡有效規模愈大，代表其網絡的重複程度越小，存在結構洞的可能性也較大。

　　至於網絡「點度中心性」則為社會網絡分析最常見的衡量標準，具有廣泛的應用性，可反映行動者在網絡結構圖中的優勢或位置的差異程度。度（degree）就是指該節點與其他節點直接連接的總數。本研究藉由網絡中的連接數判斷各成員國在網絡中所處中心位置，即一個國家與其他國家貿易鏈結的總和，可藉以說明該國家在網絡中與其他成員國之間的聯結程度，聯結愈多，代表該國家處於網絡愈中心的位置。而其中因貿易流量本身具有方向性，又可再分為點入中心度（In-degree）反映一國受他國貿易的影響程度，以及點出中心度（Out-degree）反映一國對他國貿易的影響程度。

　　首先，由表 1 可發現中國大陸於 2018 與 2020 兩年度的網絡有效規模居首，且在疫情爆發後，其網絡有效規模指數持續擴大。相對的，中國大陸的網絡限制度指標於 2018 ～ 2020 年網絡限制度指標也進一步縮小。此

表 1：貿易網絡有效規模變化前 23 大貿易國（2018 與 2020 年）

年	2018		2020		2018~2020 變化	
	網絡有效規模	網絡限制度	網絡有效規模	網絡限制度	網絡有效規模 *	網絡限制度
中國大陸	40.62	0.18	41.36	0.17	0.731	-0.010
臺灣	32.62	0.35	33.12	0.38	0.497	0.024
瑞士	35.64	0.25	35.98	0.26	0.334	0.010
羅馬尼亞	38.06	0.29	38.36	0.29	0.305	-0.002
以色列	31.60	0.27	31.87	0.27	0.272	-0.001
葡萄牙	38.90	0.31	39.16	0.30	0.263	-0.002
匈牙利	36.76	0.32	37.00	0.32	0.240	-0.002
法國	37.66	0.23	37.90	0.24	0.239	0.002
捷克	35.80	0.36	36.02	0.35	0.223	-0.005
摩洛哥	38.43	0.27	38.62	0.27	0.192	-0.001
加拿大	29.33	0.70	29.42	0.67	0.099	-0.029
義大利	37.95	0.23	38.02	0.23	0.078	0.004
埃及	36.53	0.21	36.59	0.22	0.056	0.015
丹麥	37.34	0.27	37.36	0.27	0.022	-0.002
英國	36.47	0.23	36.47	0.23	-0.002	0.004
比利時	37.49	0.26	37.43	0.26	-0.059	0.001
波蘭	36.62	0.31	36.54	0.31	-0.078	0.001
瑞典	37.59	0.25	37.48	0.25	-0.110	0.000
巴基斯坦	31.31	0.31	31.16	0.32	-0.149	0.013
西班牙	38.90	0.23	38.75	0.23	-0.157	0.002
德國	39.99	0.17	39.83	0.17	-0.161	0.005
荷蘭	36.73	0.24	36.57	0.24	-0.161	0.005
美國	39.61	0.19	39.44	0.19	-0.173	0.004

註 *：本表按 2018~2020 年網絡有效規模變化大小排序。
資料來源：本研究計算。

意謂著，爆發疫情並未對中國大陸於全球貿易網絡的中心地位造成影響，反而進一步上揚。相對的，美國於全球貿易網絡的中心地位反有滑落的現象。美國貿易網絡有效規模指數由 2018 年的 39.61 下降 0.173 單位，降至 2020 年的 39.44。相對的，其網絡限制度反而略上揚 0.004 單位。意味著美國於全球貿易網絡的結構洞縮小，其全球貿易網絡中心地位相對下降。值得關注的是，包括英、日、韓等大部分國家的全球貿易網絡結構洞地位均有相對下降，有著中心地位滑落的共同趨勢。然而，2018～2020 年間，臺灣的網絡有效規模擴大，但其網絡限制度也同時上升，此限制度意指該國在網絡中運用結構洞的能力限制，數值介於 0 到 1 之間，愈小代表限制愈小，但臺灣在疫情後限制度有所增加，顯示我國貿易網絡地位變化趨勢在規模效率層面雖有改善，但限制度卻也同步增加。

　　另由全球貿易網絡的點出中心度（OutDeg）和點入中心度（Indeg）的概念來看，可用以投射在該國出口面和進口面的貿易能量變化，點出中心度反映的是該國家貿易的向後關聯，也就是出口能量的變化；反之點入中心度係該國家的向前關聯，反映的是進口能量的改變。因此，比較疫情前後，中國大陸的點出度進一步提升 4%，但因疫情重創其內需動能，致使中國大陸在疫情後點入度減少 1%。美國部分則是在疫情後出口與進口兩方面貿易動能雙雙下滑。但臺灣進出口動能都同步上揚，尤其受到疫情、貿易戰與政策激勵，產線回臺帶動進口提升，點入度在疫情後增加 6%。

　　美中兩國在出口貿易關聯網絡中處於核心地位，分別發揮著「樞紐」作用與角色。美國享有龐大的消費與進口市場，參與國際分工網絡；中國大陸則運用其生產資源的規模優勢，形成中國特色的加工貿易基地。由於疫情過後，兩岸能及時有效管控疫情，保持製造產線與經濟運行，得以維繫其國際貿易順暢，進而提高兩岸於貿易網絡的地位；然而，美中貿易戰形成各項貿易與科技管制，臺灣的產業貿易不免受到牽制，以致於在全球核心地位的提升並不確定。

表 2：貿易網絡點出與點入中心度前 23 大貿易國（2018 與 2020 年）

	2018		2020		2018~2020 變動率	
	OutDeg*10^7	Indeg*10^7	OutDeg*10^7	Indeg*10^7	OutDeg*	Indeg
越南	22.1	24.9	26.2	27.3	19%	10%
臺灣	32	23.6	33.6	25.1	5%	6%
中國大陸	220	160	229	158	4%	-1%
澳洲	19.3	20.1	20.1	18.2	4%	-9%
瑞士	28.3	22.9	29	23.4	2%	2%
香港	54	65.4	52.5	57	-3%	-13%
波蘭	22.4	24	21.8	23.6	-3%	-2%
墨西哥	41.4	41.4	39.3	34	-5%	-18%
新加坡	34.4	27.8	32.6	25.9	-5%	-7%
馬來西亞	22.5	19.8	21.4	18.4	-5%	-7%
荷蘭	51.2	55.6	48.2	49.2	-6%	-12%
泰國	22.2	19.4	20.8	17.1	-6%	-12%
比利時	28.4	34.1	26.5	30.8	-7%	-10%
義大利	45.9	41.4	42.3	35.5	-8%	-14%
西班牙	29	31.6	26.3	27.1	-9%	-14%
德國	133	102	118	94.3	-11%	-8%
日本	68	54.2	59.9	49.1	-12%	-9%
美國	150	222	130	215	-13%	-3%
加拿大	43.6	43.9	37.7	39.4	-14%	-10%
韓國	55	41.4	46.9	39.2	-15%	-5%
法國	50.1	57.9	42	50.5	-16%	-13%
英國	40.8	56.5	32.3	54.6	-21%	-3%
俄語	35.1	18.2	26	17.5	-26%	-4%

註 *：本表按 2018~2020 年點出度（OutDeg）變化大小排序。

資料來源：本研究計算。

伍、結論

一、疫情衝擊疊加貿易戰，轉變各國政府政策思維

本次疫情下，先進國家將轉型成為更強有力的大政府，各國紛紛啟動調整關鍵產業供應鏈的進程。同時，政府開始指定部分對國家安全至關重要的戰略產業成為其國內備援計畫的一環；干預關鍵產業的發展，引導、鼓勵甚至強迫戰略性產品返回本國生產，或要求其遷到可以信任、能夠控制或基本價值觀相同的地區。這些舉措恐導致企業獲利能力下降，但有助於提升供應穩定性。

當前各國已強化保障關鍵物資的自主製造能力，藉以滿足在衝突和緊急時期的需求。優先加速如醫藥及各種戰略產業回流，並透過稅收獎勵、優先採購和其他長期政策，降低現行全球化漏洞為國家利益帶來的風險。此將確保本國的長期經濟發展能擺脫，且獨立於其他國家的桎梏。值得注意的是，各國產業未必追求的是完全脫離中國大陸，也未必全然改變追求低成本高效率的經濟原則。疫情迫使更多企業需兼顧供應來源的安全，並以減損部分效率為代價。各國政府也進行干預，制定戰略性產業的國內後備計畫和儲備（Allen et al. 2020）。

尤其在疫情嚴峻時刻，多元風險常態化，全球未來成長動能有減弱趨勢，各國國內產業是否擁有關鍵產業或攸關國家安全的產業發展基礎與生產量能，以便在未來類似新冠肺炎等重大危機出現時，能夠迅速調整產業以滿足國家之需要，成為當前各國在疫情後亟於建構的產業安全防衛網。

二、中國大陸面對國際圍堵力求突破

承上政策思維，中國大陸於 2021 年進入「十四五」規劃期間，為因

應疫情與美國科技圍堵，中國大陸積極強化其法律與貿易制裁工具，藉以嚇阻企業及資金的外流。同時強調產業鏈供應鏈「自主創新與風險可控」能力，實施產業基礎再造工程，尤其是關係國安領域和節點構建自主可控、安全的國內生產供應體系。預判中國大陸政策將大舉融合在陸臺、外資的供應鏈，進一步納入其產業鏈之中。

策略上，推動「雙循環」戰略與「新基建」，在「十四五」規劃納入旨在爭奪高科技主導權的產業政策；特別將半導體和 AI 定位為戰略性科學領域，提出建立不受外國制裁影響的自主供應鏈。另將實施產業競爭力調查和評價工程，目標為增強產業體系抗衝擊能力。提升企業技術創新能力，加強供應鏈的核心技術，推動產業鏈供應鏈多元化，並大力鍛造產業鏈供應鏈優勢，鞏固提升優勢產業的國際領先地位，持續增強高鐵、電力裝備、新能源、通信設備等領域的全產業鏈。另亦將藉由內需市場優勢，培養自身優質陸資企業，同時加速推動新型城鎮化，並帶來城市群發展，進而催化新投資機會。城鎮人口增加結合新基建（5G、AI、物聯網等）、數位經濟、製造業轉型升級、實施棚戶區改造等，帶動公共服務和公共設施領域的投資，拓展服務消費水準空間。

上述趨勢或將促使中國大陸引導在陸臺、外商的營運重心，轉向開發當地市場，並運用市場力量引導臺商往新興領域發展。臺商於中國大陸的營運模式，將隨著中國大陸經濟結構與高端消費內需市場的興起，產生顯著轉變，尤其是促進當地臺商子公司營運的多元化發展。

此外，中國大陸在推動產業發展的同時，將實施更多招募海外人才的措施，此也牽動兩岸關係的可能變化。預期中國大陸將強化從臺灣內部挖角人才與汲取科技，尤其中國大陸為推動「中國製造 2025」，在特定產業（如半導體）建構其「全產業鏈」，將擴大吸引臺灣科技企業投資與人才，例如：支持臺商同等參與重要技術設備、認可在臺參與的專案計畫成果及

所從事技術工作的年限。亦即中國大陸政府希冀藉助臺商與臺灣民眾，參與協助其產業升級與轉型。

三、疫情後改寫全球及兩岸經貿格局

　　承本文研究發現，有別於強調全球化分工時代的貿易理論，側重於各國的生產比較利益法則，在疫情過後，全球供應鏈安全與風險成為更重要的議題，其中更夾雜著公共衛生的管控效能與經濟發展的兩難困局，因此很難再用傳統的經貿指標來反應各國貿易條件變化。故本研究採取社會網絡分析方法，將國家本體經濟生產量能視為網絡中的節點，各國對外貿易流量則視為鏈結各節點的網絡關係，即能將這些具有方向性（即進口方和出口方）的貿易流量，整合加權而成具有向性的附加價值網絡關係（Amador and Cabral 2017, 1291-1313），從而研析其關係變化是更加緊密亦或鬆動？藉此結構性的轉變，來觀察疫情後各國在全球貿易結構－網絡中心度與貿易地位的變化。

　　據本文研究結果提出對於兩岸貿易關係的理解，建議應跳脫傳統雙方是否過度依賴的爭論觀點，提高層次改由全球貿易網絡地位相對變化的角度來觀察。具體而言，在當前去全球化、供應鏈短鏈化與疫情侵擾全球主要經濟體的背景下，臺灣與中國大陸在全球貿易的中心度均有所提升，其中若以「雙循環」政策成效來檢視中國大陸經貿表現，其在出口面向的點出中心度有所成長，顯示其在疫情過後反更提升其在全球供應鏈的角色，但表現在「內循環」方面則差強人意，疫情過後的進口面點入中心度係呈現下降趨勢。

　　另一方面，疫情爆發後，臺灣能及時有效管控疫情，經濟運行維繫穩定，這段期間臺灣不僅製造業輸出動能強勁，亦受惠於臺商回流政策發酵，

本身經濟體質有所改善，表現在臺灣網絡有效規模擴大，然而美中貿易戰形成各項貿易與科技管制，臺灣產業貿易不免受到牽制，網絡限制度也同時上升，顯示我國貿易在全球網絡地位變化趨勢並不確定。

　　綜合以上，本文旨在協助疫情過後對於兩岸以及關鍵國家於全球貿易網絡的形態變化，超越貿易依賴的思維，輔以全球在疫情後政策思維與供應鏈風險防範的探討，期能提供一種得以客觀評估各國經貿地位轉變的比較基礎。最後，本文建議理解兩岸貿易關係，需跳脫傳統出口市場比重（市場依賴）的觀點，改由全球貿易網絡地位相對變遷的角度來理解。本文以兩岸以及全球關鍵國家於貿易網絡的形態和互動特徵，結合社會網絡分析方法，檢驗疫情對我國於貿易網絡地位與角色的影響，可有效反應我國貿易政策成果與不足之處，得以適時調整相關政策作為。然本文因研究篇幅限制，建議未來可進一步就特定產業如半導體、精密機械等全球供應鏈地位變化進行更細緻的分析。

附表 1　中國大陸在歐盟關鍵原材料清單的占比表現

原材料	階段 [a]	主要生產國	歐盟主要採購來源	進口依賴度 [b]
銻	開採	中國大陸（74%） 塔吉克（8%） 俄羅斯（4%）	土耳其（62%） 玻利維亞（20%） 瓜地馬拉（7%）	100%
鉍	加工	中國大陸（85%） 寮國（7%） 墨西哥（4%）	中國大陸（93%）	100%
焦煤	開採	中國大陸（55%） 澳洲（16%）	澳洲（24%） 波蘭（23%）	62%
螢石	開採	中國大陸（65%） 墨西哥（15%） 蒙古（5%）	墨西哥（25%） 西班牙（14%） 南非（12%） 保加利亞（10%） 德國（6%）	66%

原材料	階段 [a]	主要生產國	歐盟主要採購來源	進口依賴度 [b]
鎵	加工	中國大陸（80%） 德國（8%） 烏克蘭（5%）	德國（35%） 英國（28%） 中國大陸（27%） 匈牙利（2%）	31%
鍺	加工	中國大陸（80%） 芬蘭（10%） 俄羅斯（5%）	芬蘭（51%） 中國大陸（17%） 英國（11%）	31%
鎂	加工	中國大陸（89%） 美國（4%）	中國大陸（93%）	100%
天然石墨	開採	中國大陸（69%） 印度（12%） 巴西（8%）	中國大陸（47%） 巴西（12%） 挪威（8%） 羅馬尼亞（2%）	98%
磷	加工	中國大陸（74%） 哈薩克（9%） 越南（9%）	哈薩克（71%） 越南（18%） 中國大陸（9%）	100%
鈧	加工	中國大陸（66%） 俄羅斯（26%） 烏克蘭（7%）	英國（98%） 俄羅斯（1%）	100%
金屬矽	加工	中國大陸（66%） 美國（8%） 挪威（6%） 法國（4%）	挪威（30%） 法國（20%） 中國（11%） 德國（6%） 西班牙（6%）	63%
鎢 [c]	加工	中國大陸（69%） 越南（7%） 美國（6%） 奧地利（1%） 德國（1%）	n/a	n/a
釩 [d]	加工	中國大陸（55%） 南非（22%） 俄羅斯（19%）	n/a	n/a

原材料	階段[a]	主要生產國	歐盟主要採購來源	進口依賴度[b]
重稀土元素	加工	中國大陸（86%） 澳洲（6%） 美國（2%）	中國大陸（98%） 其他非歐盟國家 （1%） 英國（1%）	100%
輕稀土元素	加工	中國大陸（86%） 澳洲（6%） 美國（2%）	中國大陸（99%） 英國（1%）	100%

說明：

[a] 指歐盟進行重要性評估時原材料所處的生命週期階段。原物料主要生命週期階段包含開採、加工、使用、廢棄等。

[b] 歐盟進口依賴度＝淨進口／（國內產出＋淨進口），其中：淨進口＝進口－出口。

[c] 因涉及商業機密因此相關數據不全。

[d] 歐盟沒有釩精礦的生產和貿易，故無法計算進口依賴度。

資料來源：整理自 European Commission (2020, Annex 1)。

附表 2　2020 年兩岸企業在全球份額領先的產品項目及其份額

	中國大陸企業（及臺灣企業）	全球份額 *
國際信用卡	中國銀聯	59.0%（+0.4）
移動通信基地臺	華為技術	38.1%（+3.7）
	中興通訊	11.4 %（+1.2）
香煙	中國煙草總公司	45.6%（+1.5）
車載電池	寧德時代新能源科技	24.8%（-3.4）
	比亞迪	7.3%（-2.1）
個人電腦	聯想集團	23.8%（-0.5）
	宏碁（臺灣）	6.9%（+0.6）
大型液晶面板	京東方科技集團	22.9 %（+2.2）
	友達光電（臺灣）	11.9%（-1.0）
	群創光電（臺灣）	11.1%（-1.0）
	華星光電	8.8%（+2.5）
中小型液晶面板	京東方科技集團	19.5%（+3.6）
	天馬微電子	15.9%（+1.3）
	群創光電（臺灣）	8.6%（+1.6）

	中國大陸企業（及臺灣企業）	全球份額 *
鋰電池隔膜	上海恩捷	22.3%（+1.2）
	星源材質科技	10.5%（+0.5）
洗衣機	海爾集團	25.0%（+0.5）
	美的集團	12.8%（-0.7）
家用空調	珠海格力電器	20.1%（+0.1）
	美的集團	19.3%（+2.0）
	海爾集團	12.4%（+1.5）
造船	中國船舶集團	17.2%（+8.5）
太陽能板	隆基	15.0%（+8.1）
	晶科能源	11.4%（-0.2）
	天合光能	9.7%（+1.5）
	晶澳太陽能	9.7%（+1.3）
冰箱	海爾集團	22.1%（-0.5）
攝影鏡頭	海康威視	29.8%（-0.4）
中大型卡車	中國第一汽車集團	12.3%（+3.4）
	東風汽車	10.2%（+2.1）
	中國重汽	9.5%（+3.0）
	淮柴動力	7.3%（+1.6）
原油運輸量	招商局集團	6.1%（-0.2）
	中國遠洋海運集團	5.5%（+0.2）
粗鋼	寶武鋼鐵集團	6.1%（+1.0）
	河鋼集團	2.3%（-0.2）
	江蘇沙鋼集團	2.2%（0.0）

說明：* 括號內數字為 2020 年全球份額相對 2019 年的變化百分點。
資料來源：整理自日經中文網（2021）。

參考文獻

中文文獻

NIKKEI，2021，〈中國企業在 17 品類全球市佔率居首〉，https://zh.cn.nikkei. com/industry/management-strategy/45779-2021-08-20-05-00-20.html，查閱時間：2021/08/30。NIKKEI. 2021. "Zhongguo qiye zai 17 pinlei quanqiu shizhanlu jushou" [Chinese Companies Have the Largest Global Market Share in 17 Categories]. (Accessed on August 30, 2021).

人民日報，2020，〈中國共產黨第十九屆中央委員會第五次全體會議公報〉，https://wap.peopleapp.com/article/rmh17257967/rmh17257967，查閱時間：2021/05/21。Peoples Daily. 2020. "Zhongguo gongchandang dishijiujie zhongyang weiyuanhui diwuci quanti huiyi gongbao" [Communique of the Fifth Plenary Session of the 19th Central Committee of the Communist Party of China]. (Accessed on May 21, 2021).

人民網，2020a，〈習近平的兩會時間：習近平看望參加政協會議的經濟界委員〉，http://politics.people.com.cn/BIG5/n1/2020/0523/c432730-31720744.html，查閱時間：2021/05/21。People.cn. 2020. "Xijinping de lianghui shijian: xijinping kanwang canjia zhengxie huiyi de jingjijie weiyuan" [Xi Jinpings Two Sessions: Xi Jinping Visits the Members of the Economic Circles Who Participated in the CPPCC Meeting]. (Accessed on May 21, 2021).

人民網，2020b，〈中華人民共和國出口管制法〉，http://npc.people.com.cn/ BIG5/n1/2020/1018/c14576-31895850.html，查閱時間：2021/05/21。People. cn. 2020. "Zhonghua Renmin Gongheguo Chukou Guanzhifa" [Export Control Law of the Peoples Republic of China]. (Accessed on May 21, 2021).

中華民國財政部，2021，〈中華民國財政部貿易統計資料查詢〉，https://web02.

mof.gov.tw/njswww/WebMain.aspx?sys=100&funid=defjsptgl，查閱時間：2021/05/21。Ministry of Finance, R.O.C. 2021. "Zhonghua minguo caizhengbu maoyi tongji ziliao chaxun"[Trade Statistics Query of the Ministry of Finance of the Republic of China] (Accessed on May 21, 2021).

日經中文網，2021，〈8成日本企業著手調整供應鏈〉，https://zh.cn.nikkei. com/industry/management-strategy/44310-2021-04-06-05-00-00.html?start=1，查閱時間：2021/05/21。NIKKEI. 2021. "8 cheng riben qiye zheshou diaozheng gongyinglian" [80% of Japanese Companies Start to Adjust the Supply Chain]. (Accessed on May 21, 2021).

王勇，2020，〈後疫情時代經濟全球化與中美關係的挑戰與對策〉，《國際政治研究》，3: 39-45。Wang, Yong. 2020. "Hou yiqing shidai jingji quanqiuhua yu zhongmei guanxi de tiaozhan yu duice" [Challenges and Countermeasures of Economic Globalization and Sino-U.S. Relations in the Post-Epidemic Era]. *The Journal of International Studies*, 3: 39-45.

王毓健，2021，〈歐美盼降低依賴陸稀土，印度坐等漁翁得利〉，https://ctee. com.tw/news/global/420855.html，查閱時間：2021/05/21。Wang, Yu-jian. 2021. "Oumei pan jiangdi yilai luxitu, yindu zuodeng yuweng deli" [Europe and the United States Hope to Reduce Their Dependence on Land Rare Earths, India is Waiting for Fishermen to Profit]. (Accessed on May 21, 2021).

田中嵩之，2021，〈日本電子零部件廠商推進分散生產〉，https://zh.cn.nikkei. com/industry/management-strategy/44777-2021-05-20-05-00-00.html/?n_cid=NKCHA020，查閱時間：2021/05/21。Tanaka Tatsuyuki. 2021. "Riben dianzi lingbujian changshang tuijin fensan shengchan" [Japanese Electronic Component Manufacturers Promote Decentralized Production]. (Accessed on May 21, 2021).

李強、安超，2021，〈後疫情時期中國社會發展的挑戰、動力與治理創新〉，《探索與爭鳴》，1 (3): 35-46。Li Qiang, and Chao An. 2021. "Houyiqing shiqi zhongguo shehui fazhan de tiaozhan, dongli yu zhili chuangxin" [The Challenges, Motivations and Governance Innovations of Chinas Social Development in the Post-Epidemic Period]. *Exploration and Free Views*, 1 (3): 35-46.

林桂軍、崔鑫生，2019，〈以全球價值鏈比較優勢推動再開放：對改革開放40年外經貿重大里程碑事件的回顧與展望〉，《國際貿易問題》，(1)：1-13。Lin, Gui-jun, and Xin-sheng Cui. 2019. "Yi quanqiu jiazhilian bijiao youshi tuidong zaikaifang: dui gaige kaifang 40 nian wai jingmao zhongda lichengbei shijian de huigu yu zhanwang" [Promoting Reopening with the Comparative Advantages of Global Value Chains: Review and Prospect of Major Milestones in Foreign Trade and Economic Cooperation in the Past 40 Years of Reform and Opening up]. *Journal of International Trade*, (1): 1-13.

張生祥，2020，〈新冠肺炎疫情背景下提升中國國際話語權的對策分析〉，https://m.fx361.com/news/2020/1109/7193468.html，查閱時間：2021/05/21。Zhang, Sheng-xiang. 2020. "Xinguan feiyan yiqing beijing xia tisheng zhongguo guoji huayuquan de duice fenxi" [Analysis of Countermeasures to Enhance Chinas International Discourse Power in the Context of the New Crown Pneumonia Epidemic]. (Accessed on May 21, 2021).

張瑞雄，2021，〈疫情與供應鏈的改變〉，https://www.chinabiz.org.tw/Epaper/Show?id=4333，查閱時間：2021/05/21。Zhang, Rui-xiong. 2021. "Yiqing yu gongyinglian de gaibian" [The Epidemic and Changes in the Supply Chain]. (Accessed on May 21, 2021).

盛斌、宗偉，2017，〈特朗普主義與反全球化迷思〉，《南開學報（哲學社會科學版）》，7 (5): 38-49。Sheng, Bin, and Wei Zong. 2017. "Telangpu zhuyi yu fanquanqiuhua misi" [Trumpism and the Myth of Anti-Globalization]. *Nankai Journal (Philosophy, Literature and Social Science Edition)*, 7 (5): 38-49.

郭宏、倫蕊，2021，〈新冠肺炎疫情下全球產業鏈重構趨勢及中國應對〉，《中州學刊》，43 (1): 31-38。Guo, Hong and Lun, Rui. 2021. "Xinguan feiyan yiqingxia quanqiu chanyelian zhonggou qushi ji zhongguo yingdui" [The Trend of Global Industrial Chain Reconstruction under the New Crown Pneumonia Epidemic and Chinas Response]. *Academic Journal of Zhongzhou*, 43 (1): 31-38.

郭幸宜，2020，〈後疫情時代，改寫全球經濟四大型態新面貌〉，https://news.cnyes.com/news/id/4502601，查閱時間：2021/05/21。Guo, Xing-yi. 2020. "Hou yiqing shidai, gaixie quanqiu jingji sida xingtai xinmianmao" [Post-Epidemic Era Rewrites the New Face of the Four Major States of the Global Economy]. (Accessed on May 21, 2021).

陳岩，2020，〈肺炎疫情下全球產業鏈面臨重構：「去中國化」是否可行〉，https://www.bbc.com/zhongwen/trad/business-52229356，查閱時間：2021/05/21。Chen, Yan. 2020. "Feiyan yiqingxia quanqiu chanyelian mianlin zhonggou: qu zhongguohua shifou kehang" [Under the Pneumonia Epidemic, the Global Industrial Chain is Facing Reconstruction: Is De-Sinicization Feasible]. (Accessed on May 21, 2021).

陳信宏，2020，〈全球價值鏈重組趨勢下探討臺灣產業轉型策略與作法〉，https://ws.ndc.gov.tw/Download.ashx?u=LzAwMS9hZG1pbmlzdHJhdG9yLzEwL3JlbGZpbGUvNTYzNi8zNDMwMi8wYWM4MDg0Zi00YjAyLTQ5OTItOGViYS0xNjBmZWM2M2NiZGYucGRm&n=MDHjgIzlhajnkIPlg7nlgLzpj4jph43ntYTotqjli6LkuIvmjqLoqLoI7oh7rngaPnlKLmpa3ovYnlnovnrZbnlaXoiIfkvZzms5XjgI3ntZDmoYjloLHlkYoucGRm&icon=..pdf，查閱時間：2021/05/21。Chen, Shin-Hong. 2020. "Quanqiu jiazhilian zhongzu qushixia tantao taiwan chanye zhuanxing celue yu zuofa" [Exploring Taiwans Industrial Transformation Strategies and Practices under the Trend of Global Value Chain Restructuring]. (Accessed on May 21, 2021).

楊明娟，2021，〈中國緊縮稀土管制，增加對美談判籌碼〉，https://www.rti.org. tw/news/view/id/2089407，查閱時間：2021/05/21。Yang, Ming-juan. 2021. "Zhongguo jinsuo xitu guanzhi, zengjia duimei tanpan chouma" [China Tightens Rare Earth Controls, Increases Bargaining Chips with the U.S.]. (Accessed on May 21, 2021).

楊興，2021，〈消費、投資和出口「三駕馬車」對中國GDP增長的實證研究〉，《環渤海經濟瞭望》，(3)：20-21。Yang, Xing. 2021. "Xiaofei, touzi he chukou sanjia mache dui zhongguo GDP zengzhang de shizheng yanjiu" [An Empirical Study of the "Troika" of Consumption, Investment and Export on Chinas GDP Growth]. *Huanbohai jingji liaowang*, (3): 20-21.

經濟學人，2020，〈新冠肺炎使各國與中國漸行漸遠〉，https://www.cw.com. tw/article/article.action?id=5099274，查閱時間：2021/05/21。The Economist. 2020. "Xinguan feiyan shi geguo yu zhongguo jianhang jianyuan" [New Crown Pneumonia Makes Countries and China Drift Away]. (Accessed on May 21, 2021).

英文文獻

Allen, John R. Nicholas Burns, Laurie Garrett, Richard N. Haass, G. John Ikenberry, Kishore Mahbubani, Shivshankar Menon, Robin Niblett, Joseph S. Nye Jr., Shannon K. ONeil, Kori Schake, and Stephen M. Walt. 2020. "How the World Will Look after the Coronavirus Pandemic." https://foreignpolicy.com/2020/03/20/world-order-after-coroanvirus-pandemic/ (May 21, 2021).

Amador, João, and Sónia Cabral. 2017. "Networks of Value-Added Trade." *The World*

Economy, 40 (7): 1291-1313.

Barigozzi, Matteo, Giorgio Fagiolo, and Giuseppe Mangioni. 2011. "Identifying the Community Structure of the International-Trade Multi-Network." *Physica A: Statistical Mechanics and its Applications*, 390 (11): 2051-2066.

Baskaran, Thushyanthan, Florian Blöchl, Tilman Brück, and Fabian J. Theis. 2011. "The Heckscher-Ohlin Model and the Network Structure of International Trade." *International Review of Economics & Finance*, 20 (2): 135-145.

Burt, Ronald S.. 1992. *Structural Holes*. Cambridge, MA: Harvard university press.

Chen, Zhisong, and Jianhui Peng. 2020. "Competition Strategy and Governance Policy for the Dual International Supply Chains under Trade War." *International Journal of Management Science and Engineering Management*, 15 (3): 196-212.

Chenneveau, Didier, Karel Eloot, Jean-Frederic Kuentz, and Martin Lehnich. 2020. "Coronavirus and Technology Supply Chains: How to Restart and Rebuild." https://www.mckinsey.com/business-functions/operations/our-insights/coronavirus-and-technology-supply-chains-how-to-restart-and-rebuild. (May 21, 2021).

De Benedictis, Luca , and Lucia Tajoli. 2011. "The World Trade Network." *The World Economy*, 34 (8): 1417-1454.

Diakantoni, Antonia, Hubert Escaith, Michael Roberts, and Thomas Verbeet. 2017. "Accumulating Trade Costs and Competitiveness in Global Value Chains." https://www.wto.org/english/res_e/reser_e/ersd201702_e.pdf (May 21, 2021).

European Commission. 2020. "Critical Raw Materials Resilience: Charting a Path towards Greater Security and Sustainability." https://eur-lex.europa.eu/legal-content/EN/TXT/?uri=CELEX:52020DC0474 (May 21, 2021).

Fransoo, Jan C., and Marc J. F. Wouters. 2000. "Measuring the Bullwhip Effect in the

Supply Chain." *Supply Chain Management: An International Journal*, 5 (2): 78-89.

Gunasekaran, Angappa, and Eric Ngai. 2004. "Information Systems in Supply Chain Integration and Management." *European Journal of Operational Research*, 159 (2): 269-295.

Handfield, Robert B., Gary Graham, and Laird Burns. 2020. "Corona Virus, Tariffs, Trade Wars and Supply Chain Evolutionary Design." *International Journal of Operations & Production Management*, 40 (10): 1649-1660.

Hille, Kathrin. 2020. "US and Taiwan to Work on Reshaping Supply Chains away from China." https://www.ft.com/content/64be66cd-91eb-4862-a8fe-7c998b2e4770 (May 21, 2021).

Holweg, Matthias, and Frits K. Pil. 2005. *The Second Century: Reconnecting Customer and Value Chain through Build-to-Order Moving beyond Mass and Lean in the Auto Industry*. Cambridge, MA: MIT Press Books.

Humphrey, John. 2003. "Globalization and Supply Chain Networks: The Auto Industry in Brazil and India." *Global Networks*, 3 (2): 121-141.

Hunnicutt, Trevor , and Michael Martina. 2021. "Biden Supply Chain Strike Force to Target China on Trade." https://www.reuters.com/business/biden-supply-chain-strike-force-target-china-trade-2021-06-08/(August 30, 2021).

Kim, Jeon G. , Dean C. Chatfield, Terry Paul Harrison, and Jack C. Hayya. 2006. "Quantifying the Bullwhip Effect in a Supply Chain with Stochastic Lead Time." *European Journal of Operational Research*, 173 (2): 617-636.

Mao, Haiou, and Holger Görg. 2020. "Friends Like This: The Impact of the US-China Trade War on Global Value Chains." *The World Economy*, 43 (7): 1776-1791.

Nakano, Jane. 2021. "The Geopolitics of Critical Minerals Supply Chains." https://

www.csis.org/analysis/geopolitics-critical-minerals-supply-chains. (May 21, 2021).

OECD. 2021. "Global Value Chains: Efficiency and Risks in the Context of COVID-19." https://www.oecd.org/coronavirus/policy-responses/global-value-chains-efficiency-and-risks-in-the-context-of-covid-19-67c75fdc/ (May 21, 2021).

Shih, Willy. 2020. "Is it Time to Rethink Globalized Supply Chains?." *MIT Sloan Management Review*, 61 (4): 1-3.

Song, Zhouying, Shuyun Che, and Yu Yang. 2018. "The Trade Network of the Belt and Road Initiative and Its Topological Relationship to the Global Tradé Network." *Journal of Geographical Sciences*, 28 (9): 1249-1262.

Tu, Xinquan, Yingxin Du, Yue Lu, and Chengrong Lou. 2020. "US-China Trade War: Is Winter Coming for Global Trade." *Journal of Chinese Political Science*, 25 (2): 199-240.

Zavacka, Veronika. 2012. "The Bullwhip Effect and the Great Trade Collapse." https://www.ebrd.com/downloads/research/economics/workingpapers/wp0148.pdf (May 21, 2021).

國際新局臺商供應鏈調整與影響

陳子昂

（力歐新能源公司執行董事）

龔存宇

（財團法人資訊工業策進會分析師）

摘　要

　　全球供應鏈正出現解構與重組，國家安全與產業供應鏈安全成為各國優先的決策模式。在此新決策模式之下，於鄰近市場處建構具一定規模且完整的產業供應鏈，可望逐漸躍居企業布局策略的主流。在國際產業鏈分工體系中，臺廠長期扮演品牌商重要供應鏈角色，惟在短鏈、美中科技戰與新冠肺炎疫情導致供應鏈碎鏈化下，臺廠還須面對「一個世界，兩套系統」所導致的雙供應鏈體系，準備為全球未來發展走向「G2」（Great 2）兩強抗衡的格局。也就是說一類是以美加英紐澳印度為主要市場者，強調國安、資安及去中國化的供應鏈體系；另一類是以中俄東南亞為主要市場，強調技術、設備自主及去美國化的供應鏈體系。為因應雙供應鏈體系，臺商大都採「左右逢源」策略，做好供應鏈分流布局，即以迅速反應（Quick Follow）及彈性生產為策略，來獲得最大利益，將美中貿易戰及肺炎疫情化危機為轉機，轉變美中科技戰為轉單效應的長多格局。

關鍵字：供應鏈重組、美中科技戰、新冠肺炎疫情、供應鏈安全

壹、全球供應鏈因應短鏈及在地化需求，正出現解構與重組

近年來全球經貿情勢及地緣政治角力變化多端，在美中貿易戰以及新冠肺炎疫情影響下，供應鏈布局的基礎，已從過往的降低成本轉變成降低風險，同時縮短供應鏈的距離或是在地化生產。消費需求端也發生變化，以往面對消費市場的大量標準化產品，已轉向為少量客製化產品。

因此，全球供應鏈正出現解構與重組，國家安全與產業供應鏈安全成為各國優先的決策模式。在此新決策模式之下，於鄰近市場處建構具一定規模且完整的產業供應鏈，可望逐漸躍居企業布局策略的主流。

雖然短期內應不至於改變巨觀的資通訊產業鏈版圖，但中長期的美中發展恐將更難以樂觀。因此，將部分產線移往中國大陸以外地區，以此迎合仍為全球最大的美國市場，是業者不得不考慮的關鍵點。再者，隨著歐美日和中國大陸等重要市場已瀕難以成長的高滲透率天花板，南亞、東南亞及其他新興國家一方面以市場潛力吸引品牌業者布局經銷通路，另一方面則以在地製造、投資優惠來籠絡，甚至威逼生產業者前往設廠生產。因此，來自於美國政策的壓力結合寄望於新興市場需求的拉力，資通訊供應鏈轉移正值其時。另一方面，2020 年肺炎疫情爆發後，為了控管局勢而推動了封閉式管理，此舉導致了生產製造供應鏈部分或全部停止運行，進而影響了全球供貨關係。

過往廠商鎖定中國大陸生產製造的主因是生產成本，由於企業致力於降低生產成本而青睞中國大陸，然而中國大陸的基礎勞動力價格已日漸上漲，迫使企業也開始尋找下一個合作夥伴，甚至大力推動自有國家製造風潮。

在全球供應鏈重組及新布局下，佔我國貿易出口超過 50% 之資通訊產

業的移動，對臺灣在全球貿易發展至關重要，而臺灣資通訊產業的供應鏈轉移路徑與臺商未來布局機會，將成為臺灣因應國際新局的挑戰與掌握新經濟契機之關鍵議題。因此，對我資通訊產業的全球布局，資策會產業情報研究所（MIC）的調查發現，臺商逐漸縮減中國大陸產線，並擴增東南亞／臺灣生產規模（圖1），茲說明如下：

（一）高階產品轉移至北美／臺灣生產，中階產品轉移至東南亞／東歐生產，低階產品則仍留在中國生產。

（二）全球布局且 Made in everywhere：

　　1. 增加組裝／生產線的區域：東南亞、東歐捷克與波蘭、美洲墨西哥與巴西。

　　2. 強化研發的區域：美國、中國大陸、臺灣。

　　3. 增加市場銷售的區域：美國、中國大陸、東南亞。

圖 1：資通訊廠商生產與產業價值鏈變化

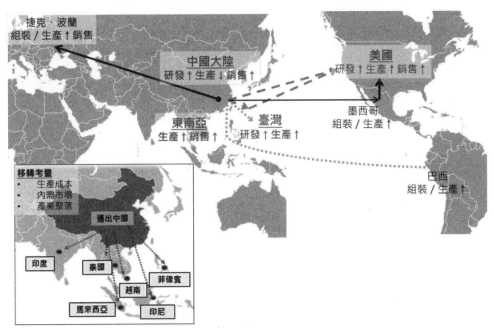

資料來源：資策會 MIC 整理，2021 年 5 月

貳、各國產業回流政策興起，試圖複製「中國製造」成功模式

　　中國大陸製造業在國際中的競爭力，不僅僅來源於勞動力與原物料的低成本，也包括了宏觀經濟環境成長迅速和完整的產業鏈體系。根據世界銀行（International Bank for Reconstruction and Development，IBRD 或 World Bank）研究，2010 年中國大陸製造業增加值超過美國，成為製造業第一大國。在世界五百多種關鍵工業產品中，中國大陸有二百多種工業產品的產量居全球第一。此外，中國大陸已擁有 41 個工業大類、207 個工業中類、666 個工業小類，形成了獨立且完整的生產製造生態系統，是全世界唯一擁有聯合國產業分類中最多類別的國家。因此，各國為了能夠與之抗衡，紛紛提出不同的回流優惠政策，逐步推動工業大類、中類、小類打造屬於本地的生態圈。

　　同時，以中國大陸為生產製造核心的商業模式受到上述眾多因素挑戰，而這些挑戰迫使著資通訊生產製造產業不再以中國大陸為核心。世界各國也注意到此趨勢逐漸發酵，因此順勢推出各種資通訊產業回流政策，試圖藉此吸引本土或是海外資通訊大廠回國設廠。對於廠商而言，不得不出走中國大陸後加上政策回流優惠措施下，成功促成了眾多返國投資設廠案例，以至於其他觀望的廠商或國家也紛紛跟進，進而共同湧起了 2020 年新的產業回流政策潮流。

　　產業回流政策短期影響下，中國大陸資通訊產業鏈之生產製造的模式將會順勢廠商外移逐漸改變，不再追求純粹以規模量產與組裝製造為特色的資通訊硬體產業，也不再只以滿足基本就業為目標，而是追求完整度更高與附加價值更高的資通訊版圖。

　　產業回流政策長期影響下，「G2」（Great 2）美中兩強抗衡格局，或將演變成「GX」（Great X）多強爭霸。資通訊產業格局下，美方掌握的科技領先優勢與中方掌握的市場成長優勢可能都將被進一步削弱。資通訊產業回流政策極有可能持續數年，從初期的吸引直到後期的穩固，資通訊產業生產部落將如雨後春筍般於世界各國冒出。屆時，自給自足將不再是紙上談兵，資通訊產業鏈環節也不再是各國談判時的重要籌碼，這將引導出兩個產業回流政策可能的影響。

　　其一，臺灣可能無法持續扮演資通訊代工的角色。臺灣過往仍左右逢源的前提是美中雙方仍保持良好關係，由於關稅系統性層級上的爭議，此關係已難以修復。因此，在「G2」（Great 2）兩強局勢下，臺灣正以「中國大陸的布局」與「中國大陸以外的布局」為發展基礎。但美國的科技主導力隨著美國優先而逐漸式微，畢竟主導代表著主持與領導：主持各國的權益平衡並領導出一項透明準則，這與美國優先本質上是互斥的。因此，當「中國大陸以外的布局」將不再以美國主導後，臺灣很難再度證明其資通訊代工的單純性，勢必得與各國周旋出更微妙的第三方角色。以此衍生出樂觀與悲觀的預期：樂觀預期下，臺灣成為各國的協力者，幫助各國打下資通訊產業鏈的基礎。悲觀預期下，基礎穩固後將不再需要第三方角色介入，臺灣必須更加融入當地的體系，抑或是再度果斷撤離。

　　其二，多強爭霸代表破碎化。過往各個國際資通訊聯盟之所以能統一產業標準，產業鏈環節層層分工功不可沒。然而，產業回流政策吸引了各國獨立產業線後，各國的分工將逐漸消弭，全球的資通訊產業的供應端將更破碎化。破碎化代表資通訊產業各環節將產生更多摩擦，對於臺灣資通訊大廠而言，這當然代表著新的市場機會與挑戰。但更重要的問題是，破碎化後的資通訊市場能否適用過往的成功法則？臺廠是否也得跟進「破碎化」？

圖 2：各國主要產業回流政策版圖

資料來源：資策會 MIC 整理，2021 年 5 月

參、全球供應鏈重組成「一個世界，兩套系統」，臺商多以市場為重

　　在國際產業鏈分工體系中，臺廠長期扮演品牌商重要供應鏈角色，惟短鏈、美中科技戰與新冠肺炎疫情導致供應鏈碎鏈化下（如圖 1），臺廠還須面對「一個世界，兩套系統」所導致的雙供應鏈體系，準備為全球未來發展走向「G2」（Great 2）兩強抗衡的格局。也就是說一類是以美加英紐澳印度為主要市場者，強調國安、資安及去中國化的供應鏈體系；另一類是以中俄東南亞為主要市場，強調技術、設備自主及去美國化的供應鏈體系。為因應雙供應鏈體系，臺商大都採「左右逢源」策略，做好供應鏈分流布局，即以迅速反應（Quick Follow）及彈性生產為策略，來獲得最大利益，將美中貿易戰及肺炎疫情化危機為轉機，轉變美中科技戰為轉單效應的長多格局。

　　觀察臺商針對中國大陸布局方面，2020 年核准對中國大陸投資件數為 475 件，件數較上年同期減少 22.13%；核准投（增）資金額計美金 59 億 648 萬 9,000 元（折合新臺幣 1,771 億 9,467 萬元），較上年同期增加 41.54%。另投資金額漲幅較大，主要受 2020 年 1 至 12 月核准包含和碩聯合科技股份有限公司以約美金 4.91 億元（折合新臺幣 147.3 億餘元）收購 KY- 鎧勝公司外部股東持股，間接取得 KY- 鎧勝公司暨大陸地區子公司日沛電腦配件（上海）有限公司等八家事業股權、國喬石油化學股份有限公司以美金 3.76 億餘元（折合新臺幣 112 億餘元）投資設立泉州國亨化學有限公司等較大投資案影響，且核准對中國大陸投資於 2016 至 2019 年間呈現連續四年負成長，2019 年金額已達近十年低點，比較基期相對較低所致。

　　連續四年衰退，背後的主因正是上述的推力與拉力影響：中國大陸當地勞工工資上漲、環保法規上路導致經營成本上升的拉力減弱，以及美中貿易摩擦關稅驟升，導致出貨成本上揚的推力增強。此外，從財政部出口統計，2019 年臺灣對中國與香港出口金額年減 4.1%，但對美國出口大增 17.2%，說明臺灣生產製造鏈離開中國大陸趨勢已在進行中，背後的動機主要來自於分散風險。

　　其中，返臺聚落逐漸成形。高附加價值及關鍵零組件相關產業優先選擇返臺投資，主因在於臺灣勞動力成本與生產力成本仍相對昂貴，因此返臺投資業者主要也以高階伺服器、網通、自行車、汽車電子業者為大宗，此舉將有助於完善國內產業鏈，成為推動六大核心戰略產業提供更好的發展基礎，也能促進臺灣產業升級轉型，穩固臺灣全球供應鏈關鍵地位。大量生產、勞力密集產業往新南向國家布局，主因在於新南向的勞動力成本與生產力成本更具競爭優勢。中國大陸產線主供中國大陸，龐大的內需仍將撐起一定市場規模，臺灣資通訊產業仍將留守此商業機會。

　　展望未來，拜登政府仍將延續美中科技戰，雙方科技產業出現脫鉤，導致下世代技術不排除出現「一個世界，兩套系統」以上標準，臺商將依市場決定技術發展方向。我國廠商單純遵循「國際標準」制定的大方向靠攏，未來真有中、西方分歧的標準規格，推測我國發展仍是往歐美主導之全球標準靠攏（尤其是政府主導的技術發展），但臺商不會選邊站，並優游於「一個世界，兩套系統」的雙供應鏈體系。因為美中都是臺灣資通訊廠商的重要市場，無法顧此失彼，面對美中科技戰，臺商應採「左右逢源」策略，盤點產業技術來源與市場布局狀況，既要成為美國供應鏈安全的一環，同時保有現有中國大陸供應鏈體系及市場，以降低企業未來的營運風險。

肆、返臺聚落逐漸成形

　　大量生產、勞力密集產業往新南向國家布局，主因在於新南向的勞動力成本與生產力成本更具競爭優勢。中國大陸產線主供中國大陸，龐大的內需仍將撐起一定市場規模，臺灣資通訊產業仍將留守此商業機會。高附加價值及關鍵零組件相關產業優先選擇返臺投資，主因在於臺灣勞動力成本與生產力成本仍相對昂貴。其中，我國政府隨即支持臺商回流政策，三大方案包含「歡迎臺商回臺投資行動方案」、「根留臺灣企業加速投資行動方案」、「中小企業加速投資行動方案」，目標為臺商創造更好的投資環境，帶動臺灣整體經濟發展。三大方案試圖解決回流的「五缺」議題（缺水、缺電、缺工、缺地、缺人才），同步縮短行政流程，並由政府支付委辦手續費，鼓勵臺灣銀行提供貸款資金，預估可新增 1 兆 3,500 億元投資，創造 3 兆 2,100 億元產值及 11 萬 8,000 個就業機會。

　　關於「歡迎臺商回臺投資行動方案」方面，對象為受美中貿易戰衝擊，

赴中國大陸投資兩年以上的臺商，且製造業的產線需具備智慧元素。條件有屬符合 5+2 產業創新領域、高附加價值產品及關鍵零組件產業、國際供應鏈關鍵地位、自有品牌國際行銷、國家重要產業政策等條件之一者。貸款額度則是由國發基金匡列，從 200 億元上調至 5,000 億元。

至於政府支付銀行手續費，對中小企業維持 1.5%；對非中小企業則從 1.5%，調整為 20 億元以內 0.5%、20 至 100 億元 0.3%、逾 100 億元 0.1%，期限從十年縮短至五年。終極目標是三年創造一兆元投資、九萬個工作機會。目前的成果 176 家廠商通過審查，投資金額逾 7,232 億元，預估可創造 5 萬 9,703 個就業機會。

關於相關配套措施，總共推行了兩大機制：調整外加就業安定費再附加外勞數額與法令鬆綁。臺灣行政院已核定在維持外勞核配比例 40% 上限內，在現有外勞 3K5 級制基礎下，針對回臺投資臺商的「額外再附加」機制由 10% 調增至 15%，雇主需繳交每名外勞每月就業安定費 9,000 元，此外也通過擴大適用「工業區更新立體化發展方案」，增加工業用地供給，同時延長《產業創新條例》租稅優惠措施十年，確保臺商回流後產業持續且穩定的投資環境，搭配《境外資金匯回管理運用及課稅條例》將有助引導資金投資實體產業、創投事業及金融市場。目前臺商回臺設廠仍有七成以科技業為主，再來則是傳統產業及生技產業，投資地點以具備雙港優勢的桃園及臺中為大宗，此外臺南因土地取得成本較上述兩者低，也成為臺商回流選擇投資關注焦點。

伍、臺廠撤離後刺激中國大陸加快自主化

中國大陸已經在 2020 年 3 月公布《2020 國家標準化工作要點》，從五個方面共 117 點提出 2020 年中國全國標準化工作要點，值得關注的是，

《2020 國家標準化工作要點》內容中包括必須第二點與第四點相關措施可視為制定標準的初步基準。細節包括：

（一）強化頂層設計，提升標準化工作的戰略定位：抓緊研究編製國家標準化戰略綱要、抓好「十四五」標準化工作的謀篇布局、抓實標準化戰略的互動對接。

（二）深化標準化改革，提升標準化發展活力：完善強制性國家標準管理、優化推薦性國家標準的管理、規範行業標準的管理、加強地方標準化工作、推動城市標準化創新發展、做優做強團體標準、增強企業標準競爭力。

（三）加強標準體系建設，提升引領高品質發展的能力：加強新冠肺炎疫情防控相關標準體系建設、加強農業農村標準體系建設、完善食品品質和消費品質量安全標準體系、推進製造業高端化標準體系建設、建構新一代資訊技術和生物技術標準體系、健全服務業標準體系、強化社會治理標準化建設、加快生態文明標準體系建設、進一步完善國家標準樣品體系。

（四）參與國際標準治理，提升標準國際化水準：深度參與國際標準組織治理、推動國際標準共商共建共用、促進標準互聯互通、積極採用國際標準。

（五）加強科學管理，提升標準化治理效能：強化標準化制度建設、加強標準化與科技創新的互動支撐、提升標準制修訂效率、優化技術委員會管理和服務、強化標準的實施應用、完善標準資訊諮詢服務、加強標準化人才隊伍建設。

　　過去，臺灣電子資訊硬體於中國大陸生產製造的原因之一，正是看上「中國製造 2025」的市場潛力，「中國製造 2025」目的在於扶植十大重點領域的中國大陸業者，包含新一代訊息技術、先進軌道交通設備、航空

航天設備、高檔數控機床和機器人、農業機械設備、電力設備、生物醫藥及高性能醫療機械、新材料、海洋工程裝備及高技術船舶、節能與新能源汽車。

「中國製造 2025」的重點在於基礎生產製造，而制定標準的重點在於前沿科技發展，兩者的差別在於短期與長期的世界影響力。但制定標準需要足夠規模與數量的大廠參與，因此「中國製造 2025」的業者名單或將與制定標準參與廠商名單高度相符，值得進一步觀察此名單業者未來的動態。

值得注意的是，臺灣可能因此面臨新的美中科技戰，美國智庫東西中心（East-West Center）曾提出技術標準是發明創新和商業化之間重要橋梁。過去的美國將技術標準推行到全球市場的成果，讓現代的美國企業無論在研發、生產銷售各種產品到全球市場時掌握極大的先行優勢，進而鞏固了美國整體的經濟實力。例如高通（Qualcomm）因為掌握了行動通訊晶片的技術標準，導致直接或間接的壟斷中國大陸智慧手機市場，進而在美中貿易戰以此有效的制裁中興通訊的終端產品。

當今美中貿易戰引發點之一，在於美國視「中國製造 2025」政策讓中國大陸企業具備不公平競爭的優勢，同時促使竊取美國科技的技術機密案件發生，進而撼動美國企業的主導地位。如今制定標準或將根本性的影響美國科技業未來發展的趨勢，尤其是當中國大陸定義的科技標準越來越多，科技產業就更受制於中國大陸。新美國安全中心智庫（Center for a New American Security）也警示科技標準將讓特定企業受益與受害。因此，一旦中國大陸制定標準公布，即使未適用於中國大陸以外的市場，美國或將仍跟進做出對應措施，可能再度引發美國與中國大陸新的科技產業紛爭。

雖然目前科技標準制定仍位於初期階段，但龐大的中國大陸內需市

表 1：中國製造 2025 重點領域與相關大廠

「中國製造 2025」十大重點領域	「中國製造 2025」十大重點領域的中國大陸業者名單
新一代訊息技術（5G、雲端運算、大數據）	二六三、大唐電信、中科曙光、中興通訊、天源迪科、天璣科技、世紀鼎利、光環新網、紫光國微、東方明珠、宜通世紀、拓爾思、東方國信、東軟集團、初靈信息、中國長城、信維通信、威創股份、美亞柏科、浪潮信息、烽火通信、杰賽科技、富春股份、焦點科技、榮科科技、銀信科技、衛寧健康、證通電子、鵬博士
先進軌道交通設備（軌道交通）	中國中車、世紀瑞爾、內蒙一機、永貴電器、松芝股份、時代新材、晉西車軸、國電南瑞、康尼機電、森源電氣、鼎漢技術、輝煌科技、蘇交科
航空航天設備（航空引擎、航天設備）	中航重機、航發控制、中國衛星、北斗星通、海格通信、鋼研高納
高檔數控機床和機器人	華東數控、三豐智能、上海機電、恆力石化、山東威達、中科金財、中際旭創、天士力、天奇股份、天潤曲軸、北緯科技、巨星科技、亞威股份、京山輕機、佳都科技、和佳醫療、東土科技、東華測試、林州重機、智慧松德、金自天正、金亞科技、長春高新、南天信息、紫天科技、科大訊飛、英威騰、迪安診斷、埃斯頓、朗瑪信息、海思科、海得控制、浙江震元、國農科技、梅安森、博實股份、博騰股份、智雲股份、皖通科技、華中數控、開元股份、匯川技術、奧維通信、慈星股份、新時達、漢威科技、遠光軟件、銀之杰、青海春天、銳奇股份、錢江摩托、藍英裝備、麗珠集團、蘭生股份
農業機械設備（高端農機）	吉峰科技、新研股份
電力設備（智慧電網）	中恆電氣、平高電氣、百利電氣、納思達、東軟載波、林洋能源、金風科技、金智科技、科大智能、科華恆盛、科遠智慧、紅相股份、特銳德、中環裝備、許繼電氣、麥克奧迪、智光電氣、陽光電源、愛康科技、溫州宏豐、摩恩電氣、積成電子
生物醫藥及高性能醫療機械（生物技術藥物、高性能診療設備）	人福醫藥、上海醫藥、千山藥機、中國醫藥、天壇生物、太龍藥業、我武生物、沃華醫藥、恆瑞醫藥、恩華藥業、泰格醫藥、海南海藥、國藥股份、莎普愛思、魚躍醫療、博雅生物、紫鑫藥業、華蘭生物、萊美藥業、達安基因、福安藥業

「中國製造 2025」 十大重點領域	「中國製造 2025」十大重點領域的 中國大陸業者名單
新材料（複合材料、金屬功能材料、高分子材料）	華金資本、商贏環球、中國寶安、中超控股、方大炭素、吉林化纖、和邦生物、金發科技、博云新材、華麗家族、當升科技
海洋工程裝備及高技術船舶（船舶製造、海工設備）	天海防務、中天科技、中信海直、中糧資本、中海油服、中國重工、中國船舶、中遠海控、中集集團、中遠海特、巨力索具、石化機械、亞星錨鏈、振華重工、海油工程、神開股份、杰瑞股份、中船防務、寶德股份
節能與新能源汽車（智慧汽車）	九洲電氣、力帆股份、上汽集團、中通客車、比亞迪、均勝電子、南洋股份、思源電氣、科陸電子、動力源、萬向錢潮、樂視網、光啟技術

資料來源：各機構，資策會 MIC 整理，2021 年 5 月

場，讓中國大陸企業備足發展自主技術標準的機會，正在積極推動的「一帶一路」政策同時提供了中國大陸技術標準輸出國際的契機。因此，制定標準的影響可能從近期即開始發酵。臺灣身處科技代工產業鏈的中間環節，勢必得因應全球標準複雜化的時代，而標準複雜化也將帶來各項營運成本的耗損，徒增我國科技產業發展的阻礙。

另外，美國針對「中國製造 2025」發展的產業，進而提出加徵關稅清單時，臺灣也因此受到直接負面衝擊。隨著我國代工大廠紛紛調度全球產能，已將未來面對衝擊的風險與影響降低。然而，值得注意的是倘若制定標準再度引起美中科技戰，屆時臺灣業者不僅需面臨關稅影響的成本議題，甚至是雙方迫使臺灣能否正常接單的代工議題，從而動搖臺灣科技產業的國際立足模式。臺灣業者如何維持與各國良好的生產製造夥伴，同時確保自身的不可取代性，或將因制定標準的上路而必須提早因應。

陸、全球供應鏈重組，持續強化臺美供應鏈安全體系

在美中貿易戰與新冠肺炎疫情帶動全球供應鏈重組趨勢下，各國政府為因應國家安全議題，強化布局供應鏈在地化，亦推出相關投資優惠政策吸引臺灣廠商轉移投資。例如在雙供應鏈的趨勢下，美國喊出「信任夥伴聯盟」及「乾淨網絡」供應鏈安全體系，即鼓勵廠商在美國投資生產並加強對中國大陸技術管制。尤其，4 月 28 日美國總統拜登在國會演說強調，「中國和其他國家正在快速進逼。我們必須發展和主導未來的產品和科技。美國歡迎中國競爭，而非要尋求衝突。」

因此，為因應臺美供應鏈安全體系（圖 2），我國除了祭出臺商返臺優惠政策強化在臺供應鏈建構，未來將聚焦資通訊產業供應鏈轉移現況與強化臺美供應鏈安全體系。尤其是 2020 年 11 月 20 日首屆臺美經濟繁榮夥伴對話，討論經濟、科學、5G 以及供應鏈等九大議題，並簽訂臺美合作備忘錄，確立半導體領域的戰略合作，是雙方優先項目（圖 2）：

（一）簽署備忘錄（MOU）：由美國在臺協會與駐美國臺北經濟文化代表處簽署，為期五年，並得再延長五年；是雙方未來輪流在華府及臺北召開年度高階對話的基礎。

（二）經濟合作領域：建立工作小組討論目前及未來經濟合作，包括臺灣新南向政策及美國印太戰略目標一致的合作倡議。

（三）全球健康安全：數位科技研發加強合作；確保兩國醫療物資及服務自由流通。

（四）科學與技術：展開「科學及技術協定」談判。

（五）5G 及電信安全：討論布建安全的 5G 網路及增加供應商來源，臺灣爭取設立 5G 認證中心。

（六）供應鏈：半導體領域的戰略合作為雙方優先項目；另致力於醫療、

能源及其他關鍵技術供應鏈合作。

（七）婦女經濟賦權：共同聲明支持全球女性經濟參與。

（八）基礎建設合作：臺美將於南亞、東南亞、太平洋及拉丁美洲夥伴國
　　　等區域緊密合作，開發基礎建設、再生能源（如風力、太陽能等）
　　　領域共同商機。

（九）投資審查：美國外資投資委員會（Committee on Foreign Investment
　　　in the United Statesr, CFIUS）與臺灣經濟部於投資審查工作的交流
　　　與合作。

圖 2：全球供應鏈重組下，強化臺美供應鏈安全體系

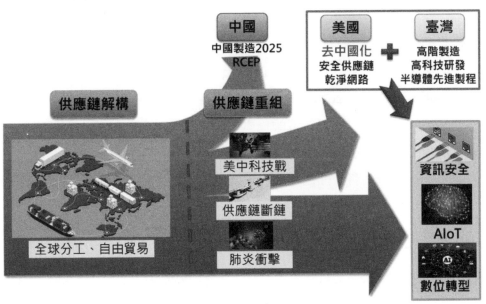

資料來源：各公司、資策會 MIC 整理，2021 年 5 月

　　拜登當選美國總統後，再三強調「將維持川普對大陸施加的關稅和雙
邊貿易協議，不會立即採取動作也不會自我設限」，而且「在經貿領域和

中國大陸競爭，確保大陸為貿易違規、技術濫用、侵害人權和其他方面的做法負起責任」。因此，展望臺美簽訂合作備忘錄後，如何持續強化臺美在資通訊產業的策略合作及供應鏈安全，期吸引臺商返臺或赴美共建臺美供應鏈安全體系，將是臺美政商界的重要課題。

柒、十四五時期，中國大陸經濟發展將以「國內大循環為主體、國內國際雙循環」為主調

2021 年是中國大陸第十四個五年規劃（2021 至 2025）的起始年，由於過去面臨美中貿易戰及在新冠肺炎疫情的衝擊下，導致中國大陸 2020 年 GDP 總值僅有 101.6 兆人民幣，較 2019 年僅成長 2.3%，為過去 30 年來最差的成績。其中，尤以社會消費品零售總額（即內需消費）僅達 39.1 兆人民幣，成長率為 -3.9%，較 2019 年衰退 3.9% 最為嚴重。

為此，習近平在 2020 年 8 月 24 日主持「十四五規劃」討論會上，指示「我們將面臨更多外部環境的逆風，未來將推動形成以國內大循環為主體、國內國際雙循環相互促進的新發展格局」。所以，中共五中全會更明白揭示十四五時期將「加快建構以國內大循環為主體、國內國際雙循環相互促進的新發展格局」（圖 3）。

由圖 3 可看出，國內經濟大循環、國內國際雙循環的政策作為中，以「新基建」政策最受重視，也最被臺商關注。所謂「新基建」，是指新型基礎設施建設，因為習近平於近期考察重點產業發展時，再三強調，要推進 5G、物聯網、人工智慧、工業互聯網等新型基礎設施建設。所以中共五中全會強調新型基礎設施建設可達成「堅定不移建設製造強國、品質強國、網路強國、數位中國，推進產業基礎高級化、產業鏈現代化，提高經濟品質效益和核心競爭力」。

圖3：中國大陸十四五時期以「國內大循環為主體、國內國際雙循環」為
　　　主調

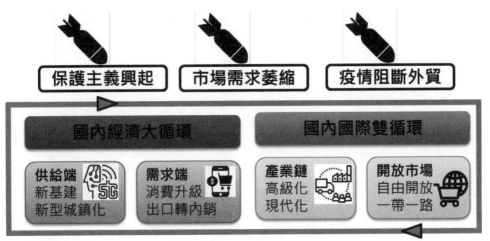

資料來源：各公司、資策會 MIC 整理，2021 年 3 月

　　展望十四五時期，在「持續強化創新驅動發展及經濟體系優化升級」
的目標下，「新基建」將帶動 5G、資料中心、人工智慧、工業互聯網等
新興科技發展與創新應用，並刺激大規模投資需求、擴大就業和就業結構
優化，進而帶動數位經濟的發展、激發新消費需求與產業升級，有助於釋
放中國大陸經濟增長潛力（圖4）。

　　臺商為掌握「新基建」的商機，除解析 2020 和 2021 年政府工作報告
外，尚須依據 2020 年 5 月 15 日國臺辦、發改委等十個部委聯合發布「應
對疫情統籌做好支持臺資企業發展和推進臺資項目有關工作的通知」，提
出助力臺商發展 11 條措施，尤其「促進臺資企業參與新型基礎設施建設。
支持臺資企業發揮自身優勢，與大陸企業共同研發、共建標準、共創品牌、
共拓市場，以多種形式參與大陸 5G、工業互聯網、人工智能、物聯網等
新型基礎設施的研發、生產和建設」。加上十三五規劃及十四五規劃再三
強調的「戰略性新興產業及基礎、技術支援」，包含新一代資訊技術；加

快 5G 通訊、工業互聯網、數據中心建設；推動互聯網、大數據、人工智慧與各產業深度融合（圖 4）。可見「新基建」所涉及的半導體、5G 基地臺及手機、伺服器等，皆為臺灣資通訊業者的技術／製造優勢所在。

圖 4：中國大陸十四五規劃將積極推動「新基建」

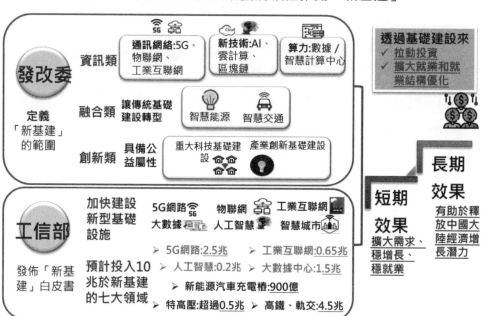

資料來源：發改委及工信部、賽迪研究院，資策會 MIC 整理，2021 年 5 月

捌、RECP 及歐中投資協定達陣！大陸臺商更應關注美歐中的三角習題

　　在歷經八年共 31 輪正式談判，2020 年 11 月 15 日《區域全面經濟夥伴關係協定》（RECP）在 15 國領導人共同見證下透過視頻方式，由各國貿易部長正式簽署，這個總人口達到 23 億，涵蓋全球人口 1/3，產值佔全球經濟比重高達28.3%的貿易協定正式簽署，這對大陸臺商有一定的助益。

再加上中歐領導人於同年 12 月 30 日舉行了視頻會晤，並共同宣布中歐投資協定談判如期完成。歐盟委員會主席馮德萊恩（Ursula von der Leyen）在推特上寫道，「後新冠疫情世界需要一個強大的歐中關係，以建立更好的未來」。中歐投資協定的簽署，也將對大陸臺商有一定的影響。理由如下：

（一）歐盟是中國大陸第一大貿易夥伴、第二大進口來源地、最大出口市場。

（二）歐盟 GDP 約 15.6 兆美元，中國大陸約 14.2 兆美元，經濟規模相當，且產業發展水平不同，互補性強。

（三）歐中談判三大主軸：開放市場、公平競爭環境與可持續發展。

1. 中方同意：在新能源汽車、資訊服務、金融服務和健康行業的准入；在房地產、製造業、建築業和金融業等，提供更公平的競爭環境；在政府補貼上，提高透明度，且不再強迫要求歐洲企業進行技術移轉，且廢除在現行相關的行業中，須以「合資」方式進行投資的相關規定。

2. 歐盟同意讓中方進入一小部分可再生能源市場。

可以預期的是，供應鏈將因政治化而呈現本土化，導致全球供應鏈更碎片化，也就是巴爾幹化（Balkanisation），各國與各產業的供應鏈之間的競爭關係將比合作關係更強化，這對於臺灣資通訊代工大廠而言，是機會也是危機，同時臺商與政府的周旋將比過往更加微妙。

玖、結語

臺商在面對全球供應鏈重組的趨勢下，可採取「以大帶小」和「左右逢源」兩大策略。「以大帶小」是針對資源有限且無法全球布局，更無力自中國大陸遷移的中小企業，可透過大廠攜手小廠赴海外布局，以建構「上

中下游」完整的產業聚落，進而完善臺灣產業供應鏈的韌性及強化產業供
應鏈的國際競爭力。

　　全球供應鏈重組下，我國政府積極推動臺商回臺投資政策，三大方案
包含「歡迎臺商回臺投資行動方案」、「根留臺灣企業加速投資行動方
案」、「中小企業加速投資行動方案」，目標為臺商創造更好的投資環境，
帶動臺灣整體經濟發展。此外，臺商亦可配合政府推動的新南向政策進行
全球布局或海外輸出，尤其是高附加價值產品或智慧應用解決方案，例如
AR/VR、智慧交通、智慧健康照護等成長迅速且高利潤的場域，致力協助
臺商在臺建置「高科技研發中心、綠能研發中心、高階製造中心及半導體
先進製程中心」等四大中心，以提升臺灣資通訊產業能量。

　　最後，在 5G 及人工智慧的浪潮下，臺商惟有數位轉型才能掌握數位
經濟的商機。臺商未來應持續投入高附加價值產品或智慧應用解決方案，
在面對全球供應鏈重組下，臺商比過往都更有機會重新定義其產業鏈的價
值，由於臺灣產業鏈已經從過往單純代工，不斷累積供應鏈經驗與提升技
術研發能量，甚至跨足眾多海外在地價值鏈市場。展望未來，臺商將能大
幅提高與歐美及新興國家的創新連結。

參考文獻

中國中央人民政府，2020，〈劉鶴：加快構建以國內大循環為主體、國內國際雙循環相互促進的新發展格局〉，http://big5.www.gov.cn/gate/big5/www.gov.cn/guowuyuan/2020-11/25/content_5563986.htm。查閱日期：2021 年 3 月 2 日。

中國政府網，〈中國製造 2025〉，http://www.gov.cn/zhuanti/2016/MadeinChina2025-plan/index.htm。查閱日期：2021 年 3 月 5 日。

中華機械網，2019，〈中國製造 2025 解讀：3 個階段、9 大任務、10 大重點領域、5 項重點工程〉，《科塔學術》，https://www.sciping.com/25326.html。查閱日期：2021 年 3 月 2 日。

李婕，2019，〈中國成為唯一擁有全部工業門類國家〉，http://finance.people.com.cn/BIG5/n1/2019/0921/c1004-31365426.html。查閱日期：2021 年 2 月 20 日。

風傳媒，2021，〈準國務卿聽證會「美國對中國強硬是對的」布林肯：支持對臺灣承諾、盼有更多互動〉，https://news.campaign.yahoo.com.tw/2020election/article.php?u=1759cc75-4533-30fe-aeef-dfd49f1137cc。查閱日期：2021 年 3 月 1 日。

新華網，2020，〈關於應對疫情統籌做好支持臺資企業發展和推進臺資項目有關工作的通知（全文）〉，http://www.xinhuanet.com/tw/2020-05/15/c_1125989501.htm。查閱日期：2021 年 3 月 5 日。

楊清緣，2020，〈選後首談對中政策 拜登：維持川普政府關稅和貿易協議、不自我設限〉，https://newtalk.tw/news/view/2020-12-03/503122。查閱日期：2021 年 3 月 3 日。

葉明芳，2021，〈陸 2020GDP 首破百兆人民幣 成美國百年來最強挑戰者〉，https://www.chinatimes.com/realtimenews/20210118005416-260410?chdtv。查閱

時間：2021 年 3 月 4 日。

魏可銘，2021，〈RCEP 簽署 帶給全球貿易希望〉，http://www.cnfi.org.tw/front/bin/ptdetail.phtml?Part=magazine11001-610-5。查閱日期：2021 年 3 月 5 日。

蘇琪彥，2021，〈109 年 12 月核准僑外投資、陸資來臺投資、國外投資、對中國大陸投資統計新聞稿〉，https://www.moeaic.gov.tw/news.view?do=data&id=1493&lang=ch&type=new_ann。查閱日期：2021 年 3 月 8 日。

新冠疫情經濟社會衝擊與影響

陳華昇

（臺灣經濟研究院兩岸發展研究中心研究員兼主任）

摘　要

　　新冠肺炎威脅人類健康，疫情對全球經濟社會造成重大衝擊，許多國家採取嚴格的防疫隔離措施，而影響各國民眾生活、工作、就學和投資，改變其既有生活模式。本文從個人、社會、金融、安全、國際、供應鏈、產業等各層面，分別探討新冠疫情對於全球經濟社會的衝擊與影響。

　　疫情影響民眾的生活和工作，促使其生活與思考模式轉變，包括居家上班、線上學習以及宅經濟、線上採購等消費行為非常普遍，公共衛生和自然環境更受重視。疫情影響觸發了生活新常態與社會新思維，政府必須建構防疫安全網，強化醫療照護體系，建立民生戰略物資儲備。

　　受疫情衝擊，許多產業和企業營運困難，基層勞工失業。政府雖然推出大規模的紓困計畫，以發揮救急救窮作用，但仍須提防相關財政和貨幣措施形成資產泡沫，擴大貧富差距。在國際間，疫情激化美、中競爭，逆全球化和保護主義興起，「降低對中國依賴」成為主流，各國對自主供應鏈的安全意識提升，催化跨國供應鏈重組。促使全球產業供應鏈朝向多元生產基地及分散市場的模式調整。

　　疫情蔓延及防疫政策實施後，零接觸模式的宅經濟盛行，激發創新技術與新興商業模式發展，將改變產業結構、民眾消費行為和零售商業變革，促進數位經濟快速發展，加速企業數位轉型，為社會經濟型態帶來結構性改變。

關鍵字：新冠疫情、宅經濟、產業供應鏈、逆全球化

壹、前言

　　自 2020 年初新冠疫情在全世界各地擴散蔓延，至今（2021 年 3 月）已造成一億八千萬人感染疫病，390 餘萬人因而死亡。由於肺炎導致各國民眾生命健康面臨重大威脅，且世界各國政府為有效防疫，阻絕病毒於本國境內擴散，紛紛採取邊境管制、城市封鎖、防疫警戒措施等，使人流、物流急速凍結，因而民眾生活和企業經營受到衝擊，連帶也使得經濟活動急速緊縮並產生深刻的社經環境影響。

　　綜觀人類歷史長河中，跨國界、跨洲際的大規模傳染疾病如天花、鼠疫等，曾經形成長時間、跨區域、跨種族的傳染，造成數以千萬計的人類死亡。是時，若有其他天災人禍併發，甚至會促使某些種族和文明因而滅絕，是以大瘟疫的流行形同人類的大災難。尤其過去民智未開、國家失能、國際紛亂的時局裡，疫情跨國境的擴散，往往引發人際之間的恐慌、社群之間的對立、國家之間的資源爭奪，致使人間悲劇屢屢上演。

　　人類文明的發展某種程度而言即是不斷與疾病對抗的過程，而 21 世紀以來陸續出現的 SARS、H1N1、MERS 及 COVID-19，更讓人們逐漸體認防疫將成為新常態（郭戎晉 2021，12）。從疫情的發展、擴散、影響，以及疫後社會經濟的變化來看，未來世界動向充滿不確定性。2020 年全球經濟受衝擊，世界主要經濟體的經濟都呈現負成長，這是過去極少見的現象；然而自 2020 年第 3 季以後，全球各國股市大漲，甚且超越而股價指數再創新高，2021 年各國經濟逐漸復原，且隨著疫苗的研發與普遍施打，美、英、歐盟等西方國家乃紛紛解除封城管制和社交隔離措施，其經濟社會活動亦漸次恢復活力。惟面對新冠肺炎病毒不斷變異，未來一段期間各國恐持續地在封城和解封措施之間反覆，其經濟社會亦將一再受到衝擊。各國政府都須思考如何在防疫管制、社會活動、經濟發展之間求取平衡，

同時亦宜關注在疫情之後社會經濟產業之調適。

　　特別是在此次新冠肺炎疫情爆發前，美中衝突、兩岸不靖，已現世局滔滔之勢；如今疫情襲向全球，世界各國如何化解紛爭對立，共促和平合作新頁，厥為當前國際發展之關鍵課題。

　　無論如何，觀察現階段新冠疫情對於政經社會之衝擊與影響，以掌握後疫情時期經濟社會變遷情勢下的重要發展課題。以下謹從個人、社會、金融、安全、國際、全球供應鏈、產業及兩岸經濟社會等層面，分別探討之。

貳、個人層面

　　疫情影響下，許多民眾的生活和工作受到影響，也促使其生活與思考模式的轉變，包括更加重視環保意識和公共衛生問題，以及消費行為的轉變。

　　新冠肺炎疫情延燒至今，政府採取防疫措施，而個人的防疫行動也受到重視，民眾的生活型態、消費購物模式也已產生變化；許多民眾重視防疫保護、降低接觸，故長時間居家活動以躲避疫情的生活方式成為新常態，因而其生活模式也衍生出不同的新興樣態，包括安全防護、宅經濟等產品和創新服務模式。諸如儲備口罩、酒精，時時保持社交距離，避免不必要的群聚，更普遍地運用通訊軟體採用遠距聯繫、數位互動，這些因為疫情所造成的改變，正逐漸成為一種日常的生活模式。

　　而過去一段時間，「家」是最安全的地方，而以健康為考量成為新生活的準則。只要疫情新聞再起，則應酬、尾牙、春酒等聚會減少，家人相處時間反而增加。個人和家庭已習慣因應疫情而未雨綢繆，視疫情發展取消旅遊、會議和聚會，並體認到個人的生活、工作和投資均可能受到疫情衝擊。

　　而企業則受到疫情擴散影響，在政府提高防護警戒等級之際，更須思考和準備「異地備援方案」或「分組分流上班」措施。在歐美國家，因為長時間防疫「封城」之故，遠距教學上課和遠距上班工作，視訊會議、上網購物成為普遍的現象；未來居家上班、數位學習等數位化的新運作模式，將成為未來社會發展的重要方向。惟因此也將致使人際之間酬酢往來、會面互動減少，透過網路進行遠距視訊成為常態，也可能造成人際之間的疏離，加深個人的社會疏離感。

　　此外，疫情讓人體認到，發展是有代價的，人類肆意而無序的發展會付出代價，其結果就是自然的反撲；氣候變遷、各類病毒肆虐，正是人們破壞了太多棲地，以至於許多高傳染率、高致死率的病毒出現。不當的開發、不當的接觸動植物，可能會致使原本在人類環境中不存在的微生物、細菌、病毒傳染到人類社會。正如同長庚醫院副院長邱政洵醫師所言：「疫情最大的警訊就是，自然界是最偉大的，你要維持一個界線」。故而人們也因疫情更加重視人與自然（環境、動物）的和諧，反思如何與大自然和平共處，如何維護環境平衡與自然生態。

　　總之，在長期的防疫情勢下，個人重新體會家庭的價值和重要性，更加重視環保和自然，並高度關注公衛體系和公衛措施。

參、社會層面

　　自從疫情爆發以來，世界各國紛紛採取「封城」、限制集（聚）會、入境隔離、停止國際客運航班等嚴格的防疫措施。影響所及，需求面的民眾戶外消費行為緊縮、企業投資減緩，嚴重衝擊航空業、旅遊業、餐飲業、飯店旅館業、娛樂業、客運業（連文榮 2021：12）以及精品百貨和零售實體商店等，這些仰賴社交接觸的勞力密集型服務業嚴重萎縮。疫情爆發

之初，尤其 2020 年第二季，世界各主要經濟體出現經濟負成長，疫情持續蔓延更導致世界各國就業情形都受到衝擊；此外，各國中小微企業破產倒閉關廠者眾，或者獲利銳減而裁員、降薪，以致許多民眾失業，勞工階層收入減少的情形亦甚為普遍。在 2020 年 3 月間，聯合國所屬國際勞工組織曾預估，新冠肺炎疫情將造成全球民眾的收入在 2020 年底前減少大約 8600 億至 3.4 兆美元。而 2021 年 6 月上旬，該組織發布年度就業與社會展望報告指出，由於受到疫情持續蔓延影響，2021 年全球失業人口將達 2.2 億人，因就業和工時減少，導致勞動收入下滑，貧困人數者加，新增 1.08 億人落入貧窮線以下。一旦疫情持續發展，經濟恢復遲緩，失業人口和貧窮家庭日增，則未來勢將演化為治安問題，進一步衝擊社會穩定。

各國民眾收入短少，導致消費縮減，也為全球的商貿活動和經濟發展造成負面影響。為此，全球各國均紛紛推出民眾紓困補助與貸款；我國也因 2020 年春季及 2021 年夏季兩波疫情高峰，而兩度推出因應疫情的紓困方案，以協助工作生活受到影響的民眾和經營運作受到衝擊的企業。

而當前世界各國政府的防疫作為，已在相當程度上限制了社會的正常活動。由於疫情突然爆發、快速擴散、影響嚴重且持續久遠，因此各國政府為防治疫情乃採取緊急應變措施，甚或宣布緊急狀態。具體作為包括：對口罩、酒精、疫苗施打等醫療公衛物資進行管制與分配，以確保民眾安全得到保障；採取封城、封境措施、限制交通運輸和人民行動，以防堵疫情經由人群接觸持續擴散；加強媒體管制與監察，以防錯誤訊息流散。然而無論是防疫管制、紓困措施和疫苗分配，都影響到不同社會部門或階層的利益和權利，因而當管制措施和資源分配被認為不公、不當之時，不僅將衝擊政府威信，引發社會抗議和媒體質疑。政府則被迫在疫情期間加強社會控制、管制媒體言論，可能壓抑民間活力，並被批評為「民主倒退」和「威權復甦」。政府在執行防疫管理的同時，如何確保民間社會活力，

並贏取社會大眾的信任，將是各國的防疫難題。

肆、金融層面

2020 年第一季肺炎疫情爆發之初，全球經濟嚴重受創，各國受到疫情衝擊，發生規模空前的全球性經濟衰退。因而當時世界各國為因應疫情，紛紛推出各項緊急紓困方案，採取貨幣寬鬆措施，由央行向市場鉅量注資，以挽救直墜的經濟情勢。其後各國紛紛採取振興經濟措施，包括降低利率、提供企業低利貸款的貨幣政策，以及普遍對民眾發放現金或消費券等補助、對勞工提供救濟金的財政政策。雖然相關的紓困方案與振興經濟措施，使得全球經濟和股票市場在 2020 年第三季以後逐漸恢復穩定，但也帶來相當的副作用。國際金融協會（IIF）指出目前全球總負債達 281 兆美元，較 2013 年（金融海嘯後債務高峰期）的 210 兆美元增加了 70 兆美元，未來一旦利率上升而致償債壓力升高，其產業的衝擊將非常劇烈（林建甫 2021）。

1930 年代經濟大蕭條的經驗顯示，當全球主要國家推出各種公共支出、社會福利支出，並針對公司企業進行紓困，同時一再實施貨幣量化寬鬆政策，使廠商有足夠資金活水而免於停業、倒閉。惟其缺點在於貨幣發行量太多，使得富人追逐金融和保值資產，造成主要國家的股票、證券及房地產價格大漲。因此，這一波疫情過後，各國的所得分配不公、貧富差距情況將更形惡化（陳明郎 2020，23）。

此次疫情影響下，全球以紓困為名的印鈔注資行動，不僅導致政府債務加速累積，可能形成金融資產泡沫、升高市場風險（黃蔭基 2021）；由於資產價格與經濟情勢背離，以及企業破產或流動性風險升溫，增添全球及各國經濟復甦的不確定性。同時，誠如諾貝爾經濟學獎得主克魯曼（Paul

Krugman）所言，因應疫情的一系列紓困方案也將致使全球的股市表現與實體經濟嚴重脫鉤，資金也流向財富金字塔頂端人士集中，而逐漸形成經濟的「K型復甦」，導致「富者越富，貧者越貧」。隨著疫情持續且拖延時日，許多國家無法如美歐國家以舉債或印鈔方式應對疫情影響，致使窮人受疫情危害更大；而未來世界各國內部貧富差距的情勢恐持續擴大，又將激化未來世局的動盪。

　　而未來後疫情時代下經濟發展方向，零接觸經濟、供應鏈韌性、數位醫療、跨境電子商務等，將促使運用數位技術減少現金交易的數位貨幣及其他金融科技更為盛行，同時也將使得全球對央行數位貨幣的關注大幅提升（林柏君等 2021）。

伍、安全層面

　　鑑於疫情期間已凸顯出許多國家肺炎防治工作未能落實、防疫用品時有匱乏或分配不均、醫療機構收治和照護肺炎病患能量不足，以及現階段預防及醫治肺炎、疫苗、用藥、器材仍待補充，因而，建立防疫安全網並強化醫療照護公衛體系，提升政府的傳染病防治能量將是各國施政要務。此外，本次疫情使得各國更加重視醫療照護體系的標準規格、軟硬體設備，同時也帶動防疫產業及產品需求成長，如防護衣／隔離衣、口罩、手套、護目鏡、體溫計、檢測試劑、藥品、呼吸治療產品和疫苗等項目。

　　然而，疫情擴散之初，各國多採取「保護國內需求」因應措施，進一步衍生「自我主義」，其對重要物資之取得甚至可能形成新障礙，對於戰略物資自給能量較為薄弱的國家已構成安全上的威脅。因而促使許多國家乃進行醫療防疫物資供給的盤點與準備工作，並建立相關的國家戰略儲備制度（戴肇洋 2021）。例如現階段新冠肺炎疫苗仍為各國積極研發、採購和儲備之重要物資。

　　因而民生物資戰略產業已受到重視，並被視為國家安全的一環，各國都應該儲備自給自足的健康防護相關民生物資，以加強國家防疫能量，建立能夠維護國民免於疫病危害之安全環境。而臺灣具備全世界最優質的健保制度、優良的公衛體系、資訊科技研發能力，應掌握此契機積極發展醫藥健康產業，包括：數位療法、精準醫療、智慧醫療、數位防疫、健康促進等，藉由數位科技結合大數據，銜接前端生醫研究及後端產業發展，將能夠提升防疫與醫療照護能量，並促進健康相關產業發展（張建一2020）。

　　其中，運用科技防疫，亦為未來防治疫情與發展產業之趨勢。疫情期間相關通訊診療、遠距醫療以及在宅醫療等需求，也促使非接觸式診療模式受到重視。而近年智慧科技技術快速發展，人工智慧 AI、機器人、大數據分析、醫療物聯網（IoMT）、感測監控、機器人、自動化、AR/VR 等科技技術如能有效導入醫療健康防護體系和相關產業，將能發展智慧醫療，有助於防疫工作。故未來將智慧科技運用於公共衛生工作並導入健康防護產業，將是未來醫療照護領域發展之重要趨勢。

　　而歷經此次疫情造成全國各國緊急危難情勢，並衝擊社會經濟運作模式，各國政府當建構強有力的疫情管控體系，強化相關危機處理與管理能力，以長期性政策提高社會及環境韌性，提升社會系統面對風險時安全穩定運行的能力，以因應未來不確定的重大危機。

　　故而防疫安全宜列為國家安全的要項之一，政府應重視防疫安全方面的公衛、醫療、生技、資訊管理與安全等領域之人才培養，並將「疫情管理」視為環境永續及城市韌性的一部分，強化傳染病管理策略及其疫病緊急應變系統能力，並思考疫情之下如何取得經濟效益與疫病擴散風險之間的平衡。

陸、國際層面

　　早在疫情爆發前，美國前總統川普於 2017 年以「美國優先」為名，退出各種多邊主義；自 2018 年 3 月以來，更引爆以提高關稅為名，卻實質上涉及霸權爭奪的美中貿易戰，繼而擴及科技之戰，及軍事戰略上的對峙與對立，故全球化的確已經出現明顯的轉折（蕭全政 2020，114）。至 2020 年新冠疫情在中國大陸武漢爆發後，美中兩國即互相指責和質疑對方「製造」、「帶來」肺炎病毒，雙方為此並透過國際宣傳、外交力量爭取各國友好關係。而美、中疫苗研製及配送國外的過程中的「疫苗外交」角力，亦顯現中國大陸有意與美國較勁，擴大其國際影響力。

　　新冠疫情始於中國大陸，而在美國最為嚴重，美國川普政府和許多民眾皆認為中國應對隱匿疫情致使疫情擴散負起責任。美、中兩國正處於對立爭強的階段，疫情復加深雙方的不信任感。因而新冠疫情爆發後，兩國之間更邁入「新冷戰」，不論是科技產業、金融貨幣、貿易投資都有分別走向不同系統的可能，過去 30 年來的「全球化」經濟頗有遭到逆轉之勢（王伯元 2020）。

　　事實上，2020 年疫情爆發後，各國陸續宣布嚴厲的封城、鎖國邊境管制措施，各國旅客往來銳減，分布在各國的生產供應鏈有「斷鏈」之虞，各國推升經濟成長的動能下降。疫情爆發後，全球化的弱點呈現，諸如供應鏈太長，面臨物流、航運出狀況時，容易產生斷鏈及物流成本大幅攀升的困境；同時，全球化的結果，太多物品委外生產，許多國家在防疫期間亟需的口罩、酒精、防護衣、呼吸器及其他民生用品，出現供不應求、物資匱乏的現象（王健全 2021a，139），並擔心其製造業物流遭閉鎖後，將衝擊生產供應鏈（此被簡化為「對中依賴」的負面影響），故而要由國家強制力去約束產業投資過度集中，或者採取保護主義吸引製造業回流。

這些反制全球分工，讓製造業回流的構想，並對製造業進行保護（黃介正2020）。

　　疫情造成產業供應鏈的「去全球化」現象，企業為避免未來出現斷貨危機與風險，將從過去重視成本轉為更加重視產業安全；同時，企業也將省思和檢視過去全球化帶來的相互依賴與區域整合之負作用，而決意加快分散產能的步伐，建立多元生產基地與分散市場（林雅鈴2021），全球產業鏈將出現向消費市場靠攏，未來產業供應鏈將朝向區域化生產、本地供應（史惠慈2021）和區域製造體系發展。亦即疫情顯現出供應鏈斷貨之衝擊，促使長期高度依賴中國大陸之跨國企業必須正視並調整其生產布局，加速建置多元生產基地與分散市場。

　　故區域合作取代全球化思維，後疫情時期逆全球化趨勢將更明顯，美、中競爭將持續進行且長期發展，美國正加強與英、日、印、澳和歐盟的安全與產業聯盟合作關係。未來在半導體、5G等關鍵產業方面，將促使相關生產供應鏈形成美、中兩個不相容的系統，亦即「一個世界，兩套系統」的美、中兩大陣營脫鉤而各自發展供應鏈的體系，此將影響包括我國在內的全球半導體、5G網通產業和企業的投資與生產布局。

柒、全球供應鏈層面

　　由於疫情影響全球經濟，如若供應鏈其中的一個生產環節受疫情影響而中斷，則後續流程可能陷入停滯，甚至造成供應鏈嚴重失序；此外，疫情促使「去集中化」的思維興起，帶動製造生產向「區域化」轉型。因而全球產業供應鏈正從集中整合的「長鏈」轉變為多點分散的「短鏈」布局，藉以分散市場風險（戴肇洋2020）。而過去一段期間，作為全球產業供應鏈核心的中國大陸，也在供應鏈「短鏈化」與「區域化」趨勢，以及強化

產業供應鏈之生產彈性與韌性的思維下，重新整合供應鏈，因應疫情引起的逆全球化趨勢。

　　2020 年疫情起始於中國大陸，而衝擊「世界工廠」的正常運轉，故亦牽動全球供應鏈的變化與重組，而呈現出以下的趨勢：第一，因應美國對中國大陸出口商品課徵關稅，中國大陸生產銷美產品的資通訊產業供應鏈外移，其中高階產品生產線移到臺灣等國，低階產品和下游組裝代工則移往東協、南亞，亦有為接近市場而將供應鏈、生產線移回母國（美、日、臺）或其鄰近國家（如接近美國之墨西哥），此為中國大陸資通訊產業鏈之外移分流、分鏈之情形，疫情爆發後此生產線移出中國大陸之速度加快。第二，在疫後逆全球化趨勢中，美、中競爭形勢更為明顯；故美國科技圍堵政策下，半導體、5G 產業已形成美、中雙元供應鏈，在此二產業中，臺灣企業廠商或只能參與其中一方供應鏈，實難以左右逢源。第三，為因應疫情可能影響國際大廠進行分散採購、分散市場的策略，中國大陸臺商轉赴東南亞及印度投資設廠者（如和碩、富士康、仁寶等），其在東南亞的工廠往往仍繼續向中國大陸企業廠商採購高端、精密的零組件，使得東協、印度生產鏈成為中國大陸產業供應鏈的延伸。同時，為因應美中貿易戰、科技戰，為打開新出口市場（抵銷美國市場所減損的出口），臺灣企業會配合中國大陸品牌商或組裝廠，提供其終端產品之關鍵元件，以行銷並拓展東協、印度等新市場（如聯發科與中國華為、OPPO、Vivo、小米合作開發新市場）。第四，具有全球運籌能力，或早已展開全球布局的大企業（如仁寶），在此全球供應鏈調整過程中，乃加速並擴大進行全球布局，以分散生產和接近市場為考量，重新調配其生產線，期能因應疫情而建立企業生產的韌性與彈性。故疫情對全球分工產業鏈造成衝擊，企業建立全球供應鏈和生產基地布局的主要決定因素，將不再是市場進入和降低成本；而促進策略部門和關鍵行業供應鏈的獨立性、生產基地重新安排，以及再

區域化、避免單一供應鏈來源、降低依賴少數國家、跨國性品牌思考風險分散策略等，將成為優先考量的關鍵要素（蔡依恬等 2021：32）。

　　未來將逐漸走向多元生產基地及分散市場之供應鏈管理模式，全球價值鏈（GVC）生產長度出現縮短跡象，供應鏈未來將朝向多核心區域製造體系發展。未來製造業相關企業將朝向全球布局、多元區域生產的發展方向，而各國要掌握自主技術、建立本土供應鏈、強化供應鏈和製造體系韌性，以維護產業安全。

捌、產業層面

　　疫情擴散後雖造成傳統產業和中小企業的經營壓力，但也促使藥品、消毒劑、醫療器材等防疫用品需求大增，相關產業快速發展。而在疫情擴散蔓延而未能全面控制期間，影響人員的流動，促成數位經濟與「宅經濟」興起，消費模式、企業營運模式、商業模式及經濟模式隨之改變，進而造成相關商品的供需產生變化，帶動若干產業趁勢發展。

　　具體而言，由於人與人之間為避免或減少接觸和集會，因此遠距通訊需求大增，帶動遊戲機、筆電、視訊及通訊設備需求，連帶加速對 5G 建設的迫切性（連文榮 2021：17-22），使得「宅經濟生活」或「零接觸經濟」等新商機及新商業模式因而興起；如電子商務、遠距工作視訊、餐飲外送平臺及其相關服務、電玩宅經濟娛樂、線上個人學習、遠距醫療照護與保健等應用領域。故而疫情已經直接改變產業結構，零接觸經濟將成為未來產業發展趨勢重點之一；因為防疫措施造成人流限制及移動頻率降低，促使消費市場、工作方式由實體轉向「宅經濟」（張建一 2020）。

　　「宅經濟」生活模式將促使「拓展電商通路」與「整合實體店面」成為後疫情時代零售產業兩大變革；而零售產業加速進行數位轉型之進程，

同時亦讓線上與線下融合體驗之智慧零售成為未來零售產業發展之新焦點趨勢。故未來智慧物流、電商平臺、零售創新模式推陳出新，數位科技與電商產業將呈現蓬勃發展之趨勢。

　　且各國採取封城、「鎖國」措施以致消費者不敢或無法出門、出國，故居家娛樂成為主流，是以日本任天堂 Switch 遊戲機全球熱賣、Netflix 大行其道，且在疫情肆虐過程中，因隔離、疏散、風險管控的需求，電子商務、外送平臺、電子遊戲、視訊會議大為風行，加速去實體化的虛擬經濟發展；尤其，未來 AI 盛行、5G 普及後，跨境電商、遠距教學與醫療等將蔚為常態（王健全 2021b，9）。除了因居家隔離措施所帶動的線上教學與會議需求、外送食物需求、居家娛樂與購物需求等，也使視訊設備、通訊、數位平臺業者、電商和線上娛樂等產業及周邊設備廠商逆勢成長，帶動了符合線上教育、遠距辦公趨勢的數位科技與數位傳播產業的發展。

　　疫情蔓延及防疫措施限縮實體經濟活動，促使企業加快數位轉型的步伐。首先必須對民眾的消費行為、經濟運作模式進行重新調適與預測。而在此疫情影響下，不少實體店家受到負面衝擊，來客數遽減，也迫使傳統零售業者調整、改變其商業銷售模式，即運用數位科技技術之導入協助，加速開展其零售產業的數位轉型，致力布局發展線上電商平臺。未來，企業將邁入後疫情的數位時代，必須加速數位轉型，導入數位化、智慧化與自動化技術，以確保生產、營運、管理之持續進行，並肆應疫情長期化發展而採取數位化的行銷和商務模式，發展智慧零售，運用人工智慧 AI 與物聯網之發展，進行跨通路之串聯、共享與整合。疫情及其防疫措施帶動相關創新產業領域模式之興起，數位轉型將成為未來企業發展主流趨勢。相關產業躍升進入重要產業之林，疫情過後則可能持續此一消費模式，使得產業的數位轉型獲得相當大的躍進動力（黃崇哲 2020）。

玖、兩岸社會經濟層面

　　兩岸之間原本已因政治因素而致交流趨緩，在肺炎疫情爆發後，更因各項疫情防治措施影響造成雙方民間交流互訪困難，交通航點、航班大幅減少，許多兩岸之間的經貿與商務活動被迫暫停，諸如兩岸之間的經貿合作會議、企業對接與媒合、商務參訪與洽談都已受到阻礙或延後辦理。這使得兩岸官方互動暫停後，兩岸經貿合作所賴以維續的民間交流管道也形同中斷。加上疫情向全球擴散所引發的逆全球化現象和保護主義再興，都可能對疫情後兩岸恢復正常互動交流合作形成重大阻礙。此外，早在肺炎發生之初，兩岸之間在武漢包機和我國參與 WHO 問題上產生齟齬，雙方民間社會不僅互動更為淡漠，且因在網路空間中相互對立的情形更為普遍。在此情況下，即使疫情過去，兩岸雙方一時間亦恐難回復正常的社會互動與產業合作，兩岸經貿交流或將面臨新的阻力。

　　惟 2020 年係全球疫情最為嚴重的時期，但兩岸貿易合作卻持續深化，臺灣對中國大陸（含香港）貿易順差達 866.9 億美元，而出口依賴度則達 43.87%，顯示即使在疫情影響下，兩岸長期產業分工形成緊密的供應鏈關係，尚未因疫情擴散而受到嚴重衝擊。惟自美、中貿易戰、科技戰以來，中國大陸科技業臺商已開始進行產能與產線的外移，疫情爆發後，跨國企業、臺商已認知到分散風險有其必要性和迫切性，而將加速生產線轉移和供應鏈調整。而隨著疫情促使美、中對抗情勢持續發展，美國和西方國家與中國大陸在半導體、5G 網通產業鏈脫鉤，勢將牽動兩岸產業互動合作情勢的進一步變化，實為未來有待密切關注的課題。

　　在此同時，正宜思考如何建構未來兩岸互動交流合作的新思維、新方向與新作為，以因應疫情之後的全球供應鏈變化新形勢；同時，將疫情作為轉化兩岸關係以及啟動兩岸新局，進而推動兩岸關係再突破的新契機。

拾、結論

　　新冠疫情深刻影響全球經濟社會，也考驗著我們個人、家庭和社會的容受能力，以及國家因應疫情危機挑戰的能力。而全球各國政府為此採取的防疫與經濟封鎖措施，也對經濟社會造成相當程度的衝擊。疫情影響下已激發了生活新常態與社會新思維，居家上班和線上學習非常普遍，公共衛生和自然環境更受重視，政府必須建構防疫安全網，強化醫療照護體系，打造醫藥健康產業，建立民生戰略物資儲備。雖然疫苗已全面施打並有效達到防疫效果及減少重症發生，但未來風險人員的掌握與維持人際間必要的社交距離，仍是防制新冠疫情的關鍵因素，也帶動檢測、追蹤等防疫科技之發展與相關產品生產（郭戎晉 2021）。

　　受到疫情衝擊，社會上仍有許多產業和企業營運困難，基層勞工工作生活受到影響。政府雖然推出大規模的紓困計畫，一時間可以發揮救急救窮的作用，但仍須提防相關財政和貨幣措施形成資產泡沫，擴大貧富差距。

　　在國際間，疫情造成資本市場、貿易、產業鏈和跨國投資等方面的影響，同時，新的政治經濟情勢已經出現，疫情致使國際間的貧富差距擴大，也激化美、中兩強競爭，逆全球化和保護主義興起，「降低對中國依賴」成為主流，各國對自主供應鏈的安全意識提升，催化跨國供應鏈的解構與再重組。因而在全球產業供應鏈方面也正朝向多元生產基地及分散市場的模式調整。

　　尤其值得關注的是，在產業層面，在疫情蔓延及防疫政策普遍實施後，促使零接觸模式的宅經濟大為盛行，激發創新技術與新興商業模式之發展，將改變產業結構、民眾消費行為和零售商業模式創新，促進數位經濟快速發展，從而又促使企業為爭取數位商機而加快數位轉型的步伐，並為社會經濟型態帶來結構性改變。未來在後疫情時代，宜根據全球發展趨勢

及國內發展需求，發展跨領域智慧應用科技於教育、醫療產業、職訓等層面，以加速恢復經濟活力，促進社會進步。

　　而企業界面對疫情影響下的經濟社會變局，誠如大前研一所言：「企業經營者不該依賴政府的政策，而是應該設想經濟狀態已全然改變，必須讓企業隨社會蛻變換新」，來思考企業的發展備案，以作為因應未來經濟社會變遷的對策。政府經濟部門則應該成立數位服務團隊，支持企業在抗疫期間滿足數位和行動工作的需求，並研議企業強化供應鏈的可行方法，以及臺商全球布局的策略。

參考文獻

王伯元，2020，〈世界經濟半球化中美仍難脫鉤〉，《聯合報》，9月11日。

王健全，2021a，〈疫後展現臺灣產業的韌性之策略〉，溫蓓章、陳之麒、洪志銘主編，《2021年全球經濟展望：疫後超前部署 展現經濟韌性》，臺北：中華經濟研究院，2021年1月。

王健全，2021b，〈臺灣因應拜登當選策略〉，《產業雜誌》，612（3月1日）：3-12。

史惠慈，2021，〈跨國供應鏈調整下 臺灣的影響與反思〉，《經濟前瞻》，193期（1月）：23-29。

林柏君、陳馨蕙，2021，〈後疫情時期之金融市場發展趨勢〉，溫蓓章、陳之麒、洪志銘主編，《2021年全球經濟展望：疫後超前部署 展現經濟韌性》，臺北：中華經濟研究院，2021年1月。

林建甫，2021，〈紓困和經濟刺激計劃帶來不小的副作用〉，《工商時報》，3月12日。

林雅鈴，2021，〈國際新局下臺灣產業轉型升級契機與策略建議〉，《臺灣經濟研究月刊》，44（1）（1月）：99。

張建一，2020，〈後疫情時代產業創新的契機〉，《經新聞》，6月9日，https://www.economic-news.tw/2020/06/innovation.html。

連文榮，2021，〈全球經濟2020年回顧與2021年展望〉，溫蓓章、陳之麒、洪志銘主編，《2021年全球經濟展望：疫後超前部署 展現經濟韌性》，臺北：中華經濟研究院，2021年1月。

郭戎晉，2021，〈防疫科技發展與產業趨勢分析〉，《臺灣經濟研究月刊》，第44（6）（6月）：12-18。

陳明郎，2020，〈新冠肺炎COVID-19對臺灣的經濟衝擊和影響〉，《人文與社

會科學簡訊》，22（1）（12月）：20-25。

黃介正，2020，〈新冠肺炎與國際政經格局〉，《交流雜誌》，171（6月）：23-26。

黃崇哲，2020，〈武漢疫情衝擊全球，臺灣應超前部署產業轉型〉，《臺灣銀行家雜誌》，124（4月），https://taiwanbanker.tabf.org.tw/paperDetail?id=2053。

黃蔭基，2021，〈蝴蝶效應 vs. 資產泡沫〉，《中國時報》，3月4日。

蔡依恬、林葳均，2021，〈成熟經濟體回顧與展望：美國、歐盟〉，溫蓓章、陳之麒、洪志銘主編，《2021年全球經濟展望：疫後超前部署 展現經濟韌性》，臺北：中華經濟研究院，2021年1月。

蕭全政，2020，《臺灣政治經濟學：如何面對全球化與中美海陸爭霸的衝擊》，臺北：時報出版公司，2020年5月。

戴肇洋，2020，〈重組或接軌供應鏈的現實與選擇〉，《工商時報》，9月30日。

戴肇洋，2021，〈正視經濟面對新常態與新障礙的風險〉，《工商時報》，5月26日。

多元布局，就地轉型：
2020 新冠疫情對臺商經營與管理影響 [1]

黃健群

（中華民國全國工業總會大陸事務組組長／中國科技大學兼任助理教授）

摘　要

2020 年，百年一見的新冠疫情自中國大陸爆發，而後蔓延全球。對大陸臺商來說，由於最主要的生產基地多處封城、封省，以致生產端幾乎全面停滯；而最主要的消費市場歐美各國，則因為疫情衝擊需求全面衰退，致使大陸臺商遭遇前所未有生產／消費兩端的同步衝擊。雖然中國大陸乃至臺灣的兩岸政府，針對新冠疫情都提出政策。然而，不可諱言，後疫情時代兩岸經貿結構乃至全球產業鏈，都將可能面臨改變與重組。為瞭解新冠疫情對大陸臺商影響，本文透過實證調查，瞭解新冠疫情對大陸臺商的衝擊狀況、大陸臺商主要採取的因應策略，以及其未來的投資布局和可能的動向。

研究發現，新冠疫情對在陸投資臺商造成全面性影響，且由於疫情發展難以預期，多數大陸臺商一方面對未來投資中國大陸採取相對保守態度；另一方面則亟思如何分散銷售布局、加速數位轉型，以及轉移產能／供應鏈。然而，全球經貿環境的變化，加上臺商企業規模的限制，因此即使臺商希望能夠多元布局，但關廠停業、就地轉型，將是中小企業大陸臺商最有可能的選擇。

關鍵字：COVID-19、大陸臺商、兩岸經貿、產業鏈重組

---

1 本文主要內容摘錄修改自中華民國全國工業總會（以下簡稱工業總會）2020 年 7 月 25 日至 8 月 25 日針對其會員廠商調查的《新冠肺炎疫情對臺商投資大陸影響調查》。

壹、前言

2018 年美中貿易戰方興未艾之際，2020 年 1 月，百餘年來僅見的黑天鵝新型冠狀病毒（COVID-19）疫情爆發並蔓延全球。至 2021 年 6 月底，全球確診人數已將近兩億人，死亡人數將近四百萬。世界各國為控制疫情，採取封城或保持社交距離等措施，致使經濟活動陷入停擺。隨著疫情由中國大陸蔓延到世界各國，全球從供給端到需求端都受到衝擊，不僅生產斷鏈，消費活動也大幅衰退。

然而，由於中國大陸疫情控制相對較佳，復工復產較快，因而許多國際機構都認為相較其他國家，2021 年中國大陸經濟復甦力道較強勁（請見表 1）。但即使如此，對在中國大陸投資經營的臺商（以下簡稱大陸臺商）來說，新冠疫情帶來了前所未有的衝擊和挑戰。新冠疫情對大陸臺商的影響究竟為何？其又採取怎樣的策略因應？由於疫情尚未完全停歇，再加上近期兩岸關係的變化；因此，關於新冠疫情對臺商的影響，多散見在各報章雜誌。目前國內較為完整的調查，僅有海基會委託中華經濟研究院（以下簡稱中經院）的《新冠肺炎疫情對臺商大陸經營的影響、未來動向及建議》研究（以下簡稱「本研究」），以及中華民國全國工業總會（以下簡稱工業總會）針對其會員廠商調查的《新冠肺炎疫情對臺商投資大陸影響調查》（以下簡稱「本調查」）等兩份報告。

本文以工業總會的調查為主，輔以中經院研究報告部分內容，並透過其他次級資料撰寫。本文首先概述新冠疫情爆發迄今對中國大陸經濟的影響，並說明其提出的因應政策；其次，依據調查結果及訪談資料，說明新冠疫情對大陸臺商的影響；再者，討論大陸臺商如何因應新冠疫情。結論部分，分析其未來可能動向。

表 1：國際主要機構對全球經濟成長率預測

單位：%

地區別	IMF		IHS Markit		OECD	
	2020	2021	2020	2021	2020	2021
全球	-3.5	5.5	-3.9	4.4	-4.2	4.2
先進經濟體	-4.9	4.3	-4.9	3.5	-	-
美國	-3.4	5.1	-3.6	4.0	-3.7	3.2
歐元區	-7.2	4.2	-7.1	3.4	-7.5	3.6
日本	-5.1	3.1	-5.4	2.3	-5.3	2.3
新興及開發中經濟體 *	-2.4	6.3	-2.1	5.8	-	-
中國大陸	2.3	8.1	2.1	7.6	1.8	8.0

註：IHS Markit 為新興經濟體成長率

資料來源：1. IMF, World Economic Outlook Update, Jan. 26, 2021

2. IHS Markit, World Overview, Jan. 15, 2021

3. OECD, Interim Economic Assessment, Dec. 1, 2020

貳、新冠肺炎疫情對中國大陸的影響

中國大陸爆發新冠疫情後，多省市實施封城、停工等措施，導致內外的交通運輸、原物料供應、人員往來等均受到限制，整體經濟與產業活動陷入停滯。根據中國大陸國家統計局資料，疫情爆發後，中國大陸 2020年第一季國內生產總額（Gross Domestic Product, GDP）較去年同期衰退達 6.8%，創下有紀錄以來最差表現；除此之外，第一季規模以上工業增加值同比下降 8.4%、社會消費品零售總額年減達 19%（鄭年凱、藍孝威，2020），顯示生產與消費層面皆因疫情衝擊而大幅衰退。

一、大陸經濟復甦領先全球，出口表現逆勢成長

　　雖然第一季經濟情況不佳，但隨著各地逐步復工復產，中國大陸各項經濟指標逐步恢復。

　　由出口、投資、消費分別來看：2020 年中國大陸全年貨物出口為 17 兆 9,326 億元（人民幣，以下同），增長 4.0%；進口 14 兆 2,231 億元，下降 0.7%，進出口相抵後順差為 3 兆 7,096 億元。投資方面，2020 年中國大陸全國固定資產投資（不含農戶）51 兆 8,907 億元，比上年增長 2.9%。分產業別看，三次產業投資增速全部轉正，其中第一產業投資增長 19.5%，第二產業投資增長 0.1%，第三產業投資增長 3.6%。消費方面，2020 年中國大陸全年社會消費品零售總額 39 兆 1,981 億元，比上年下降 3.9%。其中，城鎮消費品零售額 33 兆 9,119 億元，下降 4.0%；鄉村消費品零售額 5 兆 2,862 億元，下降 3.2%。值得注意的是，疫情爆發初始，中國大陸 2、3 月的社會消費品零售總額分別大幅衰退 20.5%、15.8%，到了 4 月回升為負的 7.5%，8 月即回正，為增長 0.5%（請見表 2）。

表 2：中國大陸 2020 年主要經濟數據

	金額（人民幣）	與上年相較	說明
出口	17 兆 9,326 億	增長 4.0%	進口 14 兆 2,231 億元，下降 0.7%。貿易順差為 3 兆 7,096 億人民幣。
全國固定資產投資（不含農戶）	51 兆 8,907 億	增長 2.9%	第一產業投資增長 19.5%；第二產業投資增長 0.1%；第三產業投資增長 3.6%。
社會消費品零售總額	39 兆 1,981 億	下降 3.9%	城鎮消費品零售額 33 兆 9,119 億人民幣，下降 4.0%；鄉村消費品零售額 5 兆 2,862 億人民幣，下降 3.2%。

資料來源：作者整理自中華人民共和國國家統計局

　　總體來看，根據中國官方數據（中華人民共和國國家統計局，2021），中國大陸第一季 GDP 同比下降 6.8% 之後，第二季開始回復，正增長為 3.2%，第三季增長 4.9%，第四季增長 6.5%。2020 年中國大陸全年 GDP 增長雖創下 30 年來最低，較 2019 年成長 2.3%，但創新歷史新高，達到 101 兆 5,986 億元。分產業別看，第一產業增加值為 7 兆 7,754 億元，比上年增長 3.0%；第二產業增加值為 38 兆 4,255 億元，增長 2.6%；第三產業增加值為 55 兆 3,977 億元，增長 2.1%。

　　由各項數據來看，相較歐美疫情仍然起伏不定，中國大陸經濟情況顯然相對較佳。2020 年全球各國經濟均大幅衰退之際，中國大陸不僅成為全球經濟最快復甦的國家之一，也是少數全年經濟正成長的主要經濟體。

二、中國大陸因應新冠疫情政策

　　中國大陸在疫情爆發後不久，即頒布一系列穩外資外貿的政策。這些政策，主要著重協助外資復工復產及資金周轉融資，同時加強擴大國家級經開區開放和招商引資。

　　2020 年 3 月底，中國大陸召開全國外資工作會議暨應對疫情穩外資工作電視電話會議，歸納了六大重點工作，包括：推動外資企業復工復產、推動穩外資政策落實、實施資訊報告制度、提升投資促進和招商引資水準、推動各類開放平臺建設，以及持續優化外商投資環境等。值得注意的是，會議後不久的 4 月初，中國大陸商務部即頒布了五方面 24 條的《關於應對疫情進一步改革開放做好穩外資工作的通知》（以下簡稱 24 條《通知》），除了提到支持外資企業恢復正常生產經營秩序之外，也強調將進一步推動更高水準對外開放、推進商務領域「放管服」改革、加強外商投資服務和促進工作、持續優化外商投資環境等穩外資措施。這 24 條《通知》，即成為疫情期間大陸穩外資的綜合性文件（黃健群，2021）。

　　中國大陸官方強調，24 條《通知》有四個特點，一是改革開放與穩外資相結合；二是問題導向和目標導向相結合；三是穩存量和促增量相結合；四是國際和國內相結合。綜合來看，就是在擴大改革的同時，具體解決企業問題；同時，利用各類方式持續招商引資、鼓勵企業持續投資，以及透過投資自由化、便利化營造有利外商投資的環境。

　　針對大陸臺商部分，繼 2018 年 2 月 28 日公布的《關於促進兩岸經濟文化交流合作的若干措施》（以下簡稱「31 條惠臺措施」），2019 年 11 月 4 日公布的《關於進一步促進兩岸經濟文化交流合作的若干措施」》（以下簡稱「26 條措施」），2020 年 5 月 15 日，中國大陸國家發改委、國臺辦等十部門聯合發布了《關於應對疫情統籌做好支持臺資企業發展和推進

表 3：中國大陸對臺商「11 條措施」重點

要項	重點	主要內容
復工復產	幫扶臺資企業復工復產	確保臺資企業同等享有中央和地方出臺的各類援企穩崗政策。
	落實稅費減免政策	1. 對符合條件的臺資企業按規定免徵或減半徵收社會保險單位繳費。 2. 有條件的地方可研究出臺減免物業租金、降低生產要素成本、加大企業職工技能培訓補貼等支援政策，符合條件的臺資企業可同等申請享受。
	強化金融支援臺資企業疫情防控和復工復產	1. 為受疫情影響較大的臺資企業提供優惠的金融服務。 2. 加大信貸支援力度，滿足臺資企業差異化金融需求。 3. 鼓勵符合條件的臺資企業在大陸上市融資，為符合條件的科創型臺資企業在科創板上市提供支援。 4. 鼓勵臺灣金融機構把握大陸金融領域自主開放新機遇，參與兩岸金融合作。
	保障臺資項目合理用地需求	1. 對於臺資企業復工復產、重大投資項目，堅持「要素跟著項目走」，合理安排用地計畫指標。 2. 鼓勵探索推行「標準地」供應改革，通過區域評價統一化、開發標準公開化、權利義務合同化、履約監管閉環化等方式，加快臺資項目落地。

要項	重點	主要內容
	支援臺資中小企業發展	1. 充分發揮各級中小企業公共服務示範平臺作用，通過線上培訓等形式，為臺資中小企業提供政策、技術、管理等方面服務。 2. 積極幫助臺資中小企業解決受疫情影響造成的合同履行、勞動關係等法律問題。 3. 鼓勵臺資中小企業利用好本級相關資金等支援政策。
	主動做好臺資企業服務工作	加強與本地臺資企業協會、重點臺資企業等溝通交流，宣傳解讀有關政策法規，通報疫情防控和復工復產有關工作要求，認真聽取臺資企業意見建議，積極回應臺資企業關切訴求，妥善化解涉臺糾紛，切實維護臺資企業合法權益。
穩定投資	統籌協調推進重大臺資項目	參照重大外資項目有關機制協調推進重大臺資項目，為臺資企業參與本地重大項目提供同等待過。
	支援臺資企業增資擴產	1. 全面落實境外投資者以分配利潤直接投資暫不徵收預提所得稅政策規定，支援臺資企業以分配利潤進行再投資。 2. 支援臺資企業參與海南自由貿易港、粵港澳大灣區、長三角一體化發展等區域發展戰略和各地自貿試驗區建設。 3. 支援東部地區臺資企業優先向中西部和東北地區轉移。
	促進臺資企業參與新型和傳統基礎設施建設	支援臺資企業參與大陸 5G、工業網際網路、人工智慧、物聯網等新型基礎設施的研發、生產和建設。
拓銷市場	支援臺資企業穩外貿	1. 鼓勵臺資企業發展跨境電商，開展線上供採對接，擴大出口業務。 2. 指導臺資企業充分利用中歐班列開展進出口貿易。 3. 進一步擴大出口信用保險對臺資企業的覆蓋面。
	引導臺資企業拓展內銷市場	支援臺資企業適應大陸「網際網路＋」發展和消費升級趨勢，借助大陸電商平臺開展線上市場行銷推廣，拓寬對接內需市場的渠道，充分挖掘大陸市場潛力。

資料來源：作者自行整理

臺資項目有關工作的通知》（以下簡稱「11 條措施」），旨在支持在陸經營的臺資企業因應中國大陸新冠疫情的影響，期使企業能快速步上經營常軌。「11 條措施」大致可分為復工復產、穩定投資，以及拓銷市場等三個

方面（請見表 3）。檢視政策內容，重點主要著重大陸臺商能享有同等待遇，並在金融、稅收方面提供支持；在鼓勵投資的同時，協助拓展內外需市場。大陸臺企聯會長表示，「11 條措施」具強大政策宣示意義，最重要的就是減免稅費，其中以分配利潤直接投資、暫不徵收所得稅，讓許多臺商可以緩口氣。但也有臺商認為，「11 條措施」稅費減免力度不夠，對沒訂單、沒原料，生存下去都困難的臺商來說，這樣的減免不敷所需。更有臺商擔心，「11 條措施」多是原則性說明，「看得到吃不到」（賴錦宏、林宸誼，2020）。

參、新冠疫情對大陸臺商影響與其因應策略

為瞭解新冠疫情對大陸臺商衝擊，海基會於新冠疫情爆發後不久的 2020 年 4 月 30 日至 7 月 29 日，委託中經院針對 530 家大陸臺商進行調查，並針對其中 30 家重點企業進行分析。而工業總會的調查期程為疫情發生後半年的 2020 年 7 月 7 日至 8 月 25 日[2]。

工總調查的樣本，在企業型態方面，主要以非上市公司為主（99 家，佔比為 65.6%；上市公司為 52 家，占比為 34.4%）（請見表 4）。

表 4：公司企業型態

企業型態	次數	有效百分比
非上市公司	99	65.6%
上市公司	52	34.4%

資料來源：工總調查報告

2　工業總會為依《工業團體法》組成的工業製造業團體，下轄共 157 個涵蓋各產業的公會，領有工廠登記證的會員廠商近十萬家；其中，大約七成左右在中國大陸均有投資。工業總會的調查對象是以在中國大陸有投資的製造業臺商負責人或有決策權的會員廠商為主，本調查有效回收問卷共 151 份；然而，由於部分填答企業負責人在中國大陸投資以集團方式經營，因此，實際可反映有在中國大陸投資的臺商家數超過此數。

　　受訪業者在中國大陸的投資地區，主要以在華東地區為主（71.5%），其次為華南地區（59.3%），再者為華北（14.6%），在中西部及東北地區有投資者，其占比分別為 7.3% 及 5.7%。在投資金額方面，則呈現兩極化現象：投資金額在「2,001 萬美元以上」最多（31.2%），其次依序為「100 萬美元以下」（26.6%）、「101~500 萬美元」（20.3%）、「1,001~2,000 萬美元」（11.7%）、「501~1,000 萬美元」（10.2%）（請見表 5）。

表 5：在陸投資金額

業別	次數	有效百分比
2,001 萬美元以上	40	31.2%
100 萬美元以下	34	26.6%
101~500 萬美元	26	20.3%
1,001~2,000 萬美元	15	11.7%
501~1,000 萬美元	13	10.2%

資料來源：工總調查報告

　　歸納來看，本調查的大陸臺商投資以華東、華南兩地為主；企業型態涵蓋上市／非上市公司；由在陸投資金額來看，也包含大企業與中小企業。由於本文旨在反映新冠疫情對大陸臺商的影響及其因應策略，再加上本調查填答部分會員廠商為跨業投資，因此新冠疫情對產業別的影響不在本文範圍內。

一、新冠疫情對臺商大陸經營的影響

（一）疫情造成八成業者營收衰退

　　新冠疫情對臺商大陸經營究竟造成怎樣的影響？根據工業總會調查報告，超過八成的大陸臺商表示營收衰退，僅有極少數業者因競爭對手產線

停擺，而受惠轉單效應，營運成長。其中，近四成（38.7%）業者認為「大幅衰退」，超過四成表示「小幅衰退」（42.7%），表示營運狀況持平業者不到一成（9.3%）。值得注意的，分別有 6% 及 2.7% 的業者表示，因獲「轉單財」而營運「小幅成長」或「大幅成長」（請見表 6）。

表 6：疫情對營收影響程度

疫情對營收影響程度	有效百分比
小幅衰退	42.7%
大幅衰退	38.7%
持平	9.3%
小幅成長	6.0%
大幅成長	2.7%

資料來源：工總調查報告

中經院（2020）的報告則指出，受訪的 530 家企業中，有 135 家（25.47%）受訪企業認為業務受到很大衝擊；認為各項營運活動當中，遭受部分衝擊的業者亦高達 144 家（27.17%）；另有 156 家（29.43%）企業表示受到的衝擊很小。換言之，無論衝擊大小，大陸臺商超過八成受到衝擊。中經院還指出，有 95 家、約 17.92% 的受訪企業表示完全沒有受到疫情衝擊。

（二）疫情最主要影響：交通、物流受阻與訂單流失

至於疫情對大陸臺商的影響，根據工業總會調查報告，超過六成受訪者表示「人員交通、貨品物流受阻」（61%），近五成受訪者表示「海外訂單流失」（47.3%），三成受訪者表示「無法按時履行交易」（30.1%）。至於本題選填「其他」選項者（15.1%），綜整其意見大致為「運輸成本增加」、「在臺原物料成本飆漲」、「市場需求尚未恢復」，以及「客戶

延期付款」等（請見表 7）。中經院調查顯示，疫情最主要衝擊，除獲利減損（62.64%），還包括無法正常交貨或提供服務（45.85%），以及原物料存貨不足（15.47%）、公司業務受到其他影響（15.09%）等。

表 7：疫情對公司的其他影響（複選）

業別	次數	有效百分比
人員交通、貨品物流受阻	89	61.0%
海外訂單流失	69	47.3%
無法按時履行交易	44	30.1%
原物料難以取得	34	23.3%
其他	22	15.1%
營運資金短缺	19	13.0%
融資難度增加	16	11.0%
員工用防護物品不易取得	14	9.6%

資料來源：工總調查報告

　　進一步看臺商對人員交通受阻的意見，雖然兩岸疫情相對緩和，但兩地往返仍各需要 14 天的隔離檢疫期（共 28 天）。受限相關防疫規定，企業派遣臺幹赴陸，抑或臺幹返臺休假均受影響，只能盡量減少人員於中國大陸進出。因此，根據工業總會調查有將近七成受訪企業表示，最困擾的是臺幹「無法去大陸」（67.2%），表示員工「無法回臺灣」的業者則將近五成（48.1%）。至於填答「其他」（14.5%）的業者，其意見大致為「配合兩岸政府防疫規定正常派駐」、「視業務特殊情形專案核准往返大陸」，甚至有業者指出因隔離檢疫耗時甚鉅，臺幹已有五個月未能返臺（請見表 8）。

表 8：企業對兩岸人員交通受阻意見（複選）

進出狀況	次數	有效百分比
無法去大陸	88	67.2%
無法回臺灣	63	48.1%
其他	19	14.5%

資料來源：工總調查報告

（三）多數臺商已復工，但產能尚未完全恢復

　　新冠疫情下大陸臺商何時復工復產？根據中經院報告，受訪廠商近八成（78.49%）陸續在 2 月底至 3 月初之間即已復工。而未復工的企業當中，超過八成因產業特性和所屬供應鏈性質需要，在春節前即安排人力留守和預先備料，並無停工問題。工業總會的調查顯示，截至疫情爆發的 8 月底，近半的受訪臺商表示「產能已恢復七成以上」（49.2%）；三成的業者表示「產能恢復 4 至 6 成」（30.0%）。值得關注的是，仍有一成多的業者表示「產能恢復 1 至 3 成」（13.9%），甚至有部分業者仍處於停工狀態（6.9%）（請見表 9）。調查結果顯示，雖然九成以上大陸臺商已復工復產，惟因整體供應鏈遭破壞，或接單不如以往等因素，以致臺商產能狀況未能恢復至疫前水準。即使大陸國臺辦在 2020 年 10 月 14 日記者會表示臺商均已恢復生產，沒有臺企因為疫情停工（林汪靜 2020）；但不可諱言，新冠疫情爆發後的封城、人流管制，致使大陸臺商被迫停工停產。

表 9：公司在中國大陸產能狀況

產能狀況	次數	有效百分比
產能恢復 7 成以上	64	49.2%
產能恢復 4 至 6 成	39	30.0%
產能恢復 1 至 3 成	18	13.9%
仍在停工	9	6.9%

資料來源：工總調查報告

　　進一步交叉分析後發現，對大陸投資在 500 萬美元以下的業者，其「產能恢復七成以上」的比例僅不到三成；而投資規模在「501~1,000 萬美元」及「1,001~2,000 萬美元」的業者，其「產能恢復七成以上」之比例提升至約四成六；規模在「2,001 萬美元以上」的大型業者，其「產能恢復七成」以上的比例更高達八成二。值得注意的是，有半數對陸投資金額在「100 萬美元以下」的小型業者，其產能恢復在四成以下（含仍在停工者），顯示對大陸投資規模較小的業者，其產能受疫情衝擊的情況較為嚴重（請見表 10）。

表 10：大陸投資規模與目前大陸產能狀況

對大陸投資金額	仍在停工	產能恢復 1 至 3 成	產能恢復 4 至 6 成	產能恢復 7 成 以上
100 萬美元以下	25.0%	25.0%	21.4%	28.6%
101~500 萬美元	4.0%	24.0%	44.0%	28.0%
501~1,000 萬美元	0%	0%	53.8%	46.2%
1,001~2,000 萬美元	0%	0%	53.3%	46.7%
2,001 萬美元以上	0%	2.6%	15.4%	82.0%

資料來源：工總調查報告

二、大陸臺商因應新冠疫情的策略

（一）「縮減產線」、「暫緩投資」是臺商主要因應策略

　　面對疫情對營運的衝擊，大陸臺商究竟採取怎樣的行動因應？根據工業總會調查，大陸臺商主要以節流與開源的方式度過危機。近六成廠商採取「縮減產線規模或推遲既定投資」（59.7%），其次為「申請政府紓困專案」（37.3%），另有約兩成左右的受訪者，表示已採「實施居家辦公」、「實施無薪假或減薪」等措施。至於填答「其他」的受訪業者，則表示將

於疫情期間「加強內部訓練」、「進行設備維修」、「開發新客戶」與「變更行銷模式」等（請見表 11）。

表 11：大陸臺商因應疫情採取的措施（複選）

措施	次數	有效百分比
縮減產線規模／推遲既定投資	80	59.7%
申請政府紓困專案	50	37.3%
實施居家辦公	30	22.4%
實施無薪假／減薪	25	18.7%
裁員	18	13.4%
其他	10	7.5%
關廠歇業	2	1.5%

資料來源：工總調查報告

（二）臺商多認為疫情影響無法於短時間內結束

無論是中經院或工業總會的調查，都反映大陸臺商多對新冠疫情的發展呈現兩極的看法。中經院的調查顯示，有三成受訪廠商認為新冠疫情發展難以預料（30.00%），有兩成五認為疫情僅會持續半年（25.09%）；而超過兩成受訪者對疫情未來看法悲觀，認為疫情對產業影響將持續一年（17.17%）或一年以上（6.04%）；但與此同時，也有將近五成的受訪者對疫情的發展較為樂觀，認為疫情三個月（11.32%）或半年（25.09%）就會結束。而工業總會的調查則顯示，超過三成受訪廠商認為疫情對公司的影響期間為六至十二個月（32.1%），其次兩成多認為影響將達一年以上（25%）；認為疫情影響為三至六個月，或「難以預測」者均占約兩成；僅有 2,1% 的業者認為疫情後續的影響期間在三個月以內。

結果顯示，絕大多數廠商認為疫情對公司營運造成的影響，恐將持續半年至一年以上，疫情在短時間內無法結束（請見表 12）。

表 12：疫情未來對公司影響的持續期間

持續期間	次數	有效百分比
6 至 12 個月	45	32.1%
1 年以上	35	25.0%
3 至 6 個月	29	20.8%
難以預測	28	20.0%
3 個月內	3	2.1%

資料來源：工總調查報告

（三）因未來前景不明，廠商未來兩年對陸投資趨於保守

　　由於對疫情的發展持保守態度，因而大陸臺商對所屬產業 2020 年下半年市況前景的評估，有約五成受訪者認為下半年市況「不太樂觀」（50.3%）、有兩成認為「普通」（20.3%）、有一成多表示「非常不樂觀」（15.4%）。經統計，受訪者對 2020 下半年市況認為「樂觀」及「非常樂觀」者，占比僅一成四（請見表 13）。整體來看，由於疫情發展的高度不確定性，絕大多數的受訪廠商看壞 2020 年下半年的市況前景。

表 13：對（2020）下半年市況前景評估

業別	有效百分比
不太樂觀	50.3%
普通	20.3%
非常不樂觀	15.4%
樂觀	12.6%
非常樂觀	1.4%

資料來源：工總調查報告

　　另針對「大陸投資規模」與「對下半年市況評估」進行分析後發現，企業投資規模將影響其對市況的看法，在陸投資規模越小，對未來市況評估越不樂觀。例如投資規模在「100 萬美元以下」的業者，抱持「不太樂觀」

及「非常不樂觀」者，在所有投資級距中占比最高（合計達 80.6%）；感到「非常樂觀」及「樂觀」者則占比最低（6.5%）。反之，規模在「2,001萬美元以上」的業者，其抱持「非常樂觀」及「樂觀」者，在所有投資級距中占比最高（20.5%）；認為「不太樂觀」及「非常不樂觀」則占比最低（48.7%）（請見表 14）。

表 14：大陸投資規模與對下半年市況前景評估

對大陸投資金額	非常樂觀及樂觀	普通	不太樂觀及非常不樂觀
100 萬美元以下	6.5%	12.9%	80.6%
101~500 萬美元	11.5%	11.6%	76.9%
501~1,000 萬美元	15.4%	7.7%	76.9%
1,001~2,000 萬美元	13.4%	26.7%	59.9%
2,001 萬美元以上	20.5%	30.8%	48.7%

資料來源：工總調查報告

　　基於前景未明，臺商對中國大陸的投資意願也趨於保守。經統計，表示未來兩年，不會增加在中國大陸投資規模的業者（即填答「減少」或「不變」者），占比超過七成五（75.2%），僅有不到一成（7.3%）的受訪者表示將增加大陸的投資規模（請見表 15）。

表 15：未來兩年在中國大陸投資規模

投資規模	有效百分比
不變	39.4%
減少	35.8%
不清楚	17.5%
增加	7.3%

資料來源：工總調查報告

　　進一步檢視後發現，多數大陸臺商未來兩年對陸投資相對保守，無論投資金額多寡，多選擇對陸投資「不變」或「減少」。除投資規模在「2,001 萬美元以上」者，有近兩成（18%）表示將增加對陸投資外，其餘投資級距的受訪者表示，未來兩年會增加對陸投資者，均在一成以下；顯見臺商規模越大的企業，對投資中國大陸相對較有信心（請見表 16）。事實上，根據經濟部（2021）的數據，2020 年臺灣對中國大陸投資件數為 475 件，較上年同期減少 22.13%，惟投資金額為 59 億 648 萬美元，年增達 41.54%。經濟部表示，投資額增加的原因是受和碩、國喬石化等較大投資案影響，且核准對中國大陸投資於 2016 至 2019 年間呈現連續四年負成長，2019 年金額已達近十年低點，比較基期相對較低所致。而臺商對陸投資的趨勢仍需持續觀察。

表 16：大陸投資規模與未來兩年對大陸投資規劃

對大陸投資金額	增加	不變	減少	不清楚
100 萬美元以下	0%	30.0%	30.0%	40.0%
101~500 萬美元	3.8%	38.5%	50.0%	7.7%
501~1,000 萬美元	7.6%	46.2%	46.2%	0%
1,001~2,000 萬美元	7.2%	57.1%	35.7%	0%
2,001 萬美元以上	18.0%	43.6%	25.6%	12.8%

資料來源：工總調查報告

（四）臺商投資布局：分散銷售、採取觀望、加速數位轉型

　　面對疫情衝擊，大陸臺商未來會採取怎樣的投資布局？根據工業總會的調查，超過四成大陸臺商未來投資布局選擇「分散銷售布局」（44.2%）；另有近四成的受訪者選擇「暫採觀望」（38.4%）；超過三成廠商採「加速數位轉型」（33.3%）；表示採取「轉移中國大陸產能／供應鏈」及「轉投資其他事業」的業者，則分別占 24.6% 及 23.9%（請見表 17）。

表 17：未來投資布局策略（複選）

布局策略	次數	有效百分比
分散銷售布局	61	44.2%
暫採觀望	53	38.4%
加速數位轉型	46	33.3%
轉移中國大陸產能／供應鏈	34	24.6%
轉投資其他事業	33	23.9%
其他	1	0.7%

資料來源：工總調查報告

　　進一步來看，近五成表示未來將採取「分散銷售布局」策略的受訪臺商，希望加強開發的市場以東協區域居多（70.5%），其次為歐洲（32.8%）、日韓（24.6%）、美國（21.3%）等地區（請見表 18）。

表 18：分散銷售布局／加強開發市場區域（複選）

開發市場區域	次數	有效百分比
東協	43	70.5%
歐洲	20	32.8%
日韓	15	24.6%
美國	13	21.3%
中國大陸	12	19.7%
其他	7	11.5%

資料來源：工總調查報告

　　而近三成表示將「轉移中國大陸產能／供應鏈」的受訪臺商，希望轉移產能或供應鏈的目的地，以臺灣及東協區域為主（請見表 19）。

表 19：轉移中國大陸產能／供應鏈目的地（複選）

轉入地區	次數	有效百分比
臺灣	19	55.9%
東協	19	55.9%
日韓	2	5.9%
美國	1	2.9%
歐洲	0	0.0%
其他	1	2.9%

資料來源：工總調查報告

三、大陸臺商對兩岸政府的政策滿意狀況

（一）相較之下，臺商對我政府紓困措施較為瞭解

　　針對疫情，雖然兩岸政府都提出救市紓困政策，但大陸臺商受到中國大陸當地政策的影響相對較大。然而，中經院的調查顯示，針對中國大陸當地政府提出的新冠疫情紓困措施，有將近八成（76.04%）受訪業者表示不知情；僅有一成多（12.7%）受訪業者表示知道中國大陸中央或地方政府對疫情提出的紓困措施之具體政策內容。

　　和中經院的問項不同，工業總會調查報告主要著重在我政府提出的政策。為因應疫情，我政府於 2020 年 2 月即公布《嚴重特殊傳染性肺炎防治及紓困振興特別條例》，作為各項防疫及振興政策的法源基礎，並陸續提出多項紓困措施。當詢問有在中國大陸投資的業者對政府各項紓困政策的瞭解程度，超過四成（44.4%）業者表示「還算瞭解」、不到一成（4.2%）表示「非常瞭解」；表示「普通」的約占三成（33.1%），認為「不太瞭解」與「完全不瞭解」的業者僅分別占 16.9% 及 1.4%，顯示絕大多數受訪者知道政府推動的各項紓困措施（請見表 20）。

表 20：對政府提供各項紓困政策與資源瞭解程度

瞭解狀況	有效百分比
還算瞭解	44.4%
普通	33.1%
不太瞭解	16.9%
非常瞭解	4.2%
完全不瞭解	1.4%

資料來源：工總調查報告

　　進一步瞭解臺商對政府政策的滿意狀況，根據中經院調查認為，陸方政策宣導並不到位。而工業總會調查指出，多數在臺陸商對我政府提出的紓困政策表示「普通」（35%）或「不太滿意」（31.4%），另有 5.7% 的受訪者表示「完全不滿意」；對紓困政策表示「還算滿意」的大陸臺商占 26.4%、「非常滿意」僅占 1.5%（請見表 21）。整體來看，臺商對政府紓困政策表示滿意者占比仍不到三成，顯示相關紓困政策仍有進步的空間。

表 21：對政府提供各項紓困政策與資源滿意程度

滿意狀況	有效百分比
普通	35.0%
不太滿意	31.4%
還算滿意	26.4%
完全不滿意	5.7%
非常滿意	1.5%

資料來源：工總調查報告

（二）大陸臺商希望政府協助資金問題及拓銷市場

　　至於大陸臺商希望我政府應提供的協助事項，中經院報告表示 213 家希望我政府協助的事項，最主要是協助融資貸款（79 家），例如降低貸款利率和減免利息等等；其次是希望政府能協助開發海外新市場（48 家）；

協助拓展大陸內需市場（46 家）。中經院報告特別指出，希望政府協助引導臺商返臺投資的應答人數，竟略高於希望政府協助建立海外生產據點的數量，意味在新冠疫情後，返臺發展已成為大陸臺商用以分散風險的主要考慮選項。惟有部分臺商表示，雖有規劃或意願將供應鏈全部移回或部分移回臺灣的打算，但當前仍受限於供應鏈移轉過程和相關事務繁雜而難以執行，期待政府能提供相關協助。

　　工業總會的調查則顯示：最多受訪者希望政府提供「租稅減免」（59.6%）及「放寬大陸人員往來邊境管制」（51.1%）；除此之外，包括「增加兩岸直飛航點」（38.3%）與「補貼營運／人事費用」（37.6%）等，都是大陸臺商希望我政府協助的事項（請見表 22）。

表 22：政府應提供協助措施（複選）

布局策略	次數	有效百分比
租稅減免	84	59.6%
放寬大陸人員往來邊境管制	72	51.1%
增加兩岸直飛航點	54	38.3%
補貼營運／人事費用	53	37.6%
水電價格減免	36	25.5%
利息補貼或貸款展延	36	25.5%
協助拓銷大陸市場	36	25.5%
提供轉型升級輔導／人才培訓補貼	33	23.4%
增加融資額度	30	21.3%
協助回臺投資措施	20	14.2%
協助轉赴海外國家投資	20	14.2%
其他	2	1.4%

資料來源：工總調查報告

肆、結論

　　中經院的報告結論指出：新冠疫情造成國際市場需求萎縮，全球供應鏈受阻，對大陸臺商也造成影響。不過由於大陸臺商的生產位置和銷售市場不同，因而呈現不同程度的差異。首先，大陸臺商多為製造業，受中國大陸製造業整體發展趨勢所影響，而這也是此次新冠疫情受創最深的產業；其次，以中國大陸為最終市場的受訪者受創最深。

　　工業總會的調查結果顯示：新冠疫情對大陸臺商的影響，主要是營收衰退，特別是投資 100 萬美金以下的中小企業，受到的衝擊最大。除此之外，也造成大陸臺商「交通、物流受阻」、「訂單流失」、「無法按時履行交易」等影響。雖然中國大陸政府提出各項復工復產措施，但整體來看，尚有許多廠商的產能未恢復到疫前水準。而大陸臺商因應新冠疫情的策略，主要以「縮減產線」、「暫緩投資」為主，此外「申請政府紓困專案」、「實施居家辦公」、「實施無薪假或減薪」也都是臺商的策略選項。

　　且因認為疫情前景未明，將近八成的臺商表示未來兩年不會增加在大陸的投資規模。至於臺商未來投資策略，主要以「分散銷售布局」、「加速數位轉型」、「選擇觀望」為主。值得注意的是，東協是臺商考慮「分散銷售布局」、「轉移中國大陸產能／供應鏈」的主要地區；另臺灣也是臺商考慮轉移產能／供應鏈的地區，顯見大陸臺商有回臺空間。至於對政府政策方面，多數臺商瞭解政府推動的紓困政策，顯見我政府推動的紓困政策，在宣傳方面已達到一定效果。但與此同時，臺商也認為政府紓困政策仍有不足，特別是中小企業臺商對我政府的紓困有較大的需求。對於政府未來施政方向，臺商希望朝向「租稅減免」及「放寬邊境管制」（請見表 23）。

表 23：新冠疫情對臺商經營與管理影響

類別	內容	說明
新冠疫情對經營的影響	對營收影響程度	超過八成大陸臺商表示營收衰退（81.4%）。
		將近一成（8.7%）大陸臺商表示因獲「轉單財」而營運成長。
	疫情其他影響	超過六成（61.0%）受訪者表示「人員交通、貨品物流受阻」，近五成（47.3%）受訪者表示「海外訂單流失」，三成（30.1%）受訪者表示「無法按時履行交易」。
	對兩岸人員交通受阻意見	將近七成（67.2%）大陸臺商表示臺幹「無法去大陸」，近五成（48.1%）大陸臺商表示員工「無法回臺灣」。
	產能恢復狀況	完全停工的不到一成（6.9%），且以投資金額 100 萬美元的中小企業為主。
因應新冠疫情的策略	因應疫情主要策略	近六成廠商採取「縮減產線規模或推遲既定投資」（59.7%）；近四成「申請政府紓困專案」（37.3%）。
	對疫情發展的看法	絕大多數廠商認為疫情對公司營運造成的影響，恐將持續半年至一年以上（57.1%）；認為「難以預測」的約佔兩成（20.0%）。
	對（2020）下半年市況前景評估	1. 約五成受訪者認為下半年市況「不太樂觀」（50.3%）、有兩成認為「普通」（20.3%）、有一成多表示「非常不樂觀」（15.4%）；認為「樂觀」及「非常樂觀」者，佔比僅一成四（14%）。 2. 在陸投資規模越小，對未來市況評估越不樂觀。
	未來兩年在中國大陸投資規模	1. 未來兩年不會增加在中國大陸投資規模的業者佔比超過七成五（75.2%）；僅有不到一成（7.3%）的受訪者表示將增加大陸的投資規模。 2. 規模越大的臺商，對投資中國大陸相對較有信心。
	未來投資布局策略	超過四成臺商選擇「分散銷售布局」（44.2%）；近四成選擇「暫採觀望」（38.4%）、超過三成選擇「加速數位轉型」（33.3%）。其他採取「轉移中國大陸產能／供應鏈」（24.6%）及「轉投資其他事業」（23.9%）： 1. 東協是「分散銷售布局」的主要區域。 2. 臺灣、東協，是轉移中國大陸產能／供應鏈主要目的地。

類別	內容	說明
對政府政策的意見	政府紓困措施	1. 超過四成（44.4%）的臺商表示對我政府紓困政策「還算瞭解」、不到一成（4.2%）表示「非常瞭解」；表示「普通」的約佔三成（33.1%）。認為「不太瞭解」與「完全不瞭解」的業者僅分別佔 16.9% 及 1.4%，顯示絕大多數受訪者知道政府推動的各項紓困措施。 2. 臺商滿意政府紓困政策佔比不到三成，顯示政策仍有進步的空間
	期待政府協助事項	主要為「租稅減免」（59.6%）、「放寬大陸人員往來邊境管制」（51.1%）、「增加兩岸直飛航點」（38.3%）、「補貼營運／人事費用」（37.6%）。

資料來源：本研究整理

　　總體來看，新冠疫情對在陸投資臺商造成的影響是全面的。由於疫情發展難以預期，因而一方面，多數大陸臺商對投資中國大陸採取相對保守態度；另一方面，則亟思如何分散銷售布局、加速數位轉型，以及轉移產能／供應鏈。然而，由於迄今兩岸商務仍無法正常往來，造成臺商企業負責人經營決策困難；再加上「區域全面經濟夥伴協定」（RCEP）、中歐投資協定簽署等中國大陸推動的區域經貿整合，以及中國大陸「十四五」規劃各類刺激內需、「穩外資」政策的提出，都將可能增加大陸臺商續留或增加投資的誘因。誠如美國對中國大陸課徵關稅時，具規模的大陸臺商，可透過全球布局將產線轉到東協或臺灣；但規模較小的大陸臺商，基於資源有限、產業鏈群聚等因素，仍傾向持續觀望，完全撤出大陸的臺商並不多。新冠疫情影響遍及全球，大企業臺商有足夠的資源，因應供應鏈重組全球布局；但對中小企業臺商來說，選擇則相對有限。

　　也就是說，後疫情時代大陸臺商即使希望能夠多元布局，但基於現實考量，除了關廠停業、就地轉型或許是未來更有可能的選擇。

參考文獻

中文文獻

中華經濟研究院，2020，〈新冠肺炎疫情對臺商大陸經營的影響、未來動向及建議〉，財團法人海峽交流基金會委託研究。臺北：財團法人海峽交流基金會。

中華民國全國工業總會，2020，〈新冠肺炎疫情對臺商投資大陸影響調查〉，臺北：中華民國全國工業總會。

中華人民共和國國家統計局，2021，〈2020 年國民經濟穩定恢復，主要目標完成好於預期〉，1 月 18 日，http://www.stats.gov.cn/tjsj/zxfb/202101/t20210118_1812423.html，查閱時間：2021 年 3 月 1 日。

經濟部投審會，2020，〈109 年 12 月份核准僑外投資、陸資來臺投資、國外投資、對中國大陸投資統計月報〉。

林汪靜，2020，〈工總稱逾 8 成大陸臺商受衝擊 國臺辦反駁：保持穩步復甦〉，《聯合報》，10 月 14 日，https://udn.com/news/story/7333/4935091，查閱時間：2021 年 3 月 1 日。

黃健群，2021，〈大陸「穩外資」政策分析〉，《產業雜誌》，03 月 01 日，http://www.cnfi.org.tw/front/bin/ptdetail.phtml?Part=magazine11003-612-9，查閱時間：2021 年 3 月 8 日。

賴錦宏、林宸誼，2020，〈臺商：11 條有感，就怕吃不到〉，《聯合報》，05 月 15 日，https://udn.com/news/story/7333/4567508，查閱時間：2021 年 3 月 1 日。

鄭年凱、藍孝威，2020，〈中國首季 GDP 年減 6.8% 有紀錄以來首度負成長〉，《中時電子報》，4 月 17 日，https://www.chinatimes.com/realtimenews/20200417001725-260409?chdtv，查閱時間：2021 年 2 月 28 日。

英文文獻

HS Markit, 2021. "World Overview." Jan15.

IMF, 2021. "World Economic Outlook Update." Jan. 26.

OECD, 2020. "Interim Economic Assessment." Dec. 1.

論壇 25

新冠疫情發展、因應與影響：
跨國比較與挑戰

主　　編　陳德昇

發 行 人　張書銘
出　　版　**INK** 印刻文學生活雜誌出版股份有限公司
　　　　　新北市中和區建一路249號8樓
　　　　　電話：02-22281626
　　　　　傳真：02-22281598
　　　　　e-mail:ink.book@msa.hinet.net
網　　址　舒讀網http://www.inksudu.com.tw

法律顧問　巨鼎博達法律事務所
　　　　　施竣中律師
總 代 理　成陽出版股份有限公司
　　　　　電話：03-3589000（代表號）
　　　　　傳真：03-3556521
郵政劃撥　19785090 印刻文學生活雜誌出版股份有限公司
印　　刷　海王印刷事業股份有限公司

港澳總經銷　泛華發行代理有限公司
地　　址　香港新界將軍澳工業邨駿昌街7號2樓
電　　話　852-2798-2220
傳　　真　852-2796-5471
網　　址　www.gccd.com.hk

出版日期　2023年 2 月　初版
ISBN　　　978-986-387-616-8

定　價　　**350**元

國家圖書館出版品預行編目(CIP)資料

新冠疫情發展、因應與影響：跨國比較與挑戰／陳德昇主編.
　--初版. --新北市中和區：INK印刻文學，2023.02
　面；17 x 23公分. --（論壇；25）
　ISBN 978-986-387-616-8 (平裝)
　1.嚴重特殊傳染性肺炎 2.公共衛生 3.商業經濟 4.文集

415.407　　　　　　　　　　　　　　111015887

舒讀網